寻赣记

江西省文化和旅游厅
江 西 日 报 社 编

江西科学技术出版社
江西·南昌

图书在版编目（CIP）数据

寻赣记 / 江西省文化和旅游厅, 江西日报社编.
南昌 : 江西科学技术出版社, 2024. 11. -- ISBN 978-7-5390-9148-8

Ⅰ. I253

中国国家版本馆CIP数据核字第2024M5C577号

寻赣记

XUN GAN JI

江西省文化和旅游厅　江西日报社　编

出版发行	江西科学技术出版社
社址	南昌市蓼洲街2号附1号 邮编：330009　电话：(0791)86623491　86639342(传真)
印刷	江西千叶彩印有限公司
经销	全国新华书店
开本	787 mm × 1092 mm　1/16
印张	19.25
字数	160千字
版次	2024年11月第1版
印次	2024年11月第1次印刷
书号	ISBN 978-7-5390-9148-8
定价	78.00元

国际互联网（Internet）地址：http://www.jxkjcbs.com　选题序号：ZK2024011　赣版权登字：-03-2024-249

责任编辑：魏栋伟　左　灿　封面设计：傅司晨　版式设计：徐　育　责任校对：孙玉珍

图片提供：杨继红

《寻赣记》编写委员会

目录 Contents

从考古看江西

002　聆听文物　认识江西 …………………… 龚艳平

007　一粒种子改变世界 ………… 张　衍　毛江凡

015　一炉窑火铸就巅峰 ………… 张　衍　毛江凡

023　一洲青铜改写历史

………… 李滇敏　罗翠兰　万芸芸　朱雅玲

031　一座汉墓见证盛世 …………………… 杨淑玲

从古籍看江西

044　温“故”知“新”

——《江右文库》编纂出版工程扬帆起航

…………………………………… 万芸芸　付　静

050　倾听古籍的密语 ……………… 万芸芸　付　静

055　《江右文库》传承薪火　赣鄱文化再续辉煌

…………………………………………… 傅修延

059　保护古籍　守护文明 …………………… 钟秋兰

062 古籍守护人 钟秋兰
067 我们这样玩转古籍 李 芳
073 民间藏书人以及他们的“朋友圈” 毛江凡 张 衍

课本里的江西

080 江右风雅颂 龚艳平
087 追定了，我们的信仰 毛江凡 范文丽 范剑鸣 刘诗良
097 太赞了，我们的文脉 万芸芸 田 宁 袁华琳 钱轩毅
108 美极了，我们的家园 李滇敏 帅美华 伍晓芳 叶晓健
118 酷呆了，我们的天团 李 晃 左国春 简小娟 万芸芸 甘雪芳 张新冬 骥 亮
135 我的课本，我的江西 刘 华 吴 辉 王晓莉 温 凡 王 芸

书院江西

156 一千书院润赣鄱 …… 刘 勇
161 那一只白鹿的眼 …… 王晓莉
168 沁人心脾是书香 …… 傅修延
175 自古乾坤为此理 …… 王 芸
182 庐陵文物照江天 …… 刘 华
190 心学之源在象山 …… 叶 航
195 兴鲁书院的风骨 …… 温 凡
198 探幽华林书院 …… 易延玲
201 时光里的濂溪书院 …… 郭志锋
204 信江之畔有书院 …… 刘佩芝
207 一座书院的守望 …… 谢贵芳

江西诗派

212 “江右多诗人”
——江西诗派的形成与传承 …… 胡迎建

223　风起江右……龚艳平　万芸芸　周　颖

230　桃李春风

——诗与书的跨时空“雅集”……钟兴旺

238　持灯者：致鲁直先生……林　莉

242　从幕阜山出发的河流……王彦山　于　浩

245　诗意赣鄱：春天的畅想……毛江凡

248　在鄱阳湖叩问一轮明月……范剑鸣

江西戏曲

252　百花竞妍的江西戏曲文化……范勇冠

256　古老独特的东河戏……吴家平

260　瓷魂戏韵……蒋良善

266　藏园戏曲，多述江右事……蒋国江

粉江西

276 南昌的米粉生活 …… 张小圈

279 鲜香沸腾的铅山烫粉 …… 丁　智

282 我要一碗结结实实的江西粉 …… 王晓莉

286 遇见新鲜年华 …… 王明明

290 漉漉一碗粉 …… 简　心

295 用一碗扎粉抵达亲情 …… 喻　虹

踏遍赣鄱大地
探寻千年文脉
扫码云游
壹 听见绕梁赣音
配套音频 细述古韵悠然
贰 回望江右风华
视频解读 文章节义之邦
叁 纵览赣鄱万象
航拍江西 风景这边独好
肆 寻味江西名吃
即刻票选 上乘米粉风味

从考古看江西

扫码云游

听见赣音绕梁

回望江右风华

纵览赣鄱万象

寻味江西名吃

聆听文物　认识江西

江西是“圣地”“福地”“宝地”“高地”“热地”。在2021年江西省对接粤港澳大湾区投资合作推介会上，省委书记易炼红如此展示江西、推介江西。

赣鄱大地今日所呈现的万千气象，都不是无端而起。江西何以为江西?如果从当下追溯，那是历经千年甚或万年积淀而成的。

——编者按

脚踏大地，仰望星空，辽阔而深邃，让人无限遐想。探索脚下这片土地的过往，与探索星辰大海一样，充满着浪漫的色彩。

一

你真的了解脚下这方水土吗？也许，你熟悉她现在的样子，但你了解她的千年风采吗？或者再远点，万年前的赣地又是怎样的？

明月如镜，映照悠悠岁月。“今人不见古时月，今月曾经照古人”，能记得千年往事的，恐怕只有这轮明月了。

历史沧桑变幻中，赣地远古的文献记载已难找寻，先民的生活面貌已难恢复。所幸的是，散落于赣鄱大地的历史文化遗产，见证了此地的过往。现世人们对于此地古老文明的认识，只能由逐渐出土的文物探隐索微，管窥一二。

文物是古人给今人的留言，是先人用生命谱写的密码。考古就是要解开这些密码，了解那些遥远而古老的故事。

二

“我从哪里来？”对自身血脉与根基的追问，始终萦绕在世人心头。

探索中华大地人类起源，百万年的人类起源史和上万年的人类史前文明史，需要依靠考古成果来建构。2021年是中国现代考古学诞生百年，在第三届中国考古学大会上，公布了“百年百大考古发现”。这些考古发现，宛如在历史长卷中钉下的一枚枚坐标，向我们诉说中华文明的历史脉络与灿烂成就。

泱泱中华，赣地多娇。“百年百大”中，江西有四项考古发现入选，入选数量与浙江、北京、湖南、甘肃并列全国第五，足见赣鄱文明之精彩。

万年仙人洞和吊桶环遗址，发现了世界上最早的陶器和栽培稻植硅石；新干商代大墓的发掘，打破了“商文化不过长江”的旧说；南昌汉代海昏侯墓的发掘，让中外重新认识中华汉代文明；景德镇明清御窑厂遗址的发掘，再现古代中国瓷业的巅峰成就。

考古学界一般认为，中国古代文明的演进，大体经历了远古、古国、王国和帝国等阶段。万年仙人洞和吊桶环遗址，对应的是远古阶段；以樟树筑卫城为代表的史前城址，对应的是古国阶段；新干商代大墓，对应的是王国阶段；南昌汉代海昏侯墓和景德镇明清御窑厂遗址，对应的是帝国阶段。

这绝不是一个简单的对应，是赣鄱文明源远流长的证明。这几个点，支起的是赣鄱文明起源与发展历程的“骨架”。

三

认识江西，在这“骨架”间，更有丰满的“血肉”。这些年，江西考古发现层出不穷，可谓“大珠小珠落玉盘”。通过它们，我们得以一窥赣鄱文明的起承转合。

站在当下这个时空看，赣鄱大地是一个三面环山、口开北面的巨大盆地。如果将镜头向历史纵深缓缓推进，地形地貌或许变化不大，但大地上一次次“换了人间”，文明经历了一个漫长的演进过程。

何以江西？考古人在山川河岳间不懈求索，在田野中探寻历史的谜底，以一个个考古发现，勾画出赣鄱文明发展脉络。

乐平涌山岩（洞）遗址、万年仙人洞和吊桶环遗址、九江荞麦岭遗址、樟树吴城遗址、靖安李洲坳东周墓……旧石器时期、新石器时期、夏商周时期，均有重要发现。考古人孜孜以求，探源赣鄱，重建了江西先秦史时间脉络和空间分布，让我们日益清晰地看到赣鄱大地史前文化中透露出的文明曙光。

考古界曾流传一句话——古不考三代以下，即考古发掘与研究的侧重点是在秦汉以前，因为夏商周三代之后文献资料相对丰富，历史记录体系比较完备。但如今，大家对秦汉以降的历史研究的重要意义早已有了共识：即使是有文字记载以后的文明史，也需要通过考古工作来参考、印证、丰富、完善。

回望江西，秦汉以来的考古发现层出不穷，诉说着这片古老土地曾经的辉煌灿烂，再现古代江西地域文化丰富的社会图景。其中的一些重要成果，填补了历史空白，甚至改写了历史。同时，考古类型也愈加丰富，窑址考古、手工业作坊考古、道教考古、城市考古……出土的每一件文物，都真实地告诉人们，我们曾经诗意地栖居在这片土地上。

从当下追溯江西的古老历史，我们越来越真切地感受到赣鄱文明脉动的韵律。

四

考古发现，是承载着历史变迁的文化遗产，是赣鄱文明的具象表征和物质载体，也是将源远流长的中华文明进行串联的重要线索。

采访中，“大历史观”这个概念被考古专家们一再提及——要将江西考古发现放在中国文明史乃至世界文明史的坐标系中，去体现她的价值和意义。

从时间上看，史前考古，延伸了江西的历史轴线，刷新了人们对古代江西的认识。史前江西，与史前中国其他地区一道，奠定了中华文化的基因。

从空间上看，在人类文明发展演进过程中，处处可见赣鄱的身影。赣鄱文明与其他区域文明各美其美，共绘美美与共的中华文明、人类文明画卷。

五

一个地域、一个民族，最坚韧的，从来不是坚固的城池，而是流淌在骨子里的文化血脉，蕴藏在脑海中的思维精神。几千年来，赣地先民在这里生生不息、繁衍壮大，把火热的生产生活实践镌刻成历史、积淀成文明。这，就是我们的文化记忆。正因有此，我们的文化传承才有了养分之源，文化自信才会不断升腾。

赣鄱文明走过了漫漫长路，还有众多未解之谜等待揭晓。我们仍在探寻——

历史留下来的种子，总是要破土抽芽的。

（龚艳平）

万年仙人洞–吊桶环遗址

一粒种子改变世界

新石器时代石磨盘

鹿角骨器

2万年前的陶片

在美丽富饶的赣东北大地，矗立着一座人类早期文明的丰碑，这就是世界稻作和陶冶重要遗址——万年仙人洞与吊桶环。冬日暖阳下，大源盆地的仙人洞与吊桶环遗址犹如两颗饱满的稻粒，闪耀着熠熠光泽。

万年仙人洞遗址

1.2万年前，先民聚居万年大源仙人洞，洞穴空旷幽深。女人一边用骨针缝制兽皮，一边在鱼骨上划下刻痕，用神秘符号记事。脚边燃起篝火，陶罐里水汽沸腾、米粒翻滚，散发着阵阵清香。洞外，河水清澈、怪石嶙峋，捕鱼狩猎的男人，满载一天的收获，循香而归……

1993年和1995年，著名农业考古学家马尼士、严文明率领中美考古队，两次来到了大源盆地，发现2万年前的夹粗砂圜底陶罐，这是人类已知最早的陶器；还发现了1.2万年前人工栽培稻植硅石遗存，把世界水稻生产史前推4000至5000年，震惊了世界农业考古学界。

数年后，“杂交水稻之父”袁隆平院士来到万年，写下了“野稻驯化、万年之源”的赠言。

“野稻驯化起于是，烧土成器始于斯，刻符记事源于此，物食易换发于兹”。万年的万年，是怎样一片神奇的土地?

笔者带着对万年稻作文明的强烈探究欲，来到大源盆地，聆听关于稻与陶的传奇故事……

发现“改变世界的种子”

“在西亚，人们发现了两河流域的原始农业初期遗存；在美洲，也有墨西哥高原上的原始农业初期遗存。然而，作为水稻最大生产国和消费国的中国，很长一段时间，竟没有原始农业产生阶段的遗址发现，给华夏文明的历史留下了一段遗憾和空白。”今年71岁的万年县博物馆原馆长王炳万一直致力于稻作文化的研究，一提起中国稻作，他的眼睛里闪着光。

1993年，中美农业考古学家，开始在吊桶环与仙人洞进行全面的考古发掘工作。无数个日夜，王炳万和他的同事们走遍万年的山山水水，锲而不舍地寻找先人的足迹。而仙人洞和吊桶环，是他作为一个考古工作者的幸运之地，在国外的考古杂志上，吊桶环以他的姓氏命名为“王洞”。王炳万说：“我在万年跋山涉水、寻寻觅觅之时，总感觉和这片土地上的先人，有一种超越时空的心灵默契。”曾经被很多人忽略的器物和迹象，进入他的视野之后便燃起耀眼的火花，指引着他追根寻源，走向历史的深处。

大源盆地东西长约4000米，南北宽约1000米。北面是石灰岩构成的大、小荷山，相对高度在50至300米之间。仙人洞正处于盆地西北的小荷山脚，面向东南，洞口顶部海拔高度35米许，底部高出洞前稻田一米许。洞口开阔向阳，并向前伸展。

进入洞内，始窄而后宽，最宽处达25米，长60米，高2至9米不等。南北各有大小四个支洞，北边的支洞东端有一洞口可通洞外。洞内夏凉而冬暖，远古先民就在此处避风雨、御严寒，休养生息。

吊桶环则位于仙人洞西南面的条形山岗上，海拔约96.2米，高出地面约30米，与东北方向的仙人洞直线距离约800

米。吊桶环形似洞穴，其实是前后通透的崖棚。

“大源盆地这种有山、有水、有湿地的环境，还有这一高一低两个天然洞穴，的确是人类得天独厚的生存之地，为远古人类生存发展提供了优越条件。”江西省文物考古研究院研究馆员周广明说。

“植硅石分析方法，是中美农业合作考古项目中用以发现和鉴别稻谷遗存的主要植物考古学手段。”周广明娓娓道来：“在仙人洞与吊桶环各地层所采40余个样品中，考古队找到了1600余个各种植物的硅酸体，其中包括600余个稻属植硅石的个体。他们还利用多元分析的统计学方法，区别出野生稻和栽培稻植硅石的不同形态和分布规律。”

这些研究表明，在吊桶环中石器时代即距今1.2万年前的地层中，有大量人工驯化的稻属植硅石，这在我国长江流域还是首次发现。这种水稻兼具籼、粳稻特征，是一种由野生稻向人工驯化稻演化的古栽培稻类型，它是现今所知世界上年代最早的栽培稻遗存之一。这些发现有力证明，赣鄱地区是亚洲和世界稻作农业重要的发祥地。

“通过仙人洞和吊桶环的发掘以及多学科的检测，发现了许多以前没有人知道的旧石器时代的事。这个我们不了解的时代，是农业考古第一次发现了人类稻作栽培的证据。通过国际合作调查，我们可以再写中国历史的一部分。”马尼士如是评价。

2010年，江西“万年稻作文化系统”被联合国粮农组织列为“全球重要农业文化遗产”保护试点。

见证远古文明的“中国第一陶罐”

随着人类从攫取经济过渡到生产经济，人们开始定居下来。除了农耕外，开始了发明陶器。“水火既济而土合（宋应星《天工开物·陶埏》）”。自从有了陶器，人类可以贮水以备随时饮用，更可蒸煮熟食。陶器的发明是原始社会科学技术的一次飞跃，它是人类远古文化史上划时代的创造，是考古学上被称为新石器时代到来的重要标志之一。

万年仙人洞-吊桶环遗址的另一项惊世发现，就是出土了距今2万年的早期陶器，这是当今世界范围内年代最早的陶器之一。

“根据考古资料，至今在中国多地发现有早期陶器的遗址。然而，各地发现的早期陶片数量普遍偏少，如湖南玉蟾岩遗址早期陶器仅见几件残片，而仙人洞与吊桶环出土的早期陶片达890余件，并出土了一件后来被复原的直口深腹圜底罐。”万年县博物馆馆长王团华说，仅就目前已有资料可明证，它是中国境内至今发现的早期陶片遗址中最为丰富的一处，也可以说年代最早的一处。

“从这些陶器的器型看，制作比较原始，质地粗糙，结构疏松，胎体厚重，表面凹凸不平，器形不甚规整，厚薄不甚均匀，这也是早期陶器最显著的特点。”王炳万补充道。

直口深腹圜底罐，是目前中国乃至东亚地区发现的年代最早的一件较为完整陶器，因此，学界曾誉称为“中国第一陶罐”，目前珍藏在国家博物馆。从这个陶罐粗粝拙朴的憨态中，人们能发现人类最早的智慧“密码”。那是先民越过山岗、潜入洞穴，从漫长的迁徙，神秘的隐遁和深邃时光篝火里淬炼出的成型陶器，是原始家园向后人发出的文明信息。

“万年仙人洞和吊桶环遗址，是人类走向文明道路上的一个深深的脚印。”周广明介绍，出土的陶器虽然原始、古朴，却掀开了江西先民生产陶器、创造陶器艺术的历史。进入新石器时代早期，他们掌握了简单的窑炉技术，并能初步掌控烧成温度。他们还使用刻划、压印或戳印技法，在陶器上装饰条纹、粗绳纹、网结纹和编织纹，针对一些细小的红陶器，则采用细腻的细绳纹、蓝纹和方格纹进行美化，由此创造了中国新石器时代早期的印纹陶纹饰。

2万年来，在江西这块古老的土地上，先民们从原始捏塑制作粗陶，到精炼胎土拉坯成器，相继生产了红陶、灰陶、黑陶、印纹陶、原始瓷器和早期青瓷，最终在汉代烧制出了真正成熟的瓷器。或许可以说，没有万年仙人洞陶器的发明，就没有景德镇作为“瓷都”的异彩和辉煌。

中华大地原始文化的明珠

仙人洞先民用智慧的头脑和艺术的创造力，绘制了一幅人类“童年时代”波澜壮阔的历史画卷。这是一个野蛮与文明分野的时代，它对随后的青铜时代、铁器时代带来了深远的影响。

还是在万年，我们从贡米飘香的荷桥，从商周陶片俯拾皆是的斋山，依然可以清晰地看到人类不断进步的历史遗痕。发掘与保护文化遗产，传承文明，寻找人类文明足迹的起点，是新时期赋予我们的历史责任。今天的万年，这个早期人类文明之光闪耀的地方，传承和弘扬稻作文化的全新画卷正徐徐展开。

万年贡米，颗颗芒似针、形若梭、白如玉。民间传说，万年贡米被送入宫中，煮之软而不黏，柔糯可口。明太祖朱元璋食用后大悦，下旨“万年贡米，代代耕作，岁岁纳贡”。

原产于万年县的万年贡米，是带有显著野生稻特性的原始栽培稻品种，在该区域已形成“从野生稻、人工驯化，过渡到万年贡米，发展为目前栽培稻”这一水稻形成与发展的清晰脉络。

为传承稻作文化、打造“中国国际稻米城”，2008年，万年县组织有关人员前往湖南省长沙市国家杂交水稻工程技术研究中心，专程拜会“杂交水稻之父”袁隆平，向他寻求支持与合作。袁隆平在仔细看了万年贡稻“芒谷”的稻穗、稻种后高兴地表示，要将万年贡稻的稻穗保存于国家杂交水稻工程技术研究中心博物馆，以供展示与研究，并将稻种送海南进行培育。

仙人洞与吊桶环的悠久历史及其创造的古老文明，是人类祖先留下的一笔厚重的历史文化遗产。为保护好两个洞穴及大源盆地的生态环境，多年来，万年在加大申报世界文化遗产力度的同时，全面规划，合理利用，使两个世界级的考古洞穴及周边环境得到有效保护。

（张　衍　毛江凡）

景德镇明清御窑厂遗址

一炉窑火铸就巅峰

景德镇御窑博物馆

明宣德青花地红八方花盆

明清御窑厂微缩景观

在景德镇市繁华的珠山中路一侧，一座飞檐翘角、粉墙黛瓦的巍峨古建，矗立在一处偌大的庭院前。古建上方有一匾，上书三个鎏金大字“御窑厂”。这里就是景德镇御窑厂遗址所在地。

初建于明，没落于清，穿越540多年的时光，见证了中国陶瓷史最辉煌一页的御窑厂，携带着古代中国瓷业的巅峰成就，奠定了今天的景德镇世界瓷都的地位。而御窑厂出土的瓷片上闪耀的光芒，折射的是影响深远的中华文明与世界文明交融并进的宏大篇章与历史回响。

珠山土层下 惊世大发现

在景德镇御窑厂遗址公园内，有一座高仅十多米的小山包，人们称其为珠山。就是这座不起眼的小山，在陶瓷研究者的心目中，犹如五岳之尊的泰山，有“高山仰止，景行行止，然心向往之”的巨大吸引力。

为什么会有这么神圣的地位？源于这座小山土层下的珍藏。

“御窑厂遗址的发现，最早要追溯到20世纪的70年代。1979年的冬天，在御窑厂东边的珠山东麓盖房挖涵道时，施工人员发现了大量的瓷片。当时任景德镇考古研究所所长的刘新园带着我们一批年轻的考古工作者来到现场，从一些瓷片的落款初步判断是明代成化时期官窑的瓷器。当把瓷片归拢到一起后，又发现很多瓷片属于同一件器物。”景德镇陶瓷考古研究所名誉所长江建新说。

当时，考古人员把这些出土的瓷片收集起来，后来在室内整理时发现这些瓷片可以拼接修复成整器，由此开始意识到这处的重要性。

江建新回忆说：“记得在20世纪80年代末，我们就修复了几百件明官窑瓷器。当时香港有位收藏家推荐我们到香港艺术馆去做了个展览，展出的这一批修复瓷器在当时引起了轰动。之后，我们在香港又举办了一次‘景德镇出土陶瓷’展览，实际上展出的是景德镇地区历代窑址出土的陶瓷标本。尽管是残片，但是这些标本也是很重要的，当时有评论说，这是以历代陶瓷标本来展示景德镇陶瓷史，景德镇陶瓷再次引起了人们的关注。”

紧接着，刘新园将目光聚焦到对出土文物的专题研究上。他敏锐地观察到这种陶瓷堆积非同一般，它蕴含的文化历史信息相当丰富。当这些瓷片被成批、成组修复成整器的时候，他将藏匿在历史文献中的细碎史料搜罗出来，与出土御窑碎片融会贯通，并与相关器物串联起来，修复已经消失的历史。

此后，至20世纪末，在御窑厂遗址内开展的考古清理工作达到13次，出土了大批明代成化时期御窑的重要瓷片，使学界大大丰富了对当时存世很少的成化官窑器的认识。更重要的是，这一发现还使人们认识到，对御窑故址的窑业遗存进行考古发掘，可以为研究其生产体制等诸多问题提供实证资料。由此，御窑厂遗址大范围内的考古工作拉开了序幕。

御窑厂遗址曾是景德镇市政府所在地，由于遗址地处人口密集的市区中心，给遗址的考古和保护工作带来了极大的不便。2002年底，景德镇市政府机关整体迁建，遗址保护区内与文物保护无关的建筑物一律拆除。自此，御窑厂进入了有计划的考古发掘、遗址保护和利用阶段。

煌煌五百年 书写文明史

进入新世纪，景德镇考古研究所先后联合北京大学文博学院、故宫博物院、江西省文物考古研究院等单位，相继多次对明清御窑厂开展了抢救性考古发掘，特别是2014年至今的多次重要考古发掘，再次将人们的目光聚焦于此。

“2014年10月开始的考古发掘，集结了考古方面的重要力量，有了不少新的重大发现。”江建新告诉记者，此次考古发掘出土了元、明、清时期的作坊、灰坑等各类遗迹60多处，其中最重要的一处是一座明中晚期作坊，根据遗迹与相关遗物推断，该作坊遗迹很可能是明正德至嘉万时期的釉上彩作坊遗址。这类遗址在御窑厂历次发掘中均未见，目前已揭露出的遗址面积为300多平方米，而且有向四周扩展的迹象。该处遗址对研究明代官窑釉上彩制作工艺提供了十分珍贵的实物资料，对研究明代御窑厂整个作坊群分布、规模、工艺、内部分工形式，都具有重要的价值，填补了这一陶瓷工艺考古的空白。

“御窑厂遗址的发掘与研究，极大丰富了海内外学术界对御窑瓷器生产体制与工艺技术发展的认识，由此建立了明清宫廷瓷器从生产端到使用端的完整联系。”江建新感慨道，考古发掘获得的文物和资料，是中华陶瓷文明的重要基因库和信息库，也是陶瓷文化的“活化石”，在世界范围内具有不可替代的历史、科学和艺术价值。

迄今为止，御窑厂遗址在近40年的时间里，先后经历3次主动性发掘和20多次抢救性发掘，揭露了御窑厂自明初创立至清代的不同时期遗迹，出土明清各时期瓷器残片多达数十

吨，近1000万片。

《浮梁县志·陶政》卷八记载："明洪武初，镇如旧属饶州府浮梁县，始烧造岁解,有御厂一所，官窑二十座""元代浮梁县一度升为州，洪武又复为县。"从以上文献记载可知，明洪武初景德镇御厂有官窑二十座。从洪武官窑遗物的出土情况看，明初御窑厂当在《江西省大志·陶书》所载御窑厂的北部，从明初开始，御窑厂由北向南逐渐扩展，清代御窑厂又向南、向西北扩展。自明洪武二年（1369年）至清宣统三年（1911年），御窑厂延续了500余年，最后随清廷覆亡而撤销。民国时期，在御窑厂西北侧设官助民办"江西瓷业公司"。1949年后，这些厂舍的地面建筑基本不存，唯有今珠山龙珠阁周围一块高地和树木保存至今。

根据深入持久的考古发掘与调查，御窑厂的面目逐渐清晰起来，其遗址平面呈长梯形，总面积约5.4万平方米，南临珠山路，北接斗富弄，东至中华路，西至东司岭。作为明清两代专为宫廷烧造瓷器的皇家瓷厂，是我国烧造时间最长、规模最大、工艺最为精湛的皇家窑厂，在中外瓷器发展史上具有独一无二的重要地位。

御窑新风采 文物活起来

瓷器作为中国的一大发明，窑火经久不衰，文化传承不息。

中国制作瓷器自东汉以来已有一千多年，而欧洲18世纪以后才有瓷器。可以说，景德镇是中国瓷业的代表，也是中国千年陶瓷文明的代表，她不仅属于景德镇，也属于中国和世界。景德镇陶瓷对人类文化的推进及交融，起到了巨大的作用。景德镇陶瓷的文化价值与内涵，是人类文明史上灿烂的一页。

那么，如何更好地呈现御窑厂遗址独一无二的价值与功能？如何让一件件历经沧桑的瓷器活起来，变得可亲可近？如何让陶瓷文化与旅游融合发展，为社会、经济的发展提供更好的服务？景德镇将考古、遗址保护与利用相结合的做法，值得肯定。

今年的5月18日，国际博物馆日。在明清御窑厂遗址基础上成立的御窑博物馆，历经4年的建设，在博物馆日当天免费开放，引来了众多游客游览打卡。御窑博物馆以明清御窑厂540多年的历史为支撑，通过展示御窑厂历代官窑遗址的重要陶瓷考古成果，以及发掘的各个时期的重要遗物，来展现明清两代官窑的历史发展脉络。

江建新告诉笔者："由于御窑博物馆是在明清御窑厂遗址的基础上建立起来的，它在展陈设计上会比较特殊。比如一般的博物馆以展示单个传世的经典藏品为主，而御窑博物馆会把同一种器物类型的几十个标本展示出来。通过这样的展示，观众就能了解它的生产过程以及精品拣选的标准。"

徜徉在御窑博物馆，笔者发现，其外形灵感来自景德镇传统龙窑，由8个多曲面拱体结构造型构成，其建筑材料中有

20%的砖是景德镇的老窑砖。“这个建筑根植于景德镇的历史，它是有温度的。”御窑博物馆设计师、中央美术学院建筑学院院长朱锫此前介绍，御窑博物馆就建在御窑厂遗址附近，走近它，仿佛能感受到御窑的脉动与气息。

基于重要的历史价值，御窑厂遗址在2006年成为第六批全国重点文物保护单位，2010年获批为国家考古遗址公园。2017年，经国家文物局批准，御窑厂遗址被列入《中国世界文化遗产预备名录》。

“作为考古工作者，我们要让陈列在中国大地上的文物活起来，不仅要让文物走进大众，还要让大众亲近文物，增加对文物作为国家文化遗产的情感。这方面的工作我们在不断进行，比如有的考古发掘工作，我们会邀请中小学生来现场参观与体验，也会邀请高校文博专业的师生参与考古发掘，再就是通过御窑博物馆的展陈与研学活动，开展更广泛的陶瓷文化的传承与弘扬工作。”景德镇陶瓷考古研究所所长翁彦俊说，在数字化时代，我们还在尝试推进数字化传播，通过线上线下、虚拟与现实相呼应的方式，推出云展览、云互动，让御窑文化与故事插上翅膀，连通世界，传播到更远的地方。

1712年，在景德镇旅居了7年的法国传教士殷弘绪，曾在一封寄往欧洲的书信中这样写道：

此地无城墙，既便于扩张地盘，又便于输进和输出货物……景德镇窑数已达到三千座，到了夜晚，它好像是被火焰包围着的一座巨城，也像一座有许多烟囱的大火炉。按一般的说法，此镇有一百万人口，每日消耗一万多担米和一千多头猪。街道笔直，按一定距离纵横交错……如处于闹市中心，可以听见从四面八方传来的担夫呼叫喊让路的声音……

殷弘绪信中的内容，描述了清康熙年间景德镇瓷业的繁荣景象，这座以瓷立镇的城市，一直以陶瓷为生，近百万的人口与陶瓷同生共存。如今，“Made in China”的商品已经遍及世界各地。可回到当年各种肤色的人们刚刚相遇的时代，风靡世界的“Made in China”，是无与伦比的中国陶瓷。

时光流转，岁月变幻，而独树一帜的景德镇御窑，每一块瓷片的釉色都不曾黯淡，每一件涅槃重生的御瓷，都在熠熠生辉，光彩照人。

（张　衍　毛江凡）

新干商代大墓

一洲青铜改写历史

大洋洲商代青铜博物馆内景

新干县大洋洲程家村涝背，赣江边这座曾经的沙丘如今已是草青树茂，绿意盎然。32年前，修水利的农民在这里挖出了一个震惊世界的考古发现。一时间，无数目光聚焦于这个小小的沙丘。行走在这片土地上细细寻找，考古现场的痕迹已然不见，眼前立起了一座博物馆，而那些解开的谜底和未解的谜面都装进了这座大洋洲商代青铜博物馆。

青铜初现

作为考古界的"资深明星"，新干大墓甫一面世便被誉为"江南青铜王国，中华文明正脉""商代南方青铜之都"。

新干大墓是当地农民在程家村涝背沙丘掘取沙土时被发现的。涝背西濒赣江仅1千米，每年下半年，附近几个村子的农民都要取沙土加固赣江堤坝。1989年9月20日下午，夏塘村的一个村民在掘取沙土时，一锹下去挖到了一件古色斑斓的青铜圆腹鼎。这件"大香炉"，包括此前在附近发现的小型墓葬，让村民们联想到一直以来在当地流传的"三把半伞"的传说：很久以前这一带有好几个形如雨伞的封土堆，后来只剩下三堆半，而这些土堆又与"九缸十八瓮"的财富传说联系在一起……这些联想激发了大家的欲望，一伙人连挖带刨，又挖出了大大小小十几件青铜器，哄抢一空。

有关部门很快控制了现场，并把大部分被哄抢的文物追了回来，共计12件青铜器，还有一麻袋被砸碎的铜器碎片。这批最先被哄抢的青铜器后经修复，得方鼎、圆鼎、甗、卣、钺、矛等共17件，其中就有那件通高1.05米、重达78.5千克、有"中华甗王"之称的四足铜甗。担任此次考古发掘领队的江西省博物馆原馆长彭适凡告诉记者，虽然大部分遭抢的文物被追回来了，但仍有"漏网之鱼"。在清理时发现一件虎耳虎形扁足鼎高30厘米的扁足不见了，次年在英国苏富比拍卖行被拍卖；一件伏鸟双尾铜卧虎，“出土的时候是两半，右边的獠牙不见了”。彭适凡退休之后，在古玩市场遇到一名收藏爱好者，才得知虎牙的下落，几经周折，终于在 2012 年使其完璧归赵。那只又萌又飒的虎20多年后才得以全貌现身！

“听说挖出了青铜器，我们还在猜是不是挖到了宋代以后仿古铜器的窖藏。”接到消息赶往新干时，彭适凡并没有抱很大的希望。但是到现场后，看到挖掘出来的一尊方鼎立耳上卧着一只圆雕老虎，他立刻兴奋起来：这是典型的商代晚期器物！且双耳上卧虎是中原青铜器上从未见过的。

最终的发掘成果确实让人惊喜万分：经江西省文物考古研究所发掘，共出土青铜器475件，玉器754件，陶器139件。这是江西，也是江南地区出土商代青铜器数量最多、器种最丰富的一次，铸工精细，特色鲜明，是南方商代青铜器的典型代表。在商代遗址考古中，同一单位内出土如此之多的铜器、玉器，只有三星堆和妇好墓可以与之相比，陶器的数量则更是罕见。该遗址是长江以南地区发现的规模最大、等级最高、出土文物最丰富的青铜时代的遗存。国家文物局给江西省文物局发来贺电，称“这是我国近年来文物考古的又一重大发现”。

文明之光

长期以来，历史学界、考古学界认为，商周时期在中原拥有高度发达的青铜文明的时候，整个南方地区尚属“荒蛮之地”。

新干大洋洲墓葬的发现，以无可辩驳的事实证明了，早在三千多年前，长江以南的江西就有着较为发达的青铜文明，有着一个与中原殷商王朝政权并存发展的青铜王国。“原来以为的文明中心只有一个点，就在中原地区。而新干大墓的发现，显示了在中原地区之外，还存在具有自身特色的、地域性的青铜文化，改变了青铜时代整个文化格局的一种认识。”中国社会科学院考古研究所副所长施劲松如是说。

新干大墓出土的青铜器包括容器10种48件、乐器2种4件、兵器11种232件、手工工具7种92件和农具11种51件，它们带领今天的我们走进了一个三千多年前的青铜王国，走进了一个久远的神秘国度——乳钉兽面纹虎耳鼎、兽面纹鹿耳四足甗等大型青铜重器昭示着磅礴的国家气度和胸怀；兽面纹提梁方腹卣、伏鸟双尾青铜虎、双面神人头像等以其奇特的造型为我们带来了清新的江南气息；活环屈蹲羽人玉佩饰、弦纹玉璧等，精雕细琢，工艺精湛，展示着巧夺天工的治玉水平；形式多样、锋芒毕露的兵器，品类丰富、简洁实用的农耕、渔猎和生活用器，描绘出一幅且耕且战的方国社会图景……

待解之谜

直到今天仍有许多待解之谜。

首先，新干青铜器遗存的性质究竟是什么？发掘的参与者和众多专家学者主张“墓葬说”。他们的理由，一是考古人员在清理过程中，发现了类似于墓葬中椁的坑穴，坑穴中有类似于棺的痕迹；且遗址原来有很大的封土堆，像长江流域西周时期的土墩墓。二是遗址出土器物有规律地分布着，按照棺椁墓葬结构和器物的特点以及人们的生活习俗等，青铜器大部分置于椁区，玉器则集中置放在棺区。

也有专家认为该遗存是一处祭祀遗存。他们认为大洋洲遗存位于赣江边，与古代南方择高而葬的习俗不相符；出土物分布规律不明显，品种也比较单一，时代跨度大，体现不出商代应有的礼制。他们认为大洋洲器物群是距新干青铜器遗存不远的牛城先民立社时举行重大祭祀活动中所使用的典礼性器物……

其次，现在较为普遍的观点是“墓葬说”，那么墓葬的主人是谁?

在大墓的周边，分别于1973年和1977年发现了两处古城遗址——距大墓20千米的吴城和3.5千米的牛城。在新干出土的青铜器中，有10件鼎耳上有20只虎，9件青铜鼎上27只扁足采用虎形，其中伏鸟双尾青铜虎最令人惊叹，为迄今所见最大的青铜虎，有“虎王”之誉——这些“虎”让人们联想到虎方国。卜辞中记载：“令望乘暨举途虎方……”“虎方”是商代存于南方的一个方国，是殷商之外的地方政权。根据考古实物和古文字记载，有专家提出赣鄱地区为虎方国的控制范围，其都城就在新干的牛城。

2019年8月在新干举办的青铜文化产业高峰论坛上，考古专家李伯谦、彭适凡、唐际根等都肯定了“虎方说”。牛头城址考古项目发掘领队、江西省文物考古研究院研究馆员周广明更是认为“虎方”在新干区域，而且很有可能是从湖北盘龙城遗址那里的一支迁徙过来的。

新干大墓出土遗物的规格和由此显示出的墓葬等级都非常高，同时也表明其文化已相当发达，社会似已进入一个较为高级的阶段。但在吴城遗址却没有发现具有相应规格的大型建筑和其他墓葬，其房址和墓葬数量少而且简陋。相对于新干大墓极为丰富的随葬品，吴城遗址出土的铜器很少，更缺乏大型铜器和精美玉器。从城址规模和特征来说，牛城也是都城与王陵。周广明告诉记者，目前学界的主流观点认为，新干大墓与牛城的关系更为密切，新干大墓出土的陶器类型与牛城更为一致。专家们更倾向于认为新干大墓的主人是牛城的首脑或者首脑的亲属。

从出土的50多件青铜农具和232件青铜兵器来看，如果是虎方国，那它当时已具备了非常先进的农耕文明和强悍的军事实力。然而，自商代以后，有关新干的历史记载除了战国时有个粮仓，就直接进入了秦朝。虎方国后来怎样了呢？这个有着强劲实力、能和中央政权分庭抗礼的地方政权在几百年后又谜一般地消失了。消失的原因还需要更多的考古证据来解答。

“破圈”之惑

走出博物馆，行走在105国道上，公路两旁隔着几十米就蹲着一尊方鼎或趴着一只呆萌的伏鸟双尾虎，这些颇具代表性和辨识度的文物在“代言”着赣江边的这座城市。

勤劳、智慧的先民将这样一份沉甸甸的礼物留给了今天的新干，如何保护与开发好先祖的馈赠便成为摆在新干人面前的一个大课题。

大洋洲镇和新干县城的街头，青铜元素随处可见：路灯、凉亭、休闲椅上到处都有青铜装饰，新干县行政服务中心前的青铜文化公园以及青铜广场，还有2017年重修的大洋洲青铜博物馆都成了人们了解商代文化的打卡地。除了举办青铜文化产业高峰论坛，据新干县文广新旅局负责人介绍，县里还排演了一部采茶剧《淦地·青铜韵》……然而，这些对于传播具有世界意义的商代青铜文化、提升新干的文化形象还远远不够。据介绍，当地计划将青铜博物馆周边的程家村打造成一个占地500亩的大洋洲商代青铜遗址公园，再现“吴城文化”“虎方国”的雄姿，让世人能近距离触摸这一旷世的远古文化。这让我们生出些许期待。

其实，在国内，以青铜文化作为城市品牌的地区已有不少：安徽铜陵，从综合性的青铜文化博览会到当代铜工艺品大赛，从黄梅戏《青铜三部曲》到青铜文化论坛，从铜都概念的打造到无处不在的城市铜雕……可以说，无论从广度、深度和力度而言，铜陵对于青铜文化的发掘与开发已是非常成熟。而三星堆则走了另外一条“潮流”路线：举着“自拍杆”的青铜立人像、撞脸“愤怒的小鸟”中绿色小猪的陶猪、以三星堆祭祀坑出土的青铜面具为模板打造的三星堆版“娃娃头”冰激凌……借着今年初三星堆考古新发现的热潮，三星堆上新的文创产品让年轻人爱不释手，各类媒体争相传播。以文创产品为载体，三星堆的文物、文化逐渐以年轻态的方式“走出”博物馆。

无论是铜陵的深度、广度和力度，还是三星堆轰轰烈烈、热热闹闹的“破圈”，都值得我们学习。

（李滇敏　罗翠兰　万芸芸　朱雅玲）

南昌汉代海昏侯墓

一座汉墓见证盛世

铜鎏金编钟

孔子像屏风（复原）

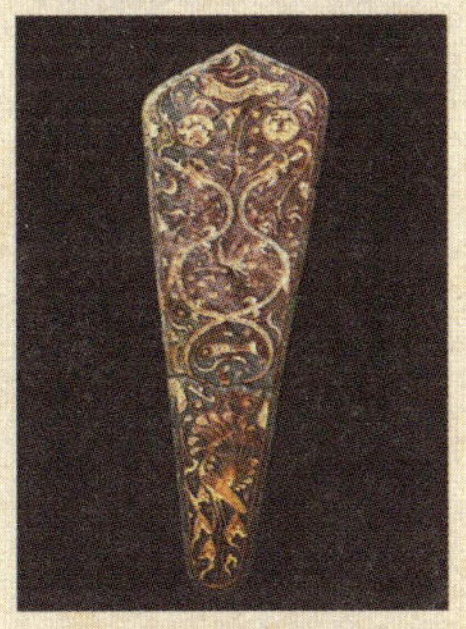

形制精美的当卢

冬日南昌，暖阳高照。位于南昌市新建区紫金大道的南昌汉代海昏侯国遗址公园，汉阙巍峨。掩映于竹林中的城门遗迹，依稀还留着故国的残影。

遗址公园开园一年多，数以千万计的游客来到这里，拂去岁月尘埃，穿越时光隧道，探寻海昏侯其人的故事以及汉武盛世的辉煌。

震惊世界的发现

近些年来，没有哪一个考古发现，能像南昌汉代海昏侯墓一样引人瞩目。然而，这个惊世大发现，却是从一次败露的盗墓开始。10年前，一夜之间长高的山包，一眼望不到底的幽暗盗洞，一伙贪婪的盗墓贼搅扰了这里的宁静。

2011年3月23日，江西省文物部门接到群众举报，南昌市新建区大塘坪乡观西村附近山上有一座古代墓葬遭到盗掘。文物部门立刻对该墓葬周边区域进行考古调查。

“在发掘的过程中，我们闻到一阵阵的奇香，而且久久不散。这个香味难以用语言来形容，但是闻过的人此生难忘……初步认定这个墓主人应该是一个‘重量级人物’。”江西省文物考古研究院研究员杨军，第一个进入海昏侯墓，也是海昏侯墓考古领队。

“这是一座我国迄今为止发现保存最完好、布局最清晰、结构最完整的汉墓，如此完整的西汉列侯等级墓葬，在中国考古学史上属首次发现。从目前来看，海昏侯国遗址已经基本达到了申报世界文化遗产所要求的标准。”参与此次考古发掘的专家如此评价。

从2011至2016年，经过5年的抢救性科学考古发掘，一位历经王、帝、侯三种身份，富有传奇色彩的人物——刘贺；一座烙刻着王侯印记的古城——紫金城；一个被历史尘封的侯国——南昌汉代海昏侯国，一步步呈现在世人面前。

黄金、钱山、美玉……墓中随葬品一次次刷新了我们的认知。至今，海昏侯墓园出土金器480件，重量达120千克，超过其他西汉墓葬出土黄金的总和，创下了汉代考古之最；出土的5200余枚竹简和近百版木牍，包括众多珍贵典籍和历史性文书档案，是我国学术史上的一次重大发现。

南昌汉代海昏侯国遗址重大考古发现，轰动了全国，惊艳了世界。今年8月，江西省汉文化研究中心成立，将以南昌汉代海昏侯国遗址研究为基础，打造国内外汉代文化研究高地。

大汉雄风的见证

一望两千年，汉风今犹在。海昏侯墓出土的文物清晰完整地呈现刘贺传奇的一生，勾勒出大汉王朝的盛世风华。

“南昌汉代海昏侯国遗址的发掘和研究让中外重新认识中华汉代文明。”杨军说，秦汉时期最辉煌的就是“秦皇汉武”，即秦始皇和汉武帝时期。通过考古文物看秦始皇时代，那一定是秦始皇陵兵马俑，它彰显了大秦气派。而反映汉武盛世的文物，在海昏侯墓发掘前并不多。陕西西安的汉景帝阳陵、湖南长沙的马王堆汉墓、河北的满城汉墓、广州南越王墓等，这些都属于汉武帝之前或汉武帝早期的，而海昏侯墓则让人们看到汉武雄风。这也是我省成立汉文化研究中心的主要原因。

“从古至今，世界上有许多文明存在，而中华文明从未断裂。家国情怀是中华民族的优秀历史文化传统，也是中华文明没有断裂的主要原因。”杨军向记者介绍，海昏侯墓出土的金饼和金板不是流通货币，而是刘贺生前的储备黄金，与西汉时期的酎金制度（每年八月诸侯王和列侯向皇帝敬献黄金参与祭祀宗庙活动）有关。祭祀祖先，就是家国情怀的一种表达。

中国文字历史悠久，从甲骨文到青铜器上的金文，再到秦始皇时期的小篆，文字统一奠定了中华文明传承的基础。海昏侯刘贺墓出土的各类竹简和木牍上的汉隶文字，与甲骨文、金文、小篆一脉相承，这也是中华文明延续的重要载体。

“手不能抖，一抖就散了。”文保人员说的是海昏侯墓中那一堆黑乎乎、之前被认为是“泥巴”的竹简。“竹简涉及内容非常广泛，主要是儒家经典，以失传1800多年的《齐论语》为代表。它们和画有最早孔子像的屏风，是汉武帝‘罢黜百家，独尊儒术’的见证。”杨军说。随着释读工作的深入，相信更多竹简沉睡的灵魂将会被唤醒，我们能够更清晰了解汉代的文化、艺术、社会生活。

海昏侯刘贺生前使用过的大量生活家具，让世人了解了汉代的历史与人文、礼仪与典制。“独角羊形银质当卢等一批具有草原风格和异域特征的文物，是汉武帝派张骞出使西域、开通丝绸之路进行中西文化交流的体现。马蹄金、麟趾金上的赶珠丝和巩丝等外来细金工艺，则明显受到了希腊文化的影响。”杨军阐释。

南昌汉代海昏侯国遗址发现10年来，科学研究贯穿考古发掘全过程。日前，研究人员在主墓的粮库内发现有水稻、粟、麻、甜瓜、梅等5种可食用植物遗存。这些陪葬品中的“五谷”既能反映墓主生前饮食与生活情况，也能印证当时豫章地区农作物的种植与发展。

紫金城内的回响

马蹄金、麟趾金、孔子像屏风……南昌汉代海昏侯国遗址博物馆内一件件精美的珍贵文物，体现了先祖的智慧，也让人们领略到大汉侯国的气度与风范。

步入博物馆序厅，巨大的人文铜浮雕墙上，汉代出行礼仪、生产生活等场景活灵活现，令人驻足凝思。

博物馆开放了“金色海昏”“丹漆海昏”“书香海昏”三个专题展和“遇见海昏”互动展。南昌汉代海昏侯国遗址博物馆副馆长范丽君介绍，目前展出各类出土文物1200余件，每件文物带有一个自己的“身份证”二维码，只要扫一扫，便可知道它的前世今生。利用大数据、人工智能等现代科技手段，真实还原汉代经济发展水平、社会风貌、生活习俗，让游客与文物近距离“接触”。

海昏简牍是海昏侯国遗址出土的学术价值最高、备受国内外学术界关注的文物。记者来到简牍展厅，就像是走进古代的“书房”，真切感受到简牍文化的博大精深。悬垂的竹简构成空中矩阵，斑驳的文字在地面铺陈涌动，墙面镌刻着历史的印记，简牍艺术墙起伏连绵，穿越时空，历史与现实衔接于此；“遇见海昏”展厅位于遗址博物馆二层，游客可以在这里阅读典籍，利用创新型数码科技、智能体感捕捉、沉浸式裸眼观影等各类高科技手段，体验古代的“六艺”（礼、乐、射、御、书、数）。这里有一面“文物墙”，只要游客动动手指便可360度认识文物。坐上“轺车宝马”，戴上VR眼镜，可以领略汉代王侯出行盛况。在“巧夺天工”互动区，还可以选择喜欢的颜色和图案，设计成自己想要的汉代文物“作品”，并通过3D打印将它带回家。

“南昌汉代海昏侯国遗址发掘震惊世界，这次一看果然名不虚传。从展出的文物中，我们品读了自王而帝、自帝而侯刘贺的传奇，领略了巍巍大汉的雍容气度。”来自河北的涂睿慕名而来，收获颇丰。

秦风汉韵的对话

秦汉文明是中华文明的华美篇章，秦汉文化一脉相承。

2021年9月29日，“大秦雄风——秦始皇兵马俑展”在南昌汉代海昏侯国遗址博物馆展出，吸引了四方游客纷至沓来。“在这里，观众可通过秦权与汉权、秦剑与汉剑、秦瓦当与汉瓦当等文物的对比，加深对秦汉制度、礼仪和生活方式的认识，了解2000多年前的科技与文化。”范丽君说，这是秦风汉韵的跨时空、跨地域对话。

器物有魂，可沟通历史、现在与未来。这次展览让一南一北、本无缘相见的秦半两和汉五铢成了楼上楼下的邻居。这两个古代货币圈中的“大咖”对中国货币制度有哪些影响？“秦始皇统一了货币，规定以外圆内方的半两钱为全国通行的货币，禁止民间私铸。秦制半两为十二铢，相当于现在的8克左右。如果说秦半两奠定了钱币的形制，那么汉五铢最大的贡献应该就是它的重量了，影响了此后中国历代的铸币。”范丽君介绍说。

参观博物馆后，记者来到“南昌汉代海昏侯国遗址考古工作站”。“我们在遗址公园为研究人员搭建了一个大展拳脚的舞台，未来将有新的研究成果源源不断出来。这样，我们的遗址公园就会不断有新的亮点，成为全国乃至全球的汉文化打卡地。”范丽君对遗址公园的未来充满了期待。

在这里，海昏文明看得见、听得到、可触摸。现代科技与古代文明的交相辉映，让“沉睡”了2000多年的海昏侯国再次被世人凝望与致敬。

（杨淑玲）

立鹿耳四足青铜甗

新干商代大墓

立鹿耳四足青铜甗通高105厘米，甑口径61.2厘米，鬲口径34.1厘米。

甗分为上部大口盆形的甑与下面的鬲，两部分合为一体。甗为蒸煮器，鬲盛水，甑放置食物，在甗下引火煮水，蒸汽通过中间的箅片加热食物。

这件四足铜甗，重达78.5千克，体形巨大，气势雄浑，为迄今所见青铜甗中最大者，有『甗王』之誉。铸造工艺方面，除了耳上双鹿，整个器物一次浑铸成型。四足铜甗在商代较为少见。甗上出现了殷墟时期流行的斜角雷纹、上卷尾连体兽面纹、牛角兽面纹等纹饰，耳上加铸立鹿的特点则与新干方鼎、扁足鼎加铸动物造型的风格一致。可以推断，这件器物铸造于商代晚期，体现了当地人对中原青铜器的本土改造。现藏于江西省博物馆。（罗翠兰）

直口深腹圜底罐

万年仙人洞和吊桶环遗址

陶器是新石器时代的重要标志。如果在一个史前遗址中出土了陶器，哪怕只是一块陶片，我们也能够确定它是新石器时代的遗址。万年仙人洞遗址出土的唯一一件直口深腹圜底罐，是目前中国乃至东亚地区发现的年代最早的一件较为完整的陶器，因此，学界曾称之为『中国第一陶罐』。从它粗粝拙朴的憨态中，我们能接收到人类最早的智慧密语。那是先民越过山岗、潜入洞穴，从漫长的迁徙、神秘的隐遁和深邃的时光篝火里，第一次淬炼出的成型陶器，是原始家园发出的文明信息。现藏于国家博物馆。（张 衍）

双面神人铜头像

新干商代大墓

侧身羽人玉佩饰高8.7厘米，背脊厚1.4厘米，三环通长4.6厘米，呈枣红色，采用圆雕成型，浮雕与镂雕工艺相结合，羽人造型，顶冠高耸，嘴巴喙状，腰背羽翼，屈臂蹲坐。该玉器令人惊叹之处在于凭借专用的掏雕工具，将羽人后面多余的玉料掏出了形状大小几乎相同、又灵活自如、没有丝毫缝隙的三个环状相扣的活链。活链不仅利于佩挂，而且小料巧作大器。这是一件用于佩挂的青田玉饰，它包含『羽化登仙』『沟通神灵』的思想，代表了古人的生死观。现藏于江西省博物馆。（罗翠兰）

双面神人铜头像

新干商代大墓

双面神人铜头像通高53厘米，面宽14.5至22厘米，上銎长8.5厘米，下管长5.5厘米。

这件器物为一中空的扁平双面人首造型，额部宽，颌部窄，呈倒置的等腰梯形。两面均有中空的圆凸目，竖耳上部尖，肥鼻，高颧骨，张口露齿，两侧嘴角上翘，下犬齿外卷形似獠牙。头两侧各出一角。整个形象显得神秘恐怖。

与四川三星堆出土的大量凸睛青铜神面具对照，新干的神人铜头像有明显不同之处：它并非可以佩戴的面具，而是双面造型。不少学者认为，这件头像是王权的象征。青铜时代王的权威是全方位的，天圆地方的造型代表这是上天赋予的神性。头像的双面造型，则表示视界由180度转为360度，突破了人的视野局限，这象征着上天赋予人以神性的观察力，俗世中什么都逃不过王的眼睛，代表『法力无边』。现藏于江西省博物馆。（罗翠兰）

马蹄金

南昌汉代海昏侯墓

海昏侯墓中出土的金器共480件，总重量达120千克。这是迄今为止中国汉墓出土金器最集中、数量最多的一次，超过其他所有汉墓出土黄金数量的总和。马蹄金、麟趾金是其中的一个大类。这批金器是汉武盛世的缩影，也是西汉是一个『多金王朝』的实证。

金器为何要做成马蹄、麟趾形状？《汉书》里记载，汉武帝巡游天下时在西陇高原发现了麒麟，在敦煌得到了汗血宝马，又在泰山发现了黄金。为了纪念这接连出现的祥瑞，汉武帝下令将黄金做成马蹄和麒麟趾的形状，赏赐给各路诸侯贵族。当时风靡一时，受万人追捧，代表着权利、身份和地位，乃至整个家族的荣耀。刘贺的父亲刘髆是汉武帝喜爱的儿子，所以赏赐颇丰。刘髆将这些赏赐自然传给了刘贺。最后海昏侯国除国，诸多黄金只能埋进刘贺墓，也就是目前我们在南昌汉代海昏侯国遗址博物馆看到的那些马蹄金、麟趾金。（钟兴旺）

伏鸟双尾虎

新干商代大墓

伏鸟双尾虎通长53.5厘米，通高25.5厘米，体宽13厘米。

这件器物的器型像虎尊，但腹底不连，内空，张口，左右各露一獠牙。老虎造型怒目圆睁，虎视眈眈，作半起欲奔之势。硕大的虎背上伏卧一只小鸟，神态安闲，不惊不惧。虎不惊鸟，鸟不惧虎，充满一种诡谲神秘之美。

新干大洋洲商墓出土的不少器物上都有虎的装饰，且风格基本一致，多为突出位置的高浮雕虎纹或圆雕老虎，构成新干青铜文化的主要特色。一些学者据此推测，虎可能是墓主人家族的崇拜对象或与其家族历史及传说有一定关系，并将其与商代长江流域的重要方国——虎方联系起来。虎与鸟的结合器虽南北方均有发现（如安阳殷墟出土的妇好觥也是前为虎、后为鸟），但此虎的双尾造型却前所未见。此物被认为是虎方国的形象标识。现藏于江西省博物馆。（罗翠兰）

孔子像屏风像

南昌汉代海昏侯墓

孔子像衣镜，其实是一个双折式屏风，由两折组成，其中一块绘有孔子及颜回、子路等5名弟子像，背面是一面镜子。另外一块，一面绘有孔子两名弟子曾子、子张像，背面有用红漆所写的隶书『衣镜赋』，对衣镜的功能及图案内容进行了描述，下面还绘有『钟子听琴图』。

西汉人在榻上会友交谈，屏风就立在榻旁。刘贺在榻上可以天天与孔子及弟子『见面』，时时照镜子正衣冠。这幅孔子像，是目前我们看到的最早的孔子画像，也是当时正统、权威的孔子标准像。

汉武帝时，采纳董仲舒建议，把儒家思想作为治理国家的哲学思想。这扇孔子像屏风，实际上是汉武帝『罢黜百家，独尊儒术』的体现。现藏于南昌汉代海昏侯国遗址博物馆。（钟兴旺）

昌邑籍田铜鼎

南昌汉代海昏侯墓

昌邑籍田铜鼎代表了西汉特别是汉武帝时代对农业的重视。西汉初期采用休养生息政策，提倡黄老之学，社会重商轻农，国家粮食储备不足。『仓廪实而知礼节』，汉文帝采纳了贾谊的建议，下定决心重视农业，于是亲自下田耕作，这就是『籍田』。上行下效，汉文帝带动了所有的诸侯王下田耕作，每年开春都要举行籍田礼。在铜鼎上铸刻『籍田』字样铭文，以示对农耕的重视。昌邑籍田铜鼎便是昌邑王刘髆所用器物，后来刘贺将其带到了豫章海昏侯国。正是因为全国上下对农业的重视，在汉武帝时期，粮食储备极为丰富，给汉武盛世奠定了强大的物质基础。此鼎现藏于南昌汉代海昏侯国遗址博物馆。（钟兴旺）

素三彩鸭形香熏

景德镇明清御窑厂遗址

素三彩鸭形香熏通高25.3厘米，熏分上下两截，腹内中空，以子口相合。鸭头、腹、尾部饰墨绿色低温铅釉，喙、足饰黄色铅釉，头、腹侧部涂土黄釉，翅及背羽锥刻处填孔雀绿釉。鸭足与中空的方形器座相连，器座底部书『大明成化年制』。该器腹部合缝处子口上分布均匀的六个小孔的设计最为精绝，它巧妙地利用了景德镇高温瓷器子口的不可能完全密闭性特点，通过六个孔与子口的缝隙，与鸭头中空相通，从而起到烟囱作用。

明成化瓷器造型多俊秀端庄，体多小巧轻薄，以小件居多，而大件罕见。斗彩人物纹小杯、鸡缸杯、葡萄纹小碟等均为成化官窑代表作。这件素三彩鸭形香熏为成化官窑中罕见的精品。现藏于景德镇御窑博物馆。（毛江凡）

青花地锥白龙凤纹梅瓶

景德镇明清御窑厂遗址

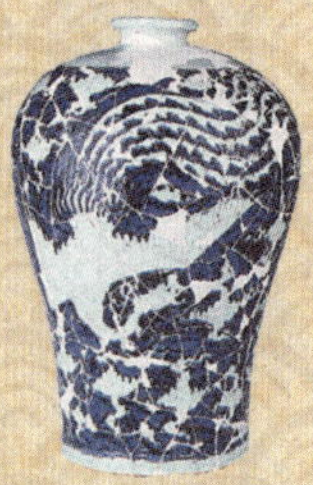

1999年7月，在景德镇御窑厂遗址西南侧（东司岭西约20米处），挖地基时发现明永乐瓷片堆积，景德镇市陶瓷考古研究所对这一堆积作了清理，发掘出土的永乐瓷片有青花、釉里红、白釉、黑釉等品种，明永乐青花地锥白龙凤纹梅瓶碎片即出土于此。

过去常见宝石蓝地饰红、白花纹，而以青花作地为永乐首见。该件文物口径8.5厘米，高43.6厘米，堪称孤品，是御窑厂遗址出土的众多瓷器中最『碎』的一件，由466块青花瓷片经一年时间拼对、修复而成。其外壁以青花为地，以留白与锥拱相结合，腹部饰青花地刻白龙、白凤纹，展翅凤纹舒展优美，底部刻白海潮纹，整体器型工艺精巧、制作难度大，有极高的文物价值。现藏于景德镇御窑博物馆。（毛江凡）

从古籍看江西

扫码云游

- 听见赣音绕梁
- 回望江右风华
- 纵览赣鄱万象
- 寻味江西名吃

温“故”知“新”

——《江右文库》编纂出版工程扬帆起航

5月18日，“《江右文库》工作委员会暨编纂委员会第一次会议”在南昌召开，引发了社会各界的热切关注。

大美赣鄱物华天宝、人杰地灵。这方钟灵毓秀的土地上，自古以来文士云兴、诗文灿烂、名家辈出。

对秦汉以来至1911年历代江西人用汉语言写录成帙的文献进行系统的调查、收集、整理、研究和出版——《江右文库》将实现对江西文献有史以来规模最大、体例最新、使用最方便的编录和出版。

一

“从国家层面来看，‘十四五’期间将启动国家文献储备库建设。从省域层面来看，现今国内有22个省份启动了文库建设项目，《岭南文库》《湖湘文库》等已基本完成。而作为古籍资源大省，我省不少珍稀文献由于时间久远、保存困难，必须尽快进行抢救性保护与整理。还有就是江西一批长期从事本省古籍整理和研究的专家大多年事已高，亟待发挥他们在地方文献整理中的领军作用。”在《江右文库》编辑部主任游道勤看来，《江右文库》的编纂出版时不我待，也水到渠成。

据统计，我省目前拥有各类古籍100万册以上，其中善本5.5万册，江西人的著述有1万余种。这些文献特色鲜明、价值极高、影响深远，是江西文化的重要载体，是江西文脉绵绵不绝、传承久远的根本。长期以来，我省学界、出版界等领域的相关专家，一直对建设江西省域文库有着热烈的呼吁和设想，但因各方面的条件所限，未能顺利实施。

2014年江西省两会期间，江西省政协委员陈世象提交了提案《抢救性保护赣鄱古籍，开发出版<江右文库>》。

2020年底，江西省委省政府高度重视、科学部署，《江右文库》编纂出版工程正式立项。2021年2月，“启动《江右文库》编纂出版工程”被正式写入《江西省国民经济和社会发展第十四个五年规划和二〇三五年远景目标纲要》。之后，《江右文库》工作委员会和编纂委员会成立，编纂委员会下设编辑部。陈世象担任《江右文库》编辑部副主任。

“客观地说，无论是从体量，还是从影响力来讲，江西古籍文献都独树一帜，在全国名列前茅。有人曾做过统计，《四库全书》中收录的江西籍作家作品，占比达1/10。有些文库会将收录作品的时间下限延长，或把一些一般性的研究著作也收录进来。而我省有影响力的文献实在太多，只收到1911年，体量也非常巨大。”

无疑，摸清家底、理清源流，展示江西文化丰硕成果、彰显江西文化风采，是《江右文库》最鲜明的特质。而根据资料显示，《江右文库》将从现存约1万种江西人所撰著作和各类历史文化著作中，选录约3000种具有全面性、代表性、学术性的文献进行编纂、整理、出版，同时推出一批研究著作，分“书目编”“文献编”“方志编”“精华编”“研究编”五编，计划出版1600册，总计约8亿字。

随着项目推进，编辑部倍感使命光荣，然而人才缺口等问题也渐渐凸显出来。“我省专门从事古籍整理、研究的专家学者较少。湖北有崇文书局，湖南有岳麓书社，浙江有浙江古籍出版社等，而我省并没有专业的古籍出版社，古籍编辑、出版人才也比较稀缺。”陈世象说。

淌过华夏的千载风华，盘点历史上的几次重大盛世修典，如《永乐大典》《四库全书》等，江西人都是名副其实的“主力军”和“智囊团”。编纂大型丛书，我省有着深厚的历史传统和勇于破局的时代精神。

“在整个工程框架结构方面，我们立足江西面向全国，把古籍整理、研究等方面的力量动员起来、整合起来，充分发挥省内各高校、社科院、档案馆等单位力量，同时邀请省外的版本学家、文献学家等专家参与。”陈世象介绍，《江右文库》的编纂委员会中除了近30位省内专家，还邀请了十多位省外专家参与进来。而编辑部则从全省出版和文化系统中抽调精干力量，并新招了古籍编纂出版专门人才。这支专业团队，将为高质量编纂出版文库提供人才支持和智力支撑。

华南师范大学教授闵定庆是一位从江西走出去的书库编纂专家，曾担任《八闽文库》若干种文献的整理工作。这次，他受邀回到家乡参与《江右文库》的编纂工作。在他看来，“这样一个庞大的文献编纂出版工程，关涉时间跨度极大，人物极广，文献构成极其复杂”。他表示，“这些具体可感的文化成果，对于地方文化的总结与推进，无疑具有巨大推动作用”。

二

采访结束时，陈世象递给记者两本精装书，一本大16开，封面群青；一本小16开，封面朱红。它们是《江右文库》的样书。封面上，水纹似云似水，中间黑色底纹上，宋体字“方志编”“精华编”雅致而醒目，右上角为一方汉印，篆体的“江右文库”四字形象变构，组合在一起恰似“赣”字。轻轻触摸，厚重的历史文化气息扑面而来。

《江右文库》五编中，“文献编”是主干部分，主要收录历代江西人的代表性著作，酌收外省人撰著或编纂的有关江西的重要著作。“方志编”收录史料和版本价值较高、品相较好的江西志书。这两编以大16开影印出版。“书目编”集中展示江西历史上的著述成果以及历史上记述江西的著述概貌。“精华编”是在“文献编”基础上精选一批江西人撰写的具有深远意义的文化著作。“研究编”则主要收录当代江西学者撰写的研究江西历史文化的代表性著作。这三编以小16开排印出版。

《江右文库》是书，但不止于书。从这些珍贵的故纸中，可以发掘到我们的文化基因，也可以探析到未来的发展脉动。

“它不是一项单一的古籍出版工作，还是个不负先贤、传诸后世的文脉传承工程，是新时代江西大力推进文化强省建设、构筑文化高地、提升文化软实力的重大标识性工程。”游道勤告诉记者，他们希望借文库的出版，对江西文化开展一次系统的梳理，擦亮江西文化的品牌，让大家感知在中国历史的长河中，江西人的创新创造是多么的灿烂辉煌。同时，《江右文库》可以让我们更好地去理解中华优秀传统文化，建构江西人的文化自信。

诚然，江西文化源远流长，诞生了一大批辉耀青史、光照千秋的大家，如陶渊明、欧阳修、王安石、黄庭坚、汤显祖等，论者继踵，著述充栋，涉及文学、史学、医学、农学等方方面面。这片土地上生长的书院文化、陶瓷文化、中医文化等，成为中华优秀传统文化的重要组成部分，成为中华民族独特的精神标识，为中华民族生生不息发展壮大提供了丰富滋养。作为我省文化强省建设的重要组成部分，《江右文库》的编纂出版，还将通过数字化建设等方式，创新古籍“打开方式”，让古籍飞入寻常百姓家，激发更多文化可能。

《武汉大学学报》微信公众号上曾发布过一篇文章，

《历史上的江西、江西人和江西文学》，作者是《江右文库》编委、贵州师范大学教授易闻晓。易闻晓在这篇2万余字的长文中，对江右文学的极盛作了系统而深刻的梳理、评析。钩沉古史，意在当下，作者说：“唤起人们的认识，即为本文之作由，期于人们认识历史上的江西、江西人和江西文学，并不是晚近以后的寂寂无闻。曾经的荣耀不是过眼烟云，而是再度辉煌的想望，必将实现于将来，重焕锦绣的辞章。”

据悉，《江右文库》将统筹规划、阶段推进，2022年底完成《杨万里集》《文天祥集》《喻氏医学三书》等首批60册图书的出版。2023至2028年，力争每年出版150至200册，至2028年，完成《江右文库》主体项目的出版工作，同步启动部分成果的数字化转化。2028至2030年，基本完成《江右文库》后期项目图书出版工作，全面系统推进《江右文库》数字化建设，力争达到可阅读、可检索、可复制的目的，提升其实用性和综合价值。

（万芸芸　付　静）

倾听古籍的密语

近年来，“古籍”一词频频高调亮相。众多的文件报告中，热搜的社会话题中，总能看到它的身影。那一张张泛黄的旧纸，一个个古老的汉字，究竟传递着什么密语，使得人们对它如此关注？更有一些人用专注书写着对它的长情。

首届江西文博会上的江右书房

故纸堆里有掘之不尽的宝藏

5月18日下午，江西省社会科学研究院。走进江西诗词办公室，一阵书香扑鼻而来，靠墙的书柜“吃得很饱”，地上一摞摞书沿着墙角，兀自安好。拾起一本随手翻开，书页有些粘连，轻轻摩擦几下，翩然展开，像推开了一扇历史的大门。

胡迎建是这个办公室的主人，也是《江右文库》编委、《黄爵滋集》的编者。

“古籍出版常有两种情况，一种是前人成果十分丰硕，可以直接从中华书局、上海古籍出版社等出版机构购买版权出版。另一种就是此前没有整理出版过的，是第一手、带原创性的，《黄爵滋集》就是如此。除了一个个字慢慢敲进去，还涉及重新分段、简繁体字转换、统一格式、避讳字校改、补齐缺字并注释等工作，比较繁杂。”

“外洋来烟渐多,另有趸船载烟不进虎门海口,停泊零丁洋中之老万山、大屿山等处……”1838年，一本奏疏《严塞漏卮以培国本疏》震动朝野。黄爵滋成为第一个向道光皇帝上奏禁烟的大臣，也是后来林则徐主持的禁烟运动的主要发起者。鸦片战争爆发后，他赴闽、浙查办鸦片走私、视察海防，一直坚持抵抗侵略的主张。黄爵滋性情刚直，能文能武，除了奏疏，还留下了大量的诗文、游记等作品，而这些鲜少被人关注。

早在20世纪90年代，胡迎建就开始对这位来自宜黄的先贤展开研究。他跑图书馆抄文献，托朋友找资料，在期刊上发表论文，还带研究生做相关课题。如今，这部预计100万字的《黄爵滋集》，将努力还原这位先贤的一生。

“现在编纂《江右文库》，是一个千载难逢的好时机，我们虽然可以利用大数据、电脑、网络等新手段，但是编辑团队的水平也至关重要。”的确，古籍的整理出版，是一项慢活、细活、行活，无法藏拙。

在漫长的历史进程中，中华民族留下了浩如烟海的古籍。古籍里处处是“活”着的传承，有掘之不尽的宝藏，等着后人去挖掘、呈现。胡迎建从中拾起了黄爵滋这颗明珠细致研究，而江西省地方志研究院编审黎传纪想做的，则是去呈现整个江西文脉的奔腾之势——身为《江右文库》编委的他也是《江右文库》“书目编”的编者。

文库的书目编，是将特定时间区域内的文献典籍资源进行全面、系统地汇总和梳理。据黎传纪介绍，目前江西保存下来的比较规范的、包含书目的省志有三种，雍正年间的《西江志》，光绪年间的《江西通志》，还有就是民国时期的一个不太成熟的稿本，已被江西省博物馆整理出版。

“一些文库的书目整理，是简单地从书目到书目，即把前人的整理成果直接汇总。这属基础工作，但显然是不够的。传记、书序、年谱、家谱，甚至科举考试的朱卷中会先载姓名、履历，继载始祖以来的仕途和著作等，这里面都会涉及作者和著书，要一一考据，应收尽收。”

目前，黎传纪拟将“书目编”分为“内编”和“外编”，“内编”收录江西人著书，“外编”收录外地人、佚名者、江西机构等撰写的关于江西的著作。“目前初稿大部分已完成，收录了约4万名作者、1万种书籍。”

“冷板凳”上有传承不灭的热血

盛世修典，正逢其时。一批年轻人也加入了这项庞大的文化建设工程。

《江右文库》编辑部的李建权是个爱笑的90后，来自赣州全南，是南昌大学国学实验班首届硕士生。毕业后，他从事古籍出版工作，然而现实的压力让他一度放弃了所爱。他前往武汉打拼多年，并在那里买了房，安了家。看到《江右文库》启动的消息，他既兴奋，也纠结。

“人们总说三十而立，我30岁了，也一直在想这个问题。”带着对未来的期许，李建权投出了简历，回到了他喜爱的古籍整理工作。统筹综合、制订计划、沟通协调、后勤保障等，编辑部的工作专业又繁杂，他索性在单位旁租了房，一日三餐也在单位解决。

其实，古籍始终面临着藏用两难的局面。翻开古籍，有损坏的可能；束之高阁，又无法实现传承利用的价值。“在古籍保护的前提下，我们将利用影印、开发成数据库等数字化手段，让人们更加便捷地通过电脑或移动端利用古籍。另外，我们也思考过创新古籍的表现形式，如动画、旅游开发等，打造一些有品位有内涵的文化产品。”青春活泼、时尚潮流的元素正渐渐融入古籍整理，并赋予古籍更多姿态。随着时光沉淀，会结出果子，馨香当代，造福后世。

打开书柜，《庐山历代诗词全集》《鄱阳湖历代诗词集注评》……一本书，就是一段与古籍共度的时光。“江西诗自渊明始，尔后代不乏人，唐宋八家之欧、王，诗词亦成家数。至于近代则作者繁兴……”然而遗憾的是，江西的许多县志从清朝同治时期到民国这一段多为空白，对江西作家的摸底常常漏掉这一块。胡迎建所著的《近代江西诗话》补了这个缺，为江西补录了胡友兰、石景芬等“170多位诗人”。

“69岁了，还是丢不下。”其实，胡迎建的主业是《江西文史》《江西诗词》两个刊物的主编，整理古籍，并不是因为“技痒”，而是一份使命：“有心就会有发现，灿烂的江西文化，还有很多有待我们去开掘。”

“曾经有人建议我去写武侠。”黎传纪淡淡一笑。文献整理，尤其是书目整理，是一个常年坐冷板凳的事情。1998年，他参与江西艺文志的整理，对江西文献进行系统梳理，这一晃就是20多年，把自己从方志专家变成了江西文献专家。省图书馆5楼历史文献阅览区的尽头转角处，一方长桌，一台电脑，一个茶杯，一张折叠床，70多岁的黎传纪还在争分夺秒，埋首书海。

“江西文化到底有多灿烂？江西人写过哪些书？在全国来说，它的分量有多重？以前没搞清家底，现在就是要把这个弄清楚。”

…………

在大多数人的案几上，古籍文献身影寥寥。可是生活中，古籍与我们那么亲近，与我们那么熟悉。它记录着历史的流转，传承着文化的薪火，也承载着生活的美好。父母与孩子一起诵读经典，文艺爱好者追历史大片，国漫发烧友力挺中国古代神话改编的大电影，“网生代”去复原古籍里的美食、传统节日……卷帙浩繁的古籍历经岁月沧桑，静下来去倾听它的密语，让书写在古籍里的文字从泛黄的纸页里走出来、活起来、美出彩，需要专业人士的术业专攻，也需要我们每一个普通人的热情融入。

（万芸芸　付　静）

《江右文库》传承薪火 赣鄱文化再续辉煌

王勃在《滕王阁序》中用“物华天宝”“人杰地灵”形容江西，这8个字意味着在工业化时代到来之前，前辈赣人将地方上的各种资源利用到了极致，为江西赢得了极高的地域文化美誉。由于资源环境的丰富和人民的勤劳智慧，赣鄱大地为世人奉献出了一片摇曳多姿的文化景观。鄱阳湖流域古城名镇星罗棋布，书院寺庙和楼台亭阁不计其数，前人在这里创造出令人惊叹的稻作文化、陶瓷文化、青铜文化、纺织文化、宗教文化、茶文化、戏曲文化和候鸟文化，形成了与“金木水火土”等资源相对应的若干产业集聚中心，其中最有名的是瓷都景德镇、药都樟树和铜都永平（铅山）等。

我们还要看到，鄱阳湖流域的发展成就，对世界的发展也产生过相当积极的影响。18世纪初，法国来华的传教士佩里·昂雷科莱（汉名殷弘绪）曾经在景德镇待了7年，其间偷师学艺，利用各种机会深入窑场，观察各道工序、配方及其生产组织状况，然后写信回国，告诉同胞如何生产出“声如磬、白如玉”的瓷器。殷弘绪信件后来被译为多种西方语言，在欧洲传播甚广，使原先大大落后于中国的欧洲瓷器生产，迈上了一个台阶。这件事在历史上非常有名，但人们有所不知的是，殷弘绪信件的意义不仅仅在于陶瓷生产，它对西方工业革命也起了某种推动作用。德国汉学家雷德侯在其近著《万物》中指出：殷弘绪信件中介绍的景德镇陶瓷生产流程，对欧洲大规模生产线的建立产生了直接影响。雷德侯认为：细致合理的劳动分工，以及有条不紊的劳动力组织与管理，正是景德镇瓷业的一大特色，这是赣鄱文化对人类文明发展的一项不可磨灭的贡献！雷德侯这番话把西方工业革命与景德镇瓷器生产的关系说得非常清楚，遗憾的是对于这种贡献，我们自己认识不足，反倒是国外汉学家先把话说出来，给予了极高的评价。看来今人不能妄自菲薄，对于赣鄱先贤的聪明智慧和伟大贡献，我们真的应当予以认真、仔细和深入的研究。

由此可以看到，集前辈赣人智慧之大成的《江右文库》工程启动，对于促进江西经济社会发展、重铸赣鄱文化辉煌，具有重大意义。20世纪90年代中期，伴随着京九铁路自北向南贯穿江西全境，江西大地上涌动起一股生气蓬勃的本土文化研讨热潮。这股热潮由学术文化界向全社会蔓延，形成了促进江西腾飞的强大精神动力，引起了社会各界乃至海内外赣人的热切关注。当时我们都是怀着激动的心情为振兴赣鄱文化大声疾呼，正是在当时的研讨活动中，一些有识之士发出了重新整理出版江西历代重要文献的呼吁。

《江右文库》的编辑出版，将把赣鄱文化的薪火相传提升到一个前所未有的历史高度，因为文库是对秦汉以来至清末民国初年的江西文献作系统的收集、整理和研究，这项工程的启动，将成为赣鄱文化承前启后、再续辉煌过程中的一个重要节点。《江右文库》之于赣鄱文化，将如《四库全书》之于中华文化，未来江西的后世子孙，都会感谢这项文化工程对赣鄱文化的承载与保全之功，我们都为自己能参与和见证这项盛典而倍感荣幸。

爱国须先爱乡，爱我中华须爱我江西，而爱我江西又不能不知我江西。《江右文库》作为一座人们仰之弥高的知识丰碑，将在“知我江西”方面发挥不可替代的表率作用。现在有不少人在“知我江西”方面存在欠缺，包括一些出身本地的读书人，对江西的历史文化也缺乏应有的了解。他们只看到江西目前与沿海经济发达地区的差距，没有看到我们这个地区的文化传统和潜力优势，因而萌发不应有的消极情绪。为此我总是要求自己身边的年轻人，不能脱离实际只读一点专业书，学问要和事功相结合，象牙塔内没有真正的生活，读书人不能脱离脚下的大地，有机会报效桑梓时应抓住时机有所作为。我做比较文学就贯彻了这种理念，许真君传说、陶渊明诗文、浴仙池故事和江西的生态文化传统，都是我的研究对象，我甚至因为研究南昌的浴仙池（洗马池）故事而成为这个传说的非遗传承人。我希望年轻人要有乡土关怀，做学问不能不接地气，躲在书斋中读几本书成不了气候，应该把自己的思考与自己安身立命的地域文化连接起来。

这次《江右文库》的编辑出版，一定会让更多的人认识到赣鄱文化曾经有多么辉煌的过去，这必定会鼓舞江西人民创造自己未来的信心。我想这就是启动《江右文库》工程的时代意义所在。

（傅修延）

保护古籍　守护文明

古籍，是历史长河中的文化遗存，记载着先人的足迹与文明。

“落其实者思其树，饮其流者怀其源。”透过古籍深情回望，历史的过往总能给人以启迪。要想精准地读懂赣地文明，古籍是绕不过去的“有字之书”。

古籍修复

中共中央办公厅、国务院办公厅印发的《关于推进新时代古籍工作的意见》，以“古籍事业繁荣发展”为主要目标，激发了我省广大古籍工作者的奋斗热情。

如何守护好历史文化遗存？一腔爱，一卷书，一场文化苦旅守先待后……江西省古籍保护中心做出了持续性的努力。

从青春到白发，在古籍保护岗位上一干就是38年，江西省古籍保护中心办公室主任程学军见证了我省谱写古籍保护事业发展的新局面。

“自中华古籍保护计划实施以来，我省立足实际，在摸清古籍家底、加强古籍保护的基础上，促进典籍推广利用，让书写在古籍里的文字活起来，也取得了一定的成果。”程学军介绍。

江西省古籍保护的力度从2007年开始加大。当年，为落

实国家关于古籍保护工作的相关要求，江西省人民政府办公厅下发《关于进一步加强我省古籍保护工作的意见》，就进一步加强我省古籍保护工作提出具体要求；2007年9月，江西省机构编制委员会办公室印发《关于在省图书馆增挂省古籍保护中心牌子的批复》，同意成立江西省古籍保护中心，承担全省古籍普查登记、古籍保护业务培训等方面的工作。在江西省图书馆（江西省古籍保护中心）的组织和协调下，全省古籍保护工作有效开展。

目前，江西省已完成全省98家古籍收藏单位10.1万部、78.62万册古籍的普查登记工作。全省有143部（江西省图书馆117部）古籍入选第一至第六批《国家珍贵古籍名录》，7家单位被评为“全国古籍重点保护单位”。全省有15家单位被评为“江西省古籍重点保护单位”，340部古籍入选《江西省第一批珍贵古籍名录》。

数字化为加强古籍保护和利用插上翅膀。目前，江西省已组织完成全省入选第一至第四批《国家珍贵古籍名录》116部古籍的数字化工作，建成“江西珍贵古籍数字资源库”，读者可以在省图书馆等9家参与单位的局域网便捷地阅览使用。各地结合本区域特点，纷纷建立自己的古籍数据库。这些数据库地域特色明显，内容丰富。

让古籍“活”起来，既是溯源，也是思考。近年来，我省持续推进古籍整理出版工作。江西省图书馆组织完成《江西省图书馆古籍善本书目》《江西省图书馆馆藏古籍珍本丛书》《国家珍贵古籍江西珍本丛刊》等古籍整理出版项目，其中《江西省图书馆古籍善本书目》获2015年度全国优秀古籍图书奖一等奖；促成《江西全省图说》《玉茗堂书经讲意》《南泉慈化寺志》等具有赣鄱地方特色的古籍以影印出版的方式回归江西。

与此同时，江西省各地古籍收藏单位也陆续影印了《景德镇陶瓷古籍文献精粹》《杨文节公诗文集》《楚辞》《赣州府志》《袁州府志》《庐山古今游记丛钞》《清彩绘本西游记》等30部典籍。

如何保护古籍这个“时光机”？据初步统计，我省各古籍收藏单位所藏古籍中有30%左右存在不同程度的霉变、虫蛀、焦脆老化、破损等现象，古籍修复任务繁重，现全省仅江西省图书馆、景德镇市图书馆、乐平市图书馆、井冈山大学图书馆、金溪县文管所5家单位开展古籍修复工作，与全省需修复古籍数量相差甚远。

书简脆弱，亦承载岁月沧桑。推进古籍保护工作，是与时间赛跑的事业。江西省的古籍保护步伐还需快一点，更快一点。

（钟秋兰）

古籍守护人

江西省图书馆古籍修复师
正在修复古籍

“我们的事业并不显赫一时，但将永远存在。”正如马克思对追求事业之人的赞赏之语所说的那样，在江西省图书馆（以下简称省图）历史文献部，有这么一群人，他们“役志在书史”，埋首故纸堆与“片言纸语”对话，皓首穷年只做古籍保护、整理一件事。

5月31日，我见到了这群古籍守护人。窗外，微雨中赣江奔流向前；窗内，这些古籍守护人安安静静，更像严谨的工匠。他们一边工作一边用质朴的语言回答记者的提问。

“补书人”为古籍“续命”

各式宣纸、吸水纸、封面纸，各类拓片；显微镜、纸张测厚仪、补书板、切纸机、压书机；美工刀、马蹄刀、剪刀；棕刷、广刷、小排刷；浆笔、喷壶、竹起子、小针锥、笔船、针线、镊子、洒金笺……在省图古籍修复室，各式工具及材料花样繁多，让人宛如走进一个手工车间，而其实，这只是王珂“补书”时的工具和材料。

2001年，22岁的王珂进入省图从事古籍修复，从最初被人叫作“补书的”，到现在成为手艺精湛的古籍修复师；从入行时图书馆的指导师傅温柏秀对她传帮带，到馆里不断派

她出去进行古籍修复技艺研修，王珂领略到了这项枯燥工作“化腐朽为神奇”的奇妙。

“古籍修复是一项细致的手工活，更是一门精深的学问，要经过编号、去污、清洗、连口、补蛀洞、镶补、托裱、装订等多重工序。”王珂告诉记者。

她小心翼翼地把虫蛀严重的古籍《康熙字典》散乱的书叶平放在桌面上，调好浆糊、备好修复用的同材质宣纸，在灯光下，她用镊子轻轻夹住一点点宣纸角料，压到虫蛀处，刷平……一本古籍的修复，要用到十几种工具，需要付出相当的耐心和时间，直到全部修复完毕，裁齐、订线、压平，一本古籍才算“重生”。

多年来，王珂与时间赛跑，为古籍“续命”，修复了一级破损古籍《平园杂著内编》（清道光六年刻本），二级破损古籍《［浙江杭州］王氏族谱》（清光绪十一年龙泽堂木活字印本）、三级破损古籍《七言律诗钞》（清乾隆四十七年复初斋刻本）等破损古籍上千册。除了完成本职工作外，她还用心对来省图学习的省内各地古籍修复员进行技术指导，在大型图书馆展览、文化强省系列活动、非遗技艺展等活动上经常展示修复技艺。

省图古籍修复岗位最近入职了一个新人——1995年出生的曹宇。2020年7月13日，她在实习时完成了第一次古籍修复任务，受到朋友们点赞。观看《我在故宫修文物》纪录片后，她萌发了要当古籍修复师的想法，并如愿调到了古籍修复岗位。

很多时候，王珂聚精会神地修复古籍，曹宇便安安静静在旁观摩学习。对于王珂来说，曹宇愿意沉下心来从事这个安静的职业，也让她有了技艺后继有人的宽慰。

“编目人”为古籍“上户”

江西省古籍保护中心挂牌在省图，省古籍保护中心日常工作由省图历史文献部承担。除了古籍修复，古籍编目也是一项重要工作，王昭勇就是其中一名古籍编目员。

王昭勇，2007年研究生毕业于广西师大美学专业，进入省图工作，从一个学“美学”的变成了一个干“编目”的，跨度挺大，但他干得津津有味。

古籍编目，是将古籍的外部特征和内容特征著录成款目，并将款目按一定顺序组织成目录或书目。这是一个跟古代书籍和文字打交道的职业，“‘书卷多情似故人，晨昏忧乐每相亲’，促成了我对这份职业的热爱。”王昭勇再三表明编目工作是一项集体工作，“不要说我个人，我们是团体‘作战’”。

古籍普查是古籍保护的基础性工作，主要内容是对登记的古籍进行详细清点和编目整理，通过每部古籍的“身份证”——“古籍普查登记编号”和相关信息，建立国家古籍登记制度，加强政府对古籍的管理、保护和利用。按照《全国古籍普查登记手册》要求，登记每部古籍的索书号、题名卷数、著者、版本、册数、存缺卷数、装帧形式、丛书子目等内容。

在完成本馆古籍普查任务的基础上，自2014年至今，王昭勇和他的同事们，几乎每年都会抽出2至3个月的时间，赴全省各地的古籍公藏单位开展古籍普查帮扶工作，至今已完成2.5万余部、16万余册古籍的普查任务。

为古籍“上户”，让古籍重生，开展古籍普查，梳理江西文脉。踏遍千山，王昭勇和编目的同事们也有很大的收获，在各地调查中有很多惊喜的发现。在赣州，他们发现了古籍中较为重要的《楚辞》（明万历四十八年闵齐伋刻三色套印本）、王应麟《通鉴地理通释》（元刻明修本）等，还发现了辛际周著作稿本《双江旅吟稿》《双江续游草》《双江旅吟诗余草》；在吉安，他们发现了比较少见的重要地方文献，如《江右四家稿（江右后四家稿）》（清乾隆五十年吉州贺安鋐刻本）、《梅下彭氏唱和诗集》（清嘉庆二十四年彭维杰刻本）、《庐陵殉难忠节录》（清同治二年木活字印本），以及泰和萧氏趣园所刻书，如杨士奇《东里文集》等。

王昭勇和他的同事们足迹遍布全省11个设区市38家各类古籍收藏单位进行古籍普查，从市县级图书馆，到大学、中学图书馆，再到博物馆、档案馆，都留下了他们的身影。

“缩微人”让古籍“再活500年”

“读书难、藏书尤难，藏之久而不散，则难之难矣。”

怎么让古籍经受时光侵蚀还能“纸寿千年”？古籍修复让书本得以“续命”是一种手段，另一种则是通过拍摄缩微胶片，用胶片留住历史。

熊小华在省图缩微岗位上待了9年。作为省图缩微室的“二代”，他常年要与各类蒙尘的文献打交道，不分寒暑地在恒温恒湿的缩微胶片库房中穿梭，也要日复一日地与各种药液、数据、参数为伴。“在暗室工作不能见光，经常一干就是一整天，我们是暗室的‘潜行者’。”熊小华笑着对记者说。

他介绍，在国家图书馆，有一个全国图书馆文献缩微复制中心，他所拍的缩微胶片一般要送到那里，进行母片入库，再返回给地方馆。该缩微中心带领全国文献缩微业界抢救出来的古籍缩微品，不仅可以比纸本大大延长生命周期，还能方便地随时为学界、公众、出版界所阅读、研究。从载体形式而言，缩微胶片在恒温恒湿的库房可以保存500年左右，还可以不断以胶片形式复制“再活500年”。

方寸之间有天地。熊小华介绍，缩微技术是目前国际公认最为有效的珍贵文献长期保存手段。缩微拍摄后，古籍原件可以被更好地保护起来，古籍的内容也能广为传播，甚至利用数字技术建成数字资源库，让文献飞入寻常百姓家。

（钟秋兰）

我们这样玩转古籍

在我们印象中，古籍似乎是寂寞的“宝贝”。然而近日，记者走进省内高校，发现古籍并不寂寞，她的“朋友圈”越来越大、越来越年轻。大学生们纷纷以自己的方式“玩转”古籍——

学生们用小篆在竹简上抄写古籍，完成作业。

体验　古籍催生的网红作业

小篆，引书者，引笔而著于竹帛也。

“哒哒哒……”江西师范大学的一间教室内，不时传出竹简相互碰撞的清脆声响，几名身着汉服的大学生，正屏气凝神，用小篆在竹简上誊写古文。他们面前堆积的竹简，仿佛将人们带回了于灯盏下用毛笔来创作的时代。

同学们可不是附庸风雅，他们正在完成《古代汉语》课任课老师李福言布置的作业。文学院学生冯喜悦指着她正在抄写的《滕王阁序》中“胜友如云”的“友”字说：“你看，在小篆中，‘友’字是两个人手形状的‘又’作为形符，表示两手合作。是不是很形象生动，充分体现了朋友的含义？”

为什么用小篆写？李福言说，小篆是连接中国古、今文字的桥梁，体现了对古文字体系的继承与创新。汉字不是一个个冷冰冰的符号，只有真正走进汉字的历史世界，了解每一个汉字的前世今生和背后的故事，才能更好地认识中华优秀传统文化。

从几年前起，李福言就为《古代汉语》课特别设置了在竹简上用小篆抄写古籍的作业。“这种方式其实是把时间转换成空间，让学生走进两千多年的历史之中，让学生在现在的生活空间抄写具有传统经典意义的知识，直面传统中国的生活、生态、精神、物质、哲学。在抄写中，品读古人的智慧，增强对家国情怀的深沉之思。”

“看到我们这样做作业，小伙伴们羡慕极了，我们还会把写好的竹简作为礼物送人。”冯喜悦笑着说。

这种突出古今关系的作业，让年轻人看到原来古籍还可以这么“玩”，《古代汉语》课作业成为网红作业，《古代汉语》也成为广受欢迎的课程，不少外专业的学生也纷纷来蹭课。

传承　藏在古籍里的科技和文化

“‘盖成坯泥松性浮，一经窑火松者紧、浮者实，一尺之坯止得七八寸之器，其抽缩之理然也。’可见，当时的制瓷工匠已认识到了坯体的干燥收缩及烧成收缩理论。”在景德镇陶瓷大学古陶瓷研究所，副所长李其江翻看清代督陶官唐英所著《陶冶图编次》，不禁感慨于古人的智慧。

为什么要研究陶瓷古籍？李其江给记者举了个例子，在

《陶冶图编次》的"拣选青料"中记载"料之黑绿润泽、光色俱全者，乃为上选，于仿古霁青、青花细瓷用之；色虽黑绿而鲜润泽者，为市卖粗瓷之用"，这样的选料经验沿用至今。"研究古籍中记载的古陶瓷工艺及其演变，对完善我国古代陶瓷生产的发展脉络，传承和保护我国传统的陶瓷技艺、陶瓷文化，有很重要的作用。"

"古是相对于今而言的。"李其江告诉记者，陶瓷的发展过程蕴藏着丰富的科学技术和艺术文化内涵，今天看来的传统技艺在当时往往代表着最先进的科技水平。研究所的任务之一，是透过古籍记载，用现代科技手段去解析古代制瓷的工艺及原理。"古籍中反映出古人的智慧、审美旨趣和对高雅艺术的追求，这其实是古人对美的精神追求，对美好生活的向往，我想这与生活在当代的我们是相通的。"

在日常教学和指导学生科研活动中，李其江会推荐《陶记》《陶冶图编次》《天工开物》等古籍给学生精读，并与课程学习和课题研究相结合，最大程度发挥古籍的价值。"留存在中华大地上的古籍典藏，早已融入中华民族的精神基因和文化血脉，成为我们厚植文化自信的重要源泉。"李其江说。

保护　让古籍"活"得更精彩

古籍从来都是"活"的，其中藏着现代人与过去"沟通"的渠道。这句话，江西农业大学人文与公共管理学院教师孙尊章颇为赞同。近段时间以来，孙尊章正领着学生团队参与教育部人文社科基地重大项目——《今训汇纂（两汉卷）》的校对工作。

《今训汇纂（两汉卷）》汇合、纂集过去100年来学界对于两汉时期汉语词汇的考释成果，篇幅接近200万字，是一部大型工具书，出版后能为更好地理解古书、开展词义研究、探究古籍里的思想文化，提供权威参考。

几个月的校对工作干下来，汉语言文学专业学生陈颖已经能较熟练地对《今训汇纂（两汉卷）》中涉及的字、词进行版本通校和他书异文的核校。“刚开始校对时，很多古文还是看不懂，特别是其中一些特殊的语音现象，罕见的疑难字词、语法结构等，有时要花费好几天，才能取得满意的结果。”陈颖说，校对时，有不懂的就向老师请教，或者和同学探讨，自己的古文献基础日渐扎实。“校对工作中，读了很多古文，读得越多越细，我就越认识到古籍的珍贵。”

“同学们做的，属于古籍整理的基础工作。”孙尊章介绍，由于时代相隔久远，语言、文字、习俗等都发生了变化，很多古籍如果没有前人的注释，当代人就看不懂，而古代学者距离文献产生的时代更近，古籍整理常常是通过古注了解更古的人，让文脉在当下传承。

“对古籍的最佳保护，绝非束之高阁，而是要在有效保护的基础上将其活用。”孙尊章说，自己引导学生参与到古籍的保护工作中来，是通过任务驱动的方式，让当下的青年认识到古籍里蕴含的中国传统文化，让书写在古籍里的文字真正活起来、传下去。

创新　当古籍遇上“互联网+”

在《伤寒论》《瘟疫论》等中医古籍记载的药方基础上将中医传统理论和西医技术融合创新，能得到什么？能捧回一座金奖，能研制出一剂抗疫良方。

2021年，在第七届中国国际“互联网+”大学生创新创业大赛上，南昌大学第一临床医学院博士生何斐团队的《防治呼吸道病毒感染的中药新良方——柴胡清瘟饮》项目获得了高教主赛道研究生创意组金奖。

熊鸣峰还有一门绝学叫“十层脉”诊法，相传为扁鹊所创，是一种以脉象层次来命名的诊脉方法。熊鸣峰把古籍中记载的“十层脉”法进行大胆创新，通过56万余例临床病例的经验积累，形成独特的“十层脉”诊法和舌诊。“古籍虽老，但可以守正创新、古为今用。”在熊鸣峰看来，中医古籍承载着千年中医药精髓，用现代科技的手段和方法可以促进中医药的传承，让千年中医药文化重新焕发生机。

尽管日常工作非常繁忙，熊鸣峰每天都会腾出时间，细细品读古籍，也许是《黄帝内经》，也许是《神农百草经》，也许是《伤寒杂病论》，也许是《医宗金鉴》。在他的影响下，学生们也总会随身带着一本中医典籍，有空的时候就拿出来阅读。“不光是为了读古籍中的药方，还为了让年轻人领会到‘医乃仁术’‘大医精诚’‘人命至重’等中华民族以人为本的人文精神。”熊鸣峰说。

（李 芳）

民间藏书人以及他们的“朋友圈”

一幢僻静老楼，却有一个诗意的名字——新风楼。一对痴心父子，跨越两个世纪，倾毕生之精力，搜罗古籍善本，让新风楼逐渐成为一座经籍万卷、闻名于外的藏书之所。如今，经过王咨臣、王令策父子两代人近百年的坚守与努力，新风楼已成为省内现存规模最大、影响最大、典籍数量最为丰富的民间藏书楼。

两代人，一幢楼，背后的故事耐人寻味，又不乏传奇。

新风楼里典籍充栋

“著述多艰聊自慰，藏书遍访竟忘贫。”这是南昌新风楼一间光线昏暗的藏书间墙上挂着的一副对联，落款王咨臣。春末夏初，雨水泛滥，空气潮湿，这让藏书楼的主人微微有些不安。

主人名叫王令策，民间古籍收藏者与研究者。他的日常，除了守护好被他当成宝贝的海量典籍外，坐在电脑前，著述一篇篇关于古籍研究的著作，便是他最大的爱好。

说起新风楼，很多南昌人并不陌生。从系马桩黄秋园纪念馆旁边，穿过一条狭长幽静的深巷，转过几个弯，在周围高楼的夹缝中，有一栋徽派马头墙、青砖黛瓦的民国建筑，这正是新风楼。

这座被读书人誉为江西民间最后的传统藏书楼，由中国当代文化名家、地方史志学家王咨臣老先生创建。据统计，新风楼藏有各类古籍、信札、书画等两万余种（件），如全国唯一保存完整的清初原刻本《净明宗教录》、明代弘治十一年慎独斋刻本《资治通鉴纲目》、崇祯年间汲古阁抄本《九僧诗》、顺治年间刻本《启祯两朝遗诗》等，皆是海内珍本，同时还有李鸿章、曾国藩、张之洞、赵之谦等人在内的一千余通历史名人亲笔信札，以及近现代著名人士的真迹遗墨等。尤其是明清两代江西地方文献的收藏数量，更是江西民间珍藏之翘楚。

醉心藏书近乎痴狂

当笔者走进新风楼，王令策已站在门口迎候："听说你们为古籍而来，我很期待。"王令策和笔者打开了话匣子……

"父亲王咨臣出生于南昌新建一个耕读世家。1952年，进入江西省文物管理委员会，开始专职从事抢救古籍、保护文物工作。那时的父亲，对收藏古籍善本近乎痴狂。"王令策说，在婺源访书期间，父亲曾用身体去拦截一辆满载旧书的汽车，差点被撞翻，结果在拦停的车里发现了一套康熙年间的木刻版《金瓶梅》词话本，令他兴奋不已。

王咨臣在《新风楼记》中有一句话说道："节衣缩食，

聚书于新风楼中。”王咨臣在世的时候，常说：“碰到好书的机会是不多的，而好菜、好饭嘛，今天没吃到，明天还有机会吃得到。”

“可以毫不夸张地说，家中两万余册（件）藏书，都是他从牙缝里抠出来的。”王令策说，很长一段时间，他对父亲的藏书行为很不理解。对于奔走于街头巷尾去搜罗书籍的父亲，他同样漫不经心。

后来，陆续有人告诉他关于父亲的故事。“他收藏的那些书画、信札、手稿等，是省内乃至国内都比较罕见的，很多是社科研究领域非常有价值的第一手资料。”言者谆谆，听者邈邈，让王令策疑惑的是，为何那么多人都说父亲是一个了不起的人呢？在不断的观察和思考中，他对父亲所做的事情和意义，有了新的理解。

1945年8月，王咨臣从废纸堆中发现了一份古建筑大师梁思成主持设计的《重建滕王阁计划草图》。20世纪80年代，滕王阁第二十九次重建之时，这份草图发挥了重要作用。如今滕王阁的主体建筑造型，就是依据这份草图设计的。至于滕王阁最高一层的阁檐下“滕王阁”三个鎏金大字，也是从王咨臣收藏的《晚香堂苏帖》（苏东坡手迹，拓本）、《滕王阁诗序》中辑录放大的。

“父亲勤于著述，有《南昌史话》《滕王阁史话》《新风楼诗词系年》《江西二十家人物年谱》等。”新风楼二楼厅堂的家具、装饰、摆设，依然是老先生在世的模样。站在窗户下的一张老书桌旁，王令策回忆说，印象当中，父亲就在那张书桌上没日没夜地写。数十年的摩擦，使得那张老书桌表面泛着明亮的光泽。

古籍薪火代代相传

作为新风楼的继承者，延续好江西近代古籍守护与收藏，不完全是出于使命感，在王令策看来，更多的是一个儿子为了完成父亲生前的托付。

从2011年到现在，王令策一直忙于整理父亲留下来的文稿，目前已达数百万字，涉及文学、文献、文物鉴定等十多个门类，下一步争取将父亲的文集出版成书。

纸虽寿千年，但长期束之高阁也实现不了传承和利用的价值。让古籍“活起来”，更要使之“传下去”。王令策仍遵从父亲的话“藏书是自己的，知识是社会的”，家里的书一律免费借看，但凡有古籍研究者或相关部门前来求助，他都热诚相助。曾经有高校提出借珍本做展览，王令策毫不吝啬。用他的话说，这是“嘉惠当代，泽被他人”的事情。

去年5月5日，是王咨臣先生逝世20周年纪念日，王令策与南昌市新建区合作，在汕田书院成功举办新风楼藏新建地方文献展。活动展出了新建地方文献50余种和曾国藩、李鸿章晚清近代名人信札等，还举办了座谈会，吸引了不少学者参与，参观者甚众。古籍的活化利用，在这次活动中得到充分体现。

用好新风楼珍藏的典籍，王令策的好友、作家杨建葆同样是践行者。多年来，他通过新风楼所藏的典籍，发掘出明末清初享誉全国的江西新建名医喻嘉言的史料，并与王令策等主编出版了《江南圣医喻嘉言》，全方位彰显了喻氏的学术思想。

作为民间藏书人，王令策并不孤独。在离新风楼200多公里外的杨万里故里——吉水县湴塘村，杨万里后人杨巴金也在做着同样的事情。他利用杨氏总祠中保存的1491块清乾隆年间的《杨文节公诗文集》珍贵家刻板，多年来悉心整理、校注最具版本价值的《诚斋集》，终于在2021年出版了《家刻本<诚斋诗集>校注》一书，在业界产生广泛影响。

新风楼贯穿了一个家族的理想，关乎文化传承与坚守，《诚斋集》的校注出版何尝不是如此。王令策说，古籍本身是不可再生的文化资源，他希望能延续父亲乃至这个家族的藏书梦想，让这一份份珍贵的资源，真正发挥出充实中华文明典籍库的作用。王令策、杨巴金，以及他们的“朋友圈”，都在孜孜不倦地践行着。

（毛江凡　张　衍）

课本里的江西

扫码云游

- 听见赣音绕梁
- 回望江右风华
- 纵览赣鄱万象
- 寻味江西名吃

江右风雅颂

一

万古长河里，遥远跋涉中，赣鄱大地上留下了深刻的历史印记，凝固了无数穿越时间的美丽。因之，让我们今天可以走进历史深处，感受那些被旧时明月映照过的时光与生命。

江西“物华天宝”“人杰地灵”，百代人文，澎湃不息，共谱“江右风雅颂”，在中华文化的宏大格局中有着独特的风貌和风骨。其中的一部分，收录在课本当中，被无数学子吟诵，成为我们共同的文化记忆。

二

江西，三面环山，一面向水。

山脉围阻，水流奔涌，一张一合间，秀美江西更胜画。千百年来，无数文人墨客游历赣鄱山水，留下了一篇篇不朽作品。

山川之美，古来共谈。山，是江西雄健的筋骨。怀玉山脉、武夷山脉、九连山脉、罗霄山脉、幕阜山脉，构成了江西的基本轮廓。江西的山，是有灵性的，不仅有壮阔雄浑的外在，还蕴含了种种精神。

江西，群山环绕，绵延横亘，犹如长轴一卷，庐山便是这画轴上绝妙的一笔。登上这座“人文圣山”，细心倾听，这里的每一座山峰、每一条古道，都有历史的回响……

李白来过。“日照香炉生紫烟，遥看瀑布挂前川。飞流直下三千尺，疑是银河落九天。”（李白《望庐山瀑布》，部编版二年级语文上册）李白一登临庐山，便出手不凡。其实，李白一生5次来到庐山，写下了40多首诗词，对庐山的喜爱，可见一斑。

苏轼来过。“横看成岭侧成峰，远近高低各不同。不识庐山真面目，只缘身在此山中。”（苏轼《题西林壁》，部编版四年级语文上册）苏轼笔下的庐山，千姿百态，又神秘莫测。

有山，还有水。江西水系发达，数千条河流纵横交错、百转千回，汇成赣、抚、信、饶、修五河，五河归鄱湖，鄱湖入长江。万里长江，有源故其流不竭。鄱阳湖水系，便是长江的动力源之一。

鄱阳湖，“一只系在万里长江腰带上的巨大宝葫芦”，滋养着湖畔的万物生灵。“渔舟唱晚，响穷彭蠡之滨”，就是最好的写照。赣江浩荡，纵贯江西，滕王阁枕江而立。“落霞与孤鹜齐飞，秋水共长天一色”（王勃《滕王阁序》，人教版高中语文读本上册），千百年来引无数人登临饱览。

在山水自然的时间里，千年仿如一瞬。但在人文历史的时间里，千年长存便是不朽。

“江西山水真吾邦。”美哉，江西！

三

江西的美，不仅在山水之间，也在人文精神里。

江西自古便是“形胜之区”。山之高成坚壁，水之阔成天堑。正因为山川河流的呵护，让江西在历史上成为逃避战火的桃花源。江右文脉，世代绵延。纵观江西文化发展史，秦汉星光点点，魏晋南北朝声势隆起，隋唐蓄势待发，宋明步入全盛。

唐宋八大家，江西有其三。“醉翁之意不在酒，在乎山水之间也。”（欧阳修《醉翁亭记》，部编版九年级语文上册）欧阳修以文章名冠天下，被尊为“一代文宗”。“春风又绿江南岸，明月何时照我还？”（王安石《泊船瓜洲》，部编版六年级语文下册）虽然作为改革家的王安石饱受争议，但作为文学家的王安石无可争议。另外一家——“南丰先生”曾巩，“曾子文章众无有，水之江汉星之斗”。《宋史本传》称他“卓然自成一家”。

江西，不仅哺育了欧阳修、王安石、曾巩等一大批先贤，也引来了谢灵运、李白、白居易、苏轼、辛弃疾等游历留驻。这些人或生于斯，或长于斯，或游于斯，留下了不朽的文章和事迹。

“浔阳江头夜送客”，一曲琵琶泪满襟，白居易遗爱九江。“同是天涯沦落人，相逢何必曾相识”（白居易《琵琶行》，部编版高中语文必修上册），为无数人吟诵，触动了多少愁肠，引发了多少共鸣。

辛弃疾生命中近一半的时间在江西度过。赣州、南昌、上饶都留下了他的足迹。“郁孤台下清江水，中间多少行人泪。”（辛弃疾《菩萨蛮·书江西造口壁》，人教版高中语文读本上册）“稻花香里说丰年，听取蛙声一片。”（辛弃疾《西江月·夜行黄沙道中》，部编版六年级语文上册）这些课本中的名句，均出自他闲居江西时的作品。

江右文脉，时空并行。青铜、稻作、书院、禅宗、陶瓷等标志性文化高峰迭起，庐陵文化、临川文化、豫章文化、客家文化等地域文化各领风骚，南昌、九江、抚州、景德镇、赣州等历史文化名城底蕴深厚……百川归流，汇入江右文脉大河，化作滚滚浪涛，奔涌向前。

“文章节义之邦。”荡荡乎，江右文脉！

四

回望来时路，赣鄱往贤，满天星斗，群星璀璨。

陶渊明、晏殊、欧阳修、曾巩、王安石、黄庭坚、陆九渊、杨万里、文天祥、汤显祖……这些闪亮的名字，立起了中国文学版图的一座座山峰，勾勒出一条江西人的精神天际线。

“归去来兮，田园将芜胡不归？”“悟已往之不谏，知来者之可追。实迷途其未远，觉今是而昨非。”（陶渊明《归去来兮辞》，部编版高中语文选择性必修下册）东晋陶渊明在归隐田园之前，其实经历了入世和出世的纠结。“采菊东篱下，悠然见南山。”（陶渊明《饮酒（其五）》，部编版八年级语文上册）下定决心后，他隐居在庐山脚下、鄱阳湖畔，开创“田园诗派”。他的思想，不知影响了后世多少人。

“落木千山天远大，澄江一道月分明。”（黄庭坚《登快阁》，部编版高中语文选择性必修下册）北宋黄庭坚诗书双绝，“点铁成金”“夺胎换骨”，开宗“江西诗派”，成为我国文学诗歌史上首个有正式名称的派别。

赣鄱从来重精神。江右先贤不但才情满怀，更有傲然风骨。南宋文天祥，一身铮铮铁骨，身陷囹圄，宁死不屈。“人生自古谁无死？留取丹心照汗青。”（文天祥《过零丁洋》，部编版九年级语文下册）千秋正气，震古烁今，“引无数英雄竞折腰”。

谢枋得，与文天祥是同科进士，亦以气节留名青史。南宋灭亡后，他持节守身，誓不降元，绝食殉国。南昌老城区的叠山路，即为纪念。在中国历史上，文山、叠山，并誉为爱国主义的“二山”，高耸入云。

赣水奔流，大浪淘沙，留下风流人物。他们的思想穿越了千年，他们的才华打败了时光，他们的声音仍在激荡回响……

他们，就像一座座山峰，历千年依然耸立。

“区区彼江西，其产多材贤。”巍巍乎，江右先贤！

五

历史的车轮，滚滚向前。最近百余年来的江西，多少悲壮，多少豪迈，多少荣光。

波澜壮阔的中国革命史，许多源头都在江西。工人运动在萍乡安源发祥，人民军队的第一枪在英雄城南昌打响，星星之火在革命摇篮井冈山点燃，共和国的襁褓岁月在红都瑞金度过……

“每当夜幕降临的时候，八角楼上的灯就亮了。”（《八角楼上》，部编版二年级语文上册）当年，在八角楼一盏油灯下，毛泽东写下了《中国的红色政权为什么能够存在？》《井冈山的斗争》两篇光辉著作，提出了“工农武装割据”的光辉思想，在茫茫黑夜里照亮了中国革命胜利的道路。星星之火，终成燎原之势。

“红军不怕远征难，万水千山只等闲。”（毛泽东《七律·长征》，部编版六年级语文上册）80多年前，中央红军主力“星夜渡过于都河”，踏上漫漫长征路……

中央红军主力长征后，陈毅留在苏区坚持游击斗争，1936年被困大余梅山。《梅岭三章》便是他当时“虑不得脱”，写成的一组带有绝笔性质的诗篇。“后死诸君多努力，捷报飞来当纸钱”（陈毅《梅岭三章》，部编版九年级语文下册），豪气冲云天，今天读来依然令人动容。

江西的一山一水、一草一木，都镌刻着革命先辈的战斗印迹，闪烁着矢志不渝的信仰之光。课本里，红色江西，内容丰富，让我们可以真切地感受那段峥嵘岁月。

江西，曾见证，风云激荡，红旗漫卷换人间；正经历，中流击水，江草江花处处鲜。

“风雷动，旌旗奋。”壮哉，江西！

六

江右弦歌不绝响，赣风鄱韵有遗篇。

今日的江西，日夜有铿锵之音，执奋进之笔，泼墨神州。

或许，我们今日的生动实践，会是将来课本中的精彩。

（龚艳平）

追定了，我们的信仰

打开课本，汲取信仰的力量

红色是江西亮丽、动人的底色，也是鲜明、厚重的文化符号。在语文课本里，当我们诵读起红色经典名篇，那些闪耀着革命理想与信念的光芒，映照我们的初心，坚定我们的信仰，并给予我们人生向上的力量。

巍巍井冈，“红”“绿”辉映。在井冈山革命根据地创建95周年前夕，茅坪村的八角楼吸引了许多由小学生组成的研学团。孩子们一边听讲解，一边重温课文《八角楼上》：“在井冈山艰苦斗争的年代，毛主席住在茅坪村的八角楼。每当夜幕降临的时候，八角楼上的灯就亮了。这是个寒冬腊月的深夜，毛主席穿着单军衣，披着薄毯子，坐在竹椅上写文章……”

1927年，毛泽东等老一辈无产阶级革命家在井冈山建立了中国第一个农村革命根据地。当年在八角楼里，毛泽东写下了《中国的红色政权为什么能够存在》《井冈山的斗争》两篇著作，提出了“工农武装割据”的思想，在茫茫黑夜里照亮了中国革命的道路。

“井冈山的人哎，抬头望哎，八角楼的灯光，照四方。”《八角楼上》的故事，《井冈翠竹》里歌咏的“坚强不屈、勇敢乐观的革命精神”，让一代代学子从小牢记革命传统，不断锤炼意志、坚定信仰。

井冈山有八角楼的灯光，还有人们耳熟能详的《朱德的扁担》：“1928年，朱德同志带领队伍到井冈山，跟毛泽东同志带领的队伍会师了……井冈山上生产的粮食不多，常常要抽出一些人到山下宁冈的茅坪去挑粮……朱德同志也跟战士们一块儿去挑粮。他穿着草鞋，戴着斗笠，挑起粮食，跟大家一块儿爬山。”

许多年前，还在上小学二年级的我，坐在一间乡村教室里，跟着老师大声朗读《朱德的扁担》的情景，至今仍历历在目。

后来，听老师说镇里的书店有《朱德的扁担》小人书，我便央求母亲给了5角钱，翻山越岭走了10多里，买回后一口气看完，仍意犹未尽。再后来，课文越读越多，我的小人书也越买越多，《八角楼上》《吃水不忘挖井人》《小兵张嘎》《闪闪的红星》《地雷战》……小学毕业时，我的小人书已经装了一大箱。

沿着革命者的足迹，课本里的江西从中国革命的摇篮井冈山，来到了共和国摇篮瑞金。

“瑞金城外有个村子叫沙洲坝……村子里没有水井，乡亲们吃水要到很远的地方去挑。毛主席就带领战士和乡亲们挖了一口井。解放以后，乡亲们在井旁边立了一块石碑，上面刻着：‘吃水不忘挖井人，时刻想念毛主席。’”我读到

《吃水不忘挖井人》这篇课文，是在小学一年级。石碑上所刻的那句话，早已深深地印在了我幼小的心里。全心全意为人民服务是我们党的根本宗旨。江山就是人民，人民就是江山，打江山、守江山，守的是人民的心。

出发于赣南的红军长征，这一惊天地、泣鬼神的革命壮举，同样是语文课本里不可或缺的内容。“红军不怕远征难，万水千山只等闲。”《七律·长征》大气磅礴，毛泽东回顾了长征路上的“万水千山”，表现了中国共产党人不畏艰险、英勇顽强的革命精神。

“断头今日意如何？创业艰难百战多。此去泉台招旧部，旌旗十万斩阎罗。”我们还在陈毅的《梅岭三章》里，读懂了一个革命者在危难之际，矢志不移献身革命的决心和对革命必胜的信念。

“清贫，洁白朴素的生活，正是我们革命者能够战胜许多困难的地方！”我们在方志敏的《清贫》里，读懂了他“宁为玉碎，不为瓦全，为革命而死，虽死犹荣”的凛然正气和坚贞不屈的革命大无畏精神。“黑暗一定会消失，共产主义的光明世界一定要来到，美丽的未来是属于我们的！”

（毛江凡）

童年的井

如果要表达一种感恩之情，是说“吃水不忘挖井人”，还是说“饮水思源”？也许，乡亲们更喜欢用前者，而文人们更喜欢用后者。前几年我在教学《吃水不忘挖井人》这篇课文时，乡村学校的孩子们没有提这样的问题，因为一年级的孩子们还没学习“饮水思源”这个成语。我在课堂上带着孩子们认读生字、诵读课文，恍惚之中回到了童年岁月。

课本就像一口井，文化像井水一般，不知不觉滋润着一代代年轻人的心。我隐隐记得，当年我的老师也没有讲起“饮水思源”这么文气的话题。无论是当年的我，还是现在的乡村孩子，对于井，都感到陌生。我们享受着自来水的便利，“吃水”不再是艰难的生活问题。为此，孩子们对挑水、挖井、立碑，自然都是当作一部“历史剧”来看待的。

对于大多数中国人，是先在课文里知道沙洲坝红井的。而我无从理解，先看到红井再读到课文，会是一种怎样的兴奋。我和学生共同熟悉一种方言——“吃水”，普通话是“喝水”。后来我到北方上大学，当我说出江西、说出瑞金，同学们竟然都知道红井，而那篇课文仿佛成了我的籍贯。说实话，当同学们赞叹红井，我内心却有种“东家丘”的惭愧。而这种惭愧慢慢引导我再次向红井靠近，仿佛红井的课文能让我再次成长。

在大学校园里，五湖四海的方言与普通话互相碰撞。在普通话的交流中，“吃水不忘挖井人”已成为自然而然的话语，超越了南北的差异。这时候，我才吃惊地发现，课本的影响是如此深远。

在共和国摇篮红井边的乡亲们，能够为汉语贡献一个带着方言味道的词语，是源于江西为中国革命作出的特殊贡献。

当我与爸爸交流这个看法的时候，我才知道爸爸跟红井的情愫远比我深。关于红井的新闻稿，他不知道写过多少篇。关于红井的诗歌，在《诗意瑞金》一书中反复出现。他编辑的报纸副刊就叫《红井水》，读过的红井题材稿件自然不计其数。爸爸还有一个特别的经历，即参与了一次寻访活动——寻找《吃水不忘挖井人》课文作者。那是在中华人民共和国成立60周年之际，瑞金发起的这次寻访活动在全国引起了广泛关注，红井再次唤起人们对童年往事的追忆、对感恩情怀的共鸣。

我问起结果。爸爸说，后来出版社的老同志说，课文是集体创作的，是根据当年大量红井故事提炼创作的，课文插图作者倒是找到了一位，叫蒋德舜。爸爸还知道有关这篇课文的许多事情。这篇仅有百字的《吃水不忘挖井人》被称为“中国经典小学课文”之一。

爸爸告诉我，他最近还了解到碑文的来源。据说在新中国成立后，中央慰问团来到瑞金，带来了毛主席的题词：“发扬革命传统，争取更大光荣。”瑞金人民受到鼓舞，就借红井的石碑来“回礼”，刻上：“吃水不忘挖井人，时刻想念毛主席。”

（范文丽）

投向国门的目光

革命烈士面对牺牲时究竟会想些什么？对于孩子，无疑是个悬念。记得在小学的课文里，革命烈士诗抄就给出了明确的答案，比如夏明翰的《就义诗》、叶挺的《囚歌》。而到了初中阶段，课文《梅岭三章》给出的答案是：牺牲不只是悲伤，还有慷慨大义。那些临终时把目光投向国门的人，是理想和信仰至死不渝的人。

作为赣南人，不论是在老家上学，还是在小镇教书，陈毅的《梅岭三章》都是我喜欢的课文，成为我跟共和国往事对话的一个契机。青春年少，自然懂得对生命的珍惜，而《梅岭三章》中的视死如归和神奇脱险，最能打动少年心。“一九三六年冬，梅山被围。余伤病伏丛莽间二十余日，虑不得脱，得诗三首留衣底。旋围解。”每当读到“旋围解”，老师和学生都会如释重负。

“断头”之际赋诗，这是诗人最为特殊的写作模式。为此我一直好奇，大余梅岭究竟是什么样的福地，创造了那样一个传奇？由于《梅岭三章》这篇课文，我在初中时期就抄写和背诵了陈毅的《赣南游击词》。那是我最早的课外阅读之一。自少年时代起，我就希望有机会去梅岭，看看这座神奇之山是如何“酝酿”三首诗章。2007年，反映南方三年游击战争的央视大剧《浴血坚持》在瑞金开拍，在一处山林里再现了《梅岭三章》的情景。课文变成了影视，我发现主题歌《红旗飘扬》像是《梅岭三章》的另一个版本：“假如明天我消失在林莽/请用你多情的那道目光/替我看看天边升起的朝阳……”

我近距离感知《赣南游击词》，是在2016年江西省作家协会组织的一次采风活动。从信丰县城去往油山镇上乐村的公路蜿蜒曲折。我不断透过车窗，确认这片青山的表情。以生态的眼光看去，这里是一片桃源。然而，当年一支军队藏身于此，由于敌人的“围剿”，这里又成为一座考验革命者的熔炉。

我曾经行走在这支军队的出发地，在瑞金一个叫梅坑的村子里反复体味“去留心绪”。当年，陈毅由于负伤，成为中央苏区留守的一员。在中央政治局旧址里，我看到了他的肖像，剑眉里藏着凝重。临时中央政府办事处主任，一个危难之际沉重的使命，让他思考着未来的道路。从瑞金突围，意味着要在四面包围中寻找生路。事实上，他也曾选择向福建突围，但这个方向多是绝路，因为瞿秋白在长汀被俘就义，何叔衡在长汀跳崖牺牲。我颇为好奇，陈毅是如何及时地在赣南掉头，从瑞金转移到大余、信丰等地，坚持了三年艰难的游击斗争。

在信丰游击战争纪念馆，我又读到熟悉的诗句。同行的作家们赞叹说，这《赣南游击词》真是有生活！自然，我们也熟悉当代的基层书写，只是很少看到在困境中迸发同样的乐观主义，一种守望和亮色，哪怕身处绝地。1936年夏天，油山出现罕见的大雪，大自然一下子成为敌人的帮凶。陈毅和游击队粮食断绝陷入困境，但他仍然说，莫怨嗟，稳脚度年华。他心里装着远方，心里有曙光，坚信铁树要开花。特别是“虑不得脱”之时，《梅岭三章》成了最后的交代。

把目光投向国门，是革命者特殊的姿势。1929年，朱德和红军最初进入赣南，朱德的妻子伍若兰不幸遇害，头颅被敌人残忍地挂在赣州城门。1935年，毛泽覃烈士的头颅，被敌人悬挂在绵江边一棵榕树上。“人间遍种自由花”，究竟是一种什么花？需要后人不断去描绘。2016年冬天，我参与小城的改造工作，站在一座古桥上，看着绵江边那棵高大的榕树，突然想起了《梅岭三章》的诗句“此头须向国门悬”。

（范剑鸣）

红枫遍野正烂漫

小学课文《清贫》陪伴一代代儿童成长。“沿着波澜起伏的字里行间，走进艰难的岁月思绪万千，我看到《清贫》里的共产党员……”一曲《清贫颂》，把我的思绪拉回到战火纷飞的年代。

1899年8月21日，方志敏出生在江西弋阳县漆工镇湖塘村一个世代务农的贫困家庭。他自幼崇拜爱国英雄，特别敬仰“精忠报国”的岳飞、“留取丹心照汗青”的文天祥、“要留清白在人间”的于谦。

方志敏8岁读私塾，1916年秋考入弋阳县立高等小学，

1919年秋升入江西省立甲种工业学校。从小村庄到县城再到省城，《新青年》等进步刊物给了他最早的思想启蒙。他20岁在校发动组织反帝爱国斗争，22岁领导学生反对腐败，要求教育改革而被校方开除。

1924年3月，方志敏加入中国共产党，他觉得“这是我生命史上一件最可纪念的事”。他在《我是个共产党员了》一文中写道：“共产党员——这是一个极尊贵的名词，我加入了共产党，做了共产党员，我是如何的引以为荣呵！从此，我的一切，直至我的生命都交给党去了！”

他领导家乡农民“两条半枪闹革命”，创建了赣东北革命根据地，创建了拥有“铁的纪律”的中国工农红军第十军，创造了“出其不意、攻其不备、声东击西、避实就虚”的十六字战略要诀，多次击退敌人的“围剿”，在苏区发展经济，首创股份制、发行股票……

他一生清贫。一次去中央苏区开会，方志敏穿的是破棉袄。朱老总一脸惊讶：“你们不是很有钱吗？怎么穿着破衣衫？”母亲看他掌管着大钱，上门来要钱还债，他说“那是劳动人民的血汗钱，没有权力动”。他率队北上抗日在怀玉山不幸被俘，敌兵以为逮了大官可发一笔横财，不料搜遍其全身，也不见一个铜板，仅一个旧怀表和一支笔……他在狱中写道：“清贫，洁白朴素的生活，正是我们革命者能够战胜许多困难的地方！”

他胸有大义。老百姓讲，“他支援党中央，黄金一箩筐一箩筐地送”；为配合中央军事部署，他率北上抗日先遣队迎敌而上；他在重兵压境时突出重围，为营救战友又冲入包围圈；身陷囹圄，蒋介石多次劝降，他宁死不屈……他的爱国热情自始至终“如一个青年姑娘初恋时那样的真纯入迷”，始终坚信“中国一定有个可赞美的光明前途”。

80多年过去，他的声音依然如雷霆在耳。

他说信仰：“敌人只能砍下我们的头颅，决不能动摇我们的信仰！因为我们信仰的主义，乃是宇宙的真理！为着共产主义牺牲，为着苏维埃流血，那是我们十分情愿的啊！”

他拒诱惑：“为着阶级和民族的解放，为着党的事业的成功，我毫不稀罕那华丽的大厦，却宁愿居住在卑陋潮湿的茅棚……屈辱，痛苦，一切难于忍受的生活，我都能忍受下去。”

今天，在他战斗过的闽浙赣皖大地上，他所畅想的“到处都是活跃跃的创造，到处都是日新月异的进步”变成了现实。赣东北漫山遍野的红枫，正生机盎然。方志敏同志的革命精神，彪炳史册，激励着一代代人。

（刘诗良）

太赞了，我们的文脉

品读江西这本书

历史长河中，每个重要的时间单元，江西都有自己独特的华章。春秋战国，孔门七十二贤人之一澹台灭明入赣，儒学南传；历南北朝至唐代，江西人文田园牧歌，深蕴厚蓄。宋明以降，英才荟萃，激荡时代风云，在诗、词、散文、戏曲等各个领域，风景皆好……

打开江西这本书，书页延展如振翅，轻盈灵动，飞越千年历史。

义熙元年（405年），五柳先生作《归去来兮辞》，解印辞官。“悟已往之不谏，知来者之可追。实迷途其未远，觉今是而昨非。”他结庐柴桑，归隐田园。农耕的日子，有“带月荷锄归”的辛劳，也有“采菊东篱下”的悠然，还有“造饮辄尽，期在必醉”的惬意。中国第一位田园诗人，就这么直直奔赴心中的桃花源。

岁月流转，若千年时空可以交汇，陶渊明与汤显祖或许能成为挚友。一人躬耕田园，与风一起吟唱；一人埋首书斋，在玉茗堂的一个个幻境里，追寻人间的至情。“朝飞暮卷，云霞翠轩，雨丝风片，烟波画船。锦屏人忒看的这韶光贱！”《临川四梦》浸染南国烟雨，成为我国戏曲文学的一颗宝珠，其演唱涉及的海盐腔、弋阳腔等戏曲声腔，更是深深影响了整个中国戏曲的发展。

打开江西这本书，字里行间有豪迈之音，慷慨厚重，响彻万里山河。

元丰八年（1085年），黄庭坚修书一封遥寄少年挚友，“桃李春风一杯酒，江湖夜雨十年灯”，缅怀青葱时光。人的一生有多少个十年？而黄庭坚在人生短短数个十年中，开创了“江西诗派”。这个以“江西”为旗号的诗歌流派，秉持以故为新的文学理念，成为中国文学史上第一个有正式名称的诗歌派别。去往三衢的道路上，曾几醉心风景，“梅子黄时日日晴，小溪泛尽却山行”；回忆往事，陈与义百感交集，“杏花疏影里，吹笛到天明”……诗派里几十位诗人，有的并非江西人，共同的文学追求让大家齐聚于一种理念之下，激荡起有宋一代最有影响力的诗歌流派。

“北宋文坛四大家”中，三家在江西。除了山谷道人，还有欧阳修、王安石。熙宁三年（1070年），王安石变法遭到了守旧派的强烈反对，他复信一封，对强加于己的罪名进行反驳：“盖儒者所争，尤在于名实，名实已明，而天下之理得矣。”王安石变法，是我国古代史上继商鞅变法之后又一次重大的社会变革，诸多举措影响深远。

生长在文章节义之邦，烈烈如火的家国情怀，成了江右士子与生俱来的特质。北宋内忧外患，文坛领袖欧阳修忧心忡忡，编撰了74卷《新五代史》。“忧劳可以兴国，逸豫可以亡身”“祸患常积于忽微，而智勇多困于所溺”，以史为鉴，发人深省。

打开江西这本书，一众诗人词客化身“导游”，留下诸多“攻略”，流连于这里山的巍峨、湖的辽阔、人的高洁。

往海南省亲，途经南昌恰逢滕阁雅宴，他即席作文。“人杰地灵，徐孺下陈蕃之榻”“睢园绿竹，气凌彭泽之樽；邺水朱华，光照临川之笔”……这篇“千古第一骈文”，华彩呈现了豫章故郡的绰约风姿，也引出了江右的悠悠文脉，传诵千年。

赣江之滨，王勃凭栏叹息：“关山难越，谁悲失路之人？萍水相逢，尽是他乡之客。”同样对前程感到迷茫的，还有被贬江州的白居易。元和十年（815年），白居易在浔阳江头送客，谛听琵琶曲“大珠小珠落玉盘”。琵琶女技艺高超，然而身世飘零，引得江州司马涕泪沾巾，“同是天涯沦落人，相逢何必曾相识”。

此外，谢灵运、李白、韩愈、白居易、柳宗元、周敦颐、陆游、苏轼等，也把足迹和诗文，一起刻进了赣山鄱水间。

打开江西这本书，每个人都有自己钟情的“章回”：“朝士半江西”“江右书院甲天下”“陆王心学”“鹅湖之辩”……江西这本书缤纷如此，有待更多人去打开、诵读。

（万芸芸）

登楼亦为诗

很多年前，我面对一群年少的学生，讲授了语文课本里的《滕王阁序》，和他们分享了几个课文背后的故事。

王勃写《滕王阁序》时，年龄不超过27岁。而从序的内容来看，当时都督阎公大会江南名士，滕王阁上胜友如云，高朋满座。我曾想象一幅画面：面对高耸江天的滕王阁，王勃缓步拾级而上。那是一种“虽万千人吾往矣”的气概，是饱满的才情，是过人的胆识，是初唐诗坛端翔刚健的气象在一个人身上的集中体现。现在的滕王阁，入门有块浮雕，刻的正是“马当神风送滕王阁”。画中江水滔滔，江岸芦苇萧萧，远处秋雁横空。王勃独立船头，衣袂在风中翻卷。《滕王阁序》千百年来脍炙人口，不仅仅是因为它浓墨重彩描绘了一座楼阁。一个年轻人，哪怕“时运不齐，命途多舛”，飘萍悲慨，他乡失路，却依然能够从苍茫的宇宙感受天地的阔远，从遥远的古人思想中不断汲取养分，葆有蓬勃的生命力，从而“不坠青云之志”。这或许才是一代代人为《滕王阁序》倾心并传诵不息的原因之一。

《滕王阁序》名句众多，“落霞与孤鹜齐飞，秋水共长天一色”自不必说，“关山难越，谁悲失路之人；萍水相逢，尽是他乡之客”“北海虽赊，扶摇可接；东隅已逝，桑榆非晚”都是佳句。这些句子或写景或抒情，写景声色动静皆备，抒情深沉激昂兼有。但我却对“星分翼轸，地接衡庐”印象深刻。文言轶事小说《唐摭言》说，都督阎公听闻王勃写下开篇两句“豫章故郡，洪都新府”，说不过老生常谈；但接着就听到“星分翼轸，地接衡庐”，阎公沉吟不语。但为何沉吟不语，《唐摭言》没说明白。而这两句，其实将滕王阁放置于浩大恢宏的空间里。仰视星空，滕王阁是南方七宿中翼轸二宿分野的地标，往南北方向看，滕王阁则是连接北边庐山和南方衡山的枢纽。滕王阁兴建于唐高祖时期，距离王勃登楼之时，不过100余年，与左近始建于三国时期的岳阳楼和黄鹤楼相比，显得太年轻。年轻的滕王阁，历史的厚度当然不如前二者，不能崇古的前提下，天界星宿和地表名山的比附，会不会让置身滕王阁的人忽然获得恢宏苍茫的空间感？当然说到底，写作的胸襟与气度，决定了诗文的品相。

古人因何喜欢登楼或登高？东汉末年王粲登荆州城楼，写下《登楼赋》，抒发去国怀乡的忧愁。之后有崔颢登黄鹤楼、王之涣登鹳雀楼、杜甫登岳阳楼、辛弃疾登郁孤台等，不胜枚举。楼台高耸，来自生活之外，是超出庸常经验的存在，于是登高者登上楼台之时，借它的高度离开脚下的土地，换个角度饱览风景，审视自己坎坷或平庸的一生。登高者往往暂时忘记一些东西，激发出更感性或更理性、更突出的别样情感。如此，登楼本身就是一首诗，具备超越的品格。古人登上高台，凭栏远眺，顿感天地悠悠，壮观天地尽收眼底，一杯酒喝下之后，挥毫落笔如云烟。而我们借助诗人的眼睛，得以看见个体有限生命之外的镜像，可能因此感

慨变得深沉，生命增添厚重。

很多年过去了，我不再有机会和学生共赏《滕王阁序》，也不知道欣赏过《滕王阁序》的他们如今散落哪里。有一天我重登滕王阁，俯瞰奔流的赣江，想起“阁中帝子今何在，槛外长江空自流”两句，有一刻的共情。

（田　宁）

琵琶一曲遗韵千年

在江西的版图上，九江是一颗夺目的珍珠。她北濒长江，东临鄱阳湖，南倚庐山，形成大江大湖名山齐聚之大观。如此山川胜景，自然吸引无数文人墨客驻足流连。据载，仅唐宋期间就有50多位诗人来访过九江并留下608首诗歌，为此2017年九江市获得“中华诗词之市”殊荣，实属当之无愧。

说到与九江的诗文情缘，除了李白、苏轼等大文豪，不得不提的有白居易。白居易一生留下3000多首诗作，与九江相关的多达370多首，约占生平创作的十分之一，远远超过他外放在忠州、苏州、杭州期间的总和，而《琵琶行》可谓白诗中的经典。

有人说，《长恨歌》让白居易在大唐诗坛封神，《琵琶行》更乃一曲绝唱，二者堪称白诗双璧。《琵琶行》字字珠玑，句句含情，文质兼美，声情并茂，不仅当时风靡宫廷里巷，千百年来亦传诵不衰，显示出强大的艺术生命力。

作为一名语文教师，我为自己是江西人自豪，江西悠久的历史和深厚的文化底蕴，让我沉浸其中。讲读《琵琶行》时，我和学生们一起感慨，陶醉，沉思。浔阳江，湓浦口，悠悠江水寂寞舟。左迁九江郡司马的白居易，送客至此，听闻舟中人弹琵琶，“铮铮然有京都声”，于是上前询问，拉开了故事的序幕。江月茫茫，秋风瑟瑟。琵琶女多愁，白居易善感。声声凄婉，句句悲凉，他们从各自的社会身份中跳脱出来，暂时在乐曲中得到共鸣。琵琶女的故事也许是传说，诗中的情节可能是虚写，但其景其情感动后人。于是，应湓浦口待客之需和大众消遣之求，附会白居易的诗句，建起了琵琶亭。睹物思人，观亭生情，琵琶亭成了“沦落人”的心灵寄托，也成了九江的地标性建筑，“司马青衫”成为令人落泪的典故。

纵观诗人一生，772年他出生时，李白已离世10年，王维辞世11年，杜甫故去2年，大唐诗坛领跑的接力棒，历史性地交到他的手上。16岁一首《赋得古原草送别》妇孺皆知，名动长安；27岁进士及第，挥笔写下“慈恩塔下题名处，十七人中最少年”；31岁考中朝廷吏部的书判拔萃科，授秘书省校书郎，从此步入仕途。

然而，815年，白居易上书请捕刺杀宰相武元衡的刺客，触犯了权贵利益，被指责越职奏事，贬为江州刺史；又因作《赏花》《新井》诗被诬陷“甚伤名教”，再贬江州司马闲职。从此，白居易的人生进入了一个特别时期。天涯沦落之痛、国事仕途之忧、亲友故园之思，最后只能化解在悠游山水之中。好在江州“左匡庐，右江湖，士高气清，富有佳境”，他得以自我疗伤和思考人生。

谪居3年多，白居易写下了《琵琶行》《与元九书》《大林寺桃花》等脍炙人口的诗文，提出了“文章合为时而著，歌诗合为事而作”的主张，以及“穷则独善其身，达则兼济天下”的理想。又因喜爱庐山风景，特别是香炉峰、遗爱寺之间的胜景，白居易在面峰腋寺处修筑了草堂，并著有《庐山草堂记》，详细介绍了草堂的建造及装饰面貌，这对后世造园和园林学产生了积极影响。

818年，白居易被一道授忠州刺史的诏书催离了江州。他喜，亦有不舍。九江山水慰藉了他落魄的心境，给予了他无限的灵感，他则报以源源不竭的诗情和萦绕心间的眷念，正如朝夕不断的长江水，和那水上遗韵悠悠的琵琶曲……

（袁华琳）

文人风骨的自在行吟

有这么一个身影，伫立于大宋的某座阁楼之上，倚在暮色斜晖里，用闪烁着宽仁慈爱的眼神凝眸苍生，以孱弱的书生之身，面对来自朝堂的威压从容不惧、宁折不弯。7岁时就有“多少长安名利客，机关用尽不如君”之慨的牧童，此时更是内心一片空寂，生出弄笛盟鸥的归欤之思。这个孑然身影就是北宋著名文学家黄庭坚。

1082年，黄庭坚时任吉州太和县（今江西泰和）知县。当时朝廷颁布征收盐税的政策，税额与政绩直接挂钩。其他县都拼命收税，黄庭坚目睹百姓的困苦，以“穷乡有米无食盐”为由，拒绝执行这一劳民的新政。10月的某个傍晚，雨后初晴，38岁的黄庭坚登上快阁，在晚晴余晖里，倚栏远眺，思绪万千，遂写下《登快阁》。

诗中他唤自己痴儿，化用众多典故，表达了对官场的不满。

晚霞的逆光中，诗人孤孑的背影隐在快阁的影子里。他远望无数秋山，落叶飘零，浩渺的天空显得更加辽远阔大。明月下，江水澄明如练，缓缓东流。诗人不由发出“落木千山天远大，澄江一道月分明”的千古绝唱，这是诗人登快阁时所览胜景的描绘，更是诗人博大胸襟的写照。

人生羁旅，壮志难酬，出路何在？对于清高耿直的黄庭坚来说，离百姓越近，离官场就越远。既然做不到和光同尘、圆滑柔软，还不如坐上归船，吹弄着悠扬的长笛，回到那遥远的故乡去——我这颗心啊，只能与高洁的白鸥订立盟约！清学者翁方纲赞其为“绝高之风骨”，不屈、洒脱。

黄庭坚曾在官府前刻16字，“尔俸尔禄，民膏民脂，下民易虐，上天难欺”，倡导“当官莫避事，为吏要清心”“不以民为梯，俯仰无所怍”的从政为官主张。如此铮铮风

骨，导致他在官场处处碰壁，动辄得咎。

1095年，黄庭坚开始了一段越贬越远的生涯，直至1105年病逝于贬所宜州。这年9月30日，干旱多日的宜州下了一场小雨，酷热的天气为之一新，凉爽了些许。黄庭坚高兴得手舞足蹈，叫来友人范寥喝了几杯小酒。微醺后，黄庭坚脱掉鞋子，把双足伸到屋檐外淋雨。清凉的雨点落到脚面，他惬意极了，笑得满头白发散乱，回头对范寥说：“真舒服啊！官场诟谇谣诼，司空见惯，何必放在心上。哈哈，吾平生无此快也……”话音未落，他慢慢倒了下去，永远地闭上了眼睛。

1109年，黄庭坚门人护其灵柩从宜州归葬故里，其子把黄庭坚葬在黄氏祖茔之西、有着“华夏进士第一村”美誉的修水双井，前来拜祭者常年络绎不绝。

黄庭坚为我们留下了2000余首诗作。他创立的“江西诗派”，工于炼字和用典，风格奇崛生新，标志着中国古代诗歌发展历程中宋诗特征的成熟和确立，也使得宋诗能以其独特的风格与唐诗并峙。“江西诗派”的影响几乎覆盖南宋初、中期的诗坛，直到晚清的“同光体”都深受其文学思想的影响，前后延续了800多年。

此外，黄庭坚的书法艺术成就甚高，为“宋四家”之一。2010年，他的一幅长卷《砥柱铭》拍出了4.368亿元的天价，创造了中国艺术品拍卖的世界纪录，其作品的艺术价值和受追捧程度可见一斑。

黄庭坚的一生仕途黯淡，与他过人的才华极不匹配，但他在入世与出世间的洒脱无羁，终生坚守的风骨与气节，足以光风霁月、荡澜英游。

（钱轩毅）

美极了，我们的家园

诵一篇课文做“名片”

庐山大概可以算得上语文课本里“出镜率”最高的山了。

“日照香炉生紫烟，遥看瀑布挂前川。”评论家普遍认为，这首《望庐山瀑布》是李白浪漫主义诗歌的代表作之一，但是，读到“飞流直下三千尺，疑是银河落九天”时，这14个字在我心目中就成了那帘著名瀑布的“标准照”，甚至在之后漫长的人生中，每见到瀑布，总会拿出这张“标准照”对照一番。

庐山也是白居易的最爱。“匡庐奇秀，甲天下山”，而他尤其钟情于北峰香炉与遗爱寺之间的那一段，“其境胜绝，又甲庐山……太原人白乐天见而爱之，若远行客过故乡，恋恋不能去”。于是，他在此筑起草堂。白居易谪居江州近4 年，留下了与九江相关的诗作370多首。其中当然有“浔阳江头夜送客”“江州司马青衫湿”的孤寂惆怅，却也有不少“不惟忘归，可以终老”的自适和怡然。817年农历四月，白居易与朋友游庐山，在大林寺看到盛开的桃花，欣然题下“花径”二字，并写下了《大林寺桃花》：“人间四月芳菲尽，山寺桃花始盛开。长恨春归无觅处，不知转入此中来。”你能读出诗人心中明媚雀跃的欢喜。如今，人们行走在花径，依然会想起这首诗，感念“花开山寺，咏留诗人”。

“如今不是梦，真个在庐山。”元丰七年（1084年），苏东坡与庐山第一次亲密接触。原本计划“芒鞋青竹杖，自挂百钱游”，没想到“粉丝”们闻讯而至。明星般的待遇让坡仙既温暖又有些小小的自得，“可怪深山里，人人识故侯”。这次庐山行，坡仙一路走一路写。旅程的最后一天，在西林寺，他写下了千古名篇《题西林壁》：“横看成岭侧成峰，远近高低各不同。不识庐山真面目，只缘身在此山中。”山中游走十余日，行至终点，忽然发现全然不识庐山的真面目了。要全面、真实地了解一件事物，一定要跳出其间，有一个更广阔的视角——这或许才是坡仙此次庐山之行最重要的收获吧？难怪他说“仆庐山诗尽于此矣”。

庐山脚下的鄱阳湖也是盛产诗文的地方。

“元丰七年六月丁丑，余自齐安舟行适临汝，而长子迈将赴饶之德兴尉，送之至湖口，因得观所谓石钟者。”苏轼送儿子上任，途经湖口，实地踏勘，对石钟山之得名做了一番细致的考察，写下《石钟山记》。经过调查研究得出了自己的结论，东坡先生在文中自豪地叹郦元之简，笑李渤之陋。“事不目见耳闻，而臆断其有无，可乎？”苏子之问影响久远。

乾道六年（1170年）夏，陆游携家带眷沿着长江水路前往夔州赴任，行经大孤山小孤山，写下《过小孤山大孤山》。文中描写了小孤山的峭拔秀丽和大孤山的雄伟壮奇，还记录了长江自湖口分一支为南江，长江水浊，南江水清，合处不乱的景象：“大孤则四际渺弥皆大江，望之如浮水面，亦一奇也。江自湖口分一支为南江，盖江西路也。江水浑浊，每汲用，皆以杏仁澄之，过夕乃可饮。南江则极清澈，合处如引绳，不相乱……”

婺源被誉为“中国最美的乡村”大概是近几十年的事，其实早在宋代，上饶就是人们心目中最美乡村了，为它打出这个名号的是辛弃疾。“明月别枝惊鹊，清风半夜鸣蝉。稻花香里说丰年，听取蛙声一片。七八个星天外，两三点雨山前。旧时茅店社林边，路转溪桥忽见。”明月、星子、清风、山雨，蝉鸣蛙鼓稻花飘香……黄沙岭的夜色里，一切都是美的。如果要从古人中选一位做上饶的形象代言，我想，必须是辛弃疾。有学者统计，稼轩词存世629首，其中有460首作于上饶；辛弃疾在南宋生活了45年，其中26年“家于上饶”。一腔热血，慷慨南归，赤心报国，终不为用，“却将万字平戎策，换得东家种树书”，辛弃疾心头有恨，唯有寄情山水。灵山、带湖、博山、黄沙岭、瓢泉……上饶的山水都烙印下稼轩的足印。“茅檐低小，溪上青青草。醉里吴音相媚好，白发谁家翁媪？”茅屋、溪流、青草，袅软吴音、白发翁媪，大儿锄豆、中儿织笼、小儿溪头剥莲蓬……在稼轩心里，这是最“治愈”的村居图吧？这方山水应该骄傲，它的四时景象、田园风物、世情民俗给了壮志难酬的辛弃疾以温暖的慰藉和妥帖的安抚。

…………

四海之内皆风景。一位作家说，有了风景之美自有江山之美，始有诗文之美。我想，风景之美与诗文之美是相互成全的。江西的风景何其有幸，得如此美妙的诗文眷顾，它们愈发美得深远、美得持久，美出了人文的高度。

（李滇敏）

此山中

反刍《题西林壁》是在一片金黄的花海里。

油菜花的香，蜜蜂一样嗡嗡嗡飞舞着，我说不清内心是躁动，还是安静。那个时候，我根本不知道庐山离我如此之近，从村子前的砂石路直往东去，两个小时，便能望见它巍峨的身形。如油菜花上的一只蜜蜂，我陷在一朵花甜蜜的深渊里。

虽没见过庐山，通过对文字的拉伸，我能理解“横看成岭侧成峰，远近高低各不同”讲的是山，这山奇特、渊博，我被它深深地吸引了，盼望着它突然降临在我的眼前。学习苏轼《题西林壁》这首诗时，我没和庐山觌面，我的“此山中”是眼前这片绵延的，没有边际的花海。

应该说，我的学生是幸运的。作为同一条路上的过来人，我一一破除他们通往这首诗核心的暗礁。提前布置游庐山，游西林寺、东林寺，搜集、交流描写庐山的诗句。在学习这首诗之前，他们像苏轼一样心中已经有了庐山的面目。扫除了字词的障碍，我又来了一个小迂回，让他们说说横着看、侧着看，远看、近看，从低处仰望、从高处俯视时庐山的不同形态，让他们从自身的体验中悟得：看事物的角度不同，得出的结论也不同。

一切似乎水到渠成，“不识庐山真面目，只缘身在此山中”，就这样自然而然地进入每个孩子的心灵。

然而，我知道，这远远没有结束，对一首好诗的领悟，如对一个人的认识，往往需要一辈子。唯有时间的胃囊，才能将它慢慢消化，经典就有着这样致密的硬核。

一天要四次经过的上学路，从村子前的砂石路下到田埂上，然后在田垄间左拐右绕，转过一个池塘，又爬上一座小丘，走下山丘，又是错落的田垄。当春天的油菜花高过我的头顶，我穿行在时隐时现的阡陌中，有关“真面目”“此山中”的诗句自然流泻而出。我渴望一个更高的立脚点，让我能看见这片油菜花海的全貌。

再次上庐山，我选择了更快捷的索道，7分钟的时间，我就上了山顶，拥有了速度，却失去了沿途的无数风景。站在庐山的高处，我依然迷茫，那么多的山峰，那么多的溪涧和峡谷，那么多的白云和流水，即使立在最高峰——汉阳峰的最顶端，我还是无法看清庐山的全貌。

沿着南山公路徒步，经过贝云庵的门前，弯弯绕绕无数圈后又拐到它的背后，如果不是对参照物的反复比对，我难以相信，迈了几万个步子，绕了数十个圈子，淋漓的汗水浇灌的还是同一座山峰。庐山是一座通往天际的山，再次咀嚼“此山中”，我甘愿这样迷失在它宽博的山体里。

（帅美华）

稻花香里说丰年

暮色四合，几点星光在天幕中闪烁；微风吹来，稻田里轻轻地掀起了波浪，空气中飘荡着稻花的香味。此时，蛙声四起，乡村的夜晚更加宁静。如果你处在这样的境域，一定会脱口而出：“稻花香里说丰年，听取蛙声一片”——这是辛弃疾《西江月·夜行黄沙道中》的经典句子。几十年来，这阕词一次又一次作为经典篇目被选入了语文教材。而这阕词描写的正是我们江西上饶美丽的田园夜景。

有一次上公开课，我特意选了《西江月·夜行黄沙道中》。那堂课上的精彩情景，至今记忆犹新。

我之所以选择这阕词，不仅因为词本身的优美，更多的是因为它与江西有关。这样的内容和情结更能激发学生的学习兴趣，从而使公开课收到更好的效果。

课堂的一开头，我向同学们介绍了辛弃疾在中国文学史上的地位和成就。这位伟大的词人与江西有很深的渊源，在上饶生活了20多年。这样的介绍瞬间就抓住了学生的好奇心，激发了学习的欲望。接着我重点讲解了这阕词的创作背景和辛弃疾退居江西的一些故事。孩子们听得津津有味，顿时瞪大眼睛惊呼起来，“黄沙”离我们居然不到一个小时车程。他们万万没想到，这位800多年前的大文豪，就在身边。辛弃疾一下子变得亲切、可感了，江西深厚的文化底蕴也如春雨般浸润学生的心灵。

这阕词描写了恬静优美的黄沙岭夜景：明月清风，鹊惊蝉鸣，稻花飘香，蛙声一片。全词情景交融，从视觉、听觉和嗅觉三方面生动形象地描绘了美丽的田园风光，表达了作者对田园生活的热爱，表现了一种淡然物外的境界。

在讲到诗歌内容的时候，我播放了农村夜晚月明星稀、稻浪翻滚、蛙声四起的视频。孩子们看了都觉得特别熟悉、亲切，一个个兴奋地说：“我知道，我知道，乡下老家的夜晚就是这样的！”他们发现，原来词中的美丽景物就在身边，就在我们可爱的家乡。有了这种熟悉感，学生更容易理解文本，很快就领悟了这阕词中的内容和所表达的思想内涵，体会到其中的魅力，更加激发了对家乡的热爱。

在拓展环节，我让学生欣赏了辛弃疾另外两篇写江西的作品——《清平乐·村居》和《菩萨蛮·书江西造口壁》。通过拓展阅读，孩子们再次感受到了稼轩词的文化魅力。课后，学生们意犹未尽，找了很多有关辛弃疾的作品，举行了一次别开生面的朗诵会，用独特的方式表达了对稼轩的热爱。

辛弃疾这位南宋词人，因为课堂上的演绎而鲜活起来。

人杰地灵、物华天宝的江西，因为课本这个载体，被更多的人熟知。那些与江西有关的经典作品也因此被一代一代地传诵下去。

（伍晓芳）

江上蓬莱

《过小孤山大孤山》选自陆游的日记体游记《入蜀记》，是作者在宋孝宗乾道六年赴夔州上任途中的日记。

小孤山，在今江西彭泽北，安徽宿松东，与南岸彭浪矶相对，俗称小姑山。大孤山，在今江西九江市南鄱阳湖出口处，与小孤山遥遥相对。教学参考和其他文本解读大多认为，这篇日记体散文着重描述赞美了小孤山与大孤山的美丽风光：小孤山峭拔秀丽，大孤山雄伟壮奇。文中多处引用苏轼、杜甫的诗词，增添了行文的雅趣和文化底蕴。

因为是选修篇目，在教学中，大多数老师一带而过，并未细究《过小孤山大孤山》隐含的幽深意境。之前教学这篇散文时，我只是重点分析探讨小孤山大孤山各自的特点。后来讲述到散文结尾处“江自湖口分一支为南江，盖江西路也。江水浑浊，每汲用，皆以杏仁澄之，过夕乃可饮。南江则极清澈，合处如引绳，不相乱”时，下意识地认识到应该另有深意，然后作了重点解读分析。此处比较明显地表明了陆游借江水言说心志之意，即绝不和苟且偷生、谄媚投降之臣同流合污。于是我回到前文，再一一细读深思，越发察觉这篇看似平常随性的日记体游记散文的幽深之意。开篇描述烽火矶就有所暗指作者自己的个性抑或有志之士的独特品性，“有一石，不附山，杰然特起，高百余尺，丹藤翠蔓，罗络其上，如宝装屏风”，表面写石，实则言人述志。不依附权势，品格高贵而美好。在详尽描述小孤山的秀丽之景时，笔锋突然一转，“但祠宇极于荒残，若稍饰以楼观亭榭，与江山相发挥，自当高出金山之上矣”。这无疑是在表达对如此美好秀丽的祖国山河，因外来的侵犯而破碎凋残而心痛之意。

行文所引杜甫、苏轼的诗文，也并不是一种对山河赞颂的锦上添花之意。比如引述杜甫的“幸有舟楫迟，得尽所历妙”，表面似乎在表达行程缓慢，得以饱览景致之妙。然而把杜甫诗作还原，作者对高尚的品格追求可见一斑：“沄沄逆素浪，落落展清眺。幸有舟楫迟，得尽所历妙。空灵霞石峻，枫栝隐奔峭。”小孤山，又称小姑山，引述昔人（苏轼）之诗略做调侃“舟中估客莫漫狂，小姑前年嫁彭郎”，其实却是隐含对那些愿做他人之妇的投降派的辛辣嘲讽；写到河岸土地的赤红，借东坡之句“舟人指点岸如赪”，表达自己对朝廷的赤诚之心。

因为教学，我又学习了小孤山大孤山的有关历史故事。“人言此是海门关，海眼无涯骇众观。天地偶然留砥柱，江山有此障狂澜。”弋阳才子谢枋得的题诗写出了小孤山大孤山一带的山高、川险、江窄、流急。作为南宋末年著名的爱国诗人，谢枋得希望即将覆灭的南宋王朝能够力挽狂澜。革命烈士夏明翰也曾登临此山，极目匡庐倩影，放眼吴楚烟波，不禁引吭高歌，借熊亨瀚诗言志：“大孤山下停桡，小孤山下观涛。热血也如潮涌，时时滚滚滔滔。”新中国成立后，毛泽东曾乘游船路过小孤山大孤山，感叹原来江流狭窄，行船艰难，而今旧貌换新颜，江面辽阔，行船自由畅达。其实，山河依旧，变的是时代。

（叶晓健）

酷呆了，我们的天团

所念皆星河

又逢开学季，那琅琅的书声，似乎有着神奇魔法，驻足听之，一幕幕泛黄的记忆便会在心底透亮起来，关乎童年，关乎成长，关乎乡土。

翻开部编版小学语文课本，江西籍作家的作品高频次出现。七八岁的孩子识字不多，又能念出哪些古诗？从“小荷才露尖尖角，早有蜻蜓立上头”到“接天莲叶无穷碧，映日荷花别样红”，一代文豪杨万里不会想到，他寄情荷花的两首七绝，会出现在800多年后的小学语文课本中。赣鄱大地，随处可见的风景有翠微烟雨，稻香丰年，潋滟湖光，天阔暮霭……还有半亩荷塘。乡间阡陌旁、城市公园里，一池碧绿，倒映星河，为孩子们推开了古典文学的大门，也映照着江右文化的古往和今来，走过千年，绚烂之至。

秀而能文，耻于人同，是古代江右文化天团的“绝技”。唐宋八大家中，有3位是江西老表，他们在不同的时空，洞见世象，咂摸人生。庆历六年（1046年），被贬滁州的欧阳修在山林中，与民一齐游赏宴饮。“醉翁之意不在酒，在乎山水之间也”，浅吟人文之歌，尽显文赋之美。熙宁年间，王安石泊船瓜洲，眺望故园，奈何相隔数重山，徒留一句慨叹“春风又绿江南岸，明月何时照我还”。早春季节，柳枝吐出新芽，柳絮借助东风乱舞，似乎想占领整个世界。曾巩托物言志，咏柳讽世，“解把飞花蒙日月，不知天地有清霜”。

晏殊与晏几道父子，父亲是太平宰相，理性圆融；儿子是痴情公子，尝遍人间冷暖。他们词风婉约，字字唯美，句句柔情，语言质朴尽诉人间情思，有“昨夜西风凋碧树，独上高楼，望尽天涯路”的执着，也有“琵琶弦上说相思。当时明月在，曾照彩云归”的深情。

以节义论辞章，是沿用千年的文艺高标。泗水之滨、维扬城中、零丁洋里，处处留下了江右文人的激情与傲骨。金兵南下，南宋偏安一隅，朱熹于乱世中托意神游，满目春光，“等闲识得东风面，万紫千红总是春”。姜夔则撕破幻境，来到战乱后的淮左名都扬州，看到的只有荒凉与落寞。“二十四桥仍在，波心荡、冷月无声。念桥边红药，年年知为谁生？”家国破败，抚今追昔是一种情怀，金戈铁马是一种姿态。文天祥率兵抗元，不幸被囚。他誓死不屈，从容就义，豪迈写下“人生自古谁无死？留取丹心照汗青”。

一粒莲子的生命力有多顽强？沉睡千年，依然能以细小的芽蕊崩开坚硬的壳，绽放如初的风采。一颗星星的光芒可以照耀多远？抬头仰望，耿耿星河，穿越时空，映照着沧海桑田。

时空俱流转，相望共星河。如今，翻开各版本的中小学语文课本，《驿路梨花》《清廉大佛》《青花》等江西今人新作又汇入了孩子们的琅琅书声，陪伴他们成长，教育他们成才。

（万芸芸）

文道并重号醉翁

课本是开启心智、浸润心灵的重要载体。盘点课本里的江西元素，总让人有一种满怀赤诚、无比自豪的灵魂涌动。“区区彼江西，其产多材贤。”作为一个久居赣地的外来老表，我是常以敬慕与赞叹的姿态，去瞻仰先贤们长虹经天的巨影的。

堪称江西文化“双峰并峙”的庐陵文化、临川文化，更是以绵绵流长之气象穿越时空，在一册册或泛黄、或崭新的课本里，熠熠生辉。庐陵文风昌盛，欧阳修实开其端。“醉能同其乐，醒能述以文者，太守也。太守谓谁？庐陵欧阳修也。”作为北宋诗文革新运动的领袖，欧阳修的《醉翁亭记》可谓其散文风格成熟的标志与代表作，对后世影响尤为深远。但在学生时代捧读课本时，我印象最为深刻的便是妇孺皆知的那句：“醉翁之意不在酒，在乎山水之间也。”如今回过头来细品体味，其间每一字、每一词都自然流畅、恰到好处，每一情境都进退从容、天衣无缝。

这便是欧阳修的旷达胸襟，举止优雅，谦和大气，犹如

"野芳发而幽香，佳木秀而繁阴，风霜高洁，水落而石出者，山间之四时也"。一代文宗出身孤寒，所以他总是不吝提携后辈、培植人才。"唐宋八大家"北宋一朝占了6位，除他自己以外，其余5位苏轼、苏洵、苏辙、王安石、曾巩都出自他的门下。"布衣之身"遇到了千古伯乐，从此名扬天下。欧阳修也被赞为"欧公下士，近世无比"。醉翁的风度与做派，总让人敬仰与向往。

这便是欧阳修的家国情怀，心系苍生，与民同乐。他说："然而禽鸟知山林之乐，而不知人之乐；人知从太守游而乐，而不知太守之乐其乐也。"这位官至宰辅、敢怒敢骂、一身正气的文坛巨子，真的只是"饮少辄醉""颓然乎其间者"吗？当然不是。如果我们将《醉翁亭记》与范仲淹的《岳阳楼记》，以及当时的历史背景联系起来，就不难懂得"太守之乐"了。忧乐天下、无欲则刚，醉翁风范山高水长。

欧阳修曾两度主持科考，创新提出了"文道并重"的主张。他认为，"我所谓文，必与道俱""圣人之文虽不可及，然大抵道胜者，文不难而自至也"。在我看来，《醉翁亭记》便是物我一体、文道合一的典范。一代文豪苏轼曾这样评价欧阳修："论大道似韩愈，论事似陆贽，记事似司马迁，诗赋似李白。"甚为贴切，深以为然。

纸上春秋，吟哦千载。"四十未为老，醉翁偶题篇。醉中遗万物，岂复记吾年。"《醉翁亭记》之外，欧阳修还有

《题滁州醉翁亭》《别滁》等诗作。原本籍籍无名的醉翁亭、琅琊山，因为他和他的著作而闻名于世。

今日，我们仍在深情诵读《醉翁亭记》，仍在英雄城永叔路上充满神往，仍在思考探讨为文与明道的意义……我想，这便是课本带给人们的文化传承，也是民族智慧在历史长河中激荡起的时代启迪。

（李　晃）

跨越千年的相遇

多年以后，我依然清晰地记得那是一个阳光明媚的春日，我们一群玩泥巴的农村娃在老师的带领下，蹦蹦跳跳地走过了十几里的崎岖山路，走进了古朴肃穆的王安石纪念馆。那时的我们，刚刚背熟了《元日》：“爆竹声中一岁除，春风送暖入屠苏。千门万户曈曈日，总把新桃换旧符。”那是我与王安石的第一次“相遇”，他就像一个清新的邻家哥哥，如我们一般盼着过新年、贴春联、点爆竹。尽管这喜悦源自“误读”，纪念馆的讲解员告诉我们，写这首诗的时候，王安石已经是位名副其实的中年大叔了。然而，我幼小的心灵却倔强地拒绝这份“正解”，固守着这首诗传递的喜悦。

两年后，我升入了乡镇中学，课里课外读到了更多王安石的诗文，我与王安石的“相遇”越发频繁了。那是“少年不识愁滋味”的年纪，每天骑着自行车飞奔在家与校之间的

乡间小路上。在我们的必经之路上，有一座因为打靶而垒起来的小土包，那便是我们的“飞来峰”。风和日丽、秋高气爽的日子，放学回家路上，三五个小伙伴把书包挂在自行车上，便飞快地冲上“飞来峰”。极目远眺，旷野平畴，炊烟牛群，自有一番风景。有时候，我们也会豪迈地对着蓝天白云狂啸几声。而这时，“飞来山上千寻塔，闻说鸡鸣见日升。不畏浮云遮望眼，自缘身在最高层”就像一首熟稔的旋律，从心灵深处缓缓升起，在耳畔脑海久久回荡。鄞县（今宁波市鄞州区）、杭州、飞来峰、临川……站在“飞来峰”上，少年思绪丰满，眼前浮现着900多年前另一位“少年”回乡路上的点点滴滴。30岁的他刚结束了堪载史册的鄞县之治，起堤堰，决陂塘，兴学校，严保伍，贷谷与民……他边走边想，一路咀嚼他在鄞县施政的得失。这一天，他来到杭州，登上了飞来峰千寻塔，“不畏浮云遮望眼，自缘身在最高层”，他完成了从经验到境界的提升，或许这才是王安石在鄞县的最大收获。而懵懵懂懂的我们，也在“飞来峰”上羞涩地琢磨着怎样让自己“身在最高层”。

高中3年，我来到离家更远的偏僻小镇求学，只有星期天下午能回家一趟。每次往返于家校之间，我都会特意绕道从王安石纪念馆门口经过，远远地看一眼那朱红色的大门，回想着书本上关于他的一切。他老了，再也不是那个爆竹声中贴春联的快乐少年，也不是那个在飞来峰上无限憧憬的政治新星，而是为了捍卫变法，被迫以笔为刀，与昔日好友激辩的战士。王安石与司马光，可谓“绝代双骄”，惺惺相惜。然而因为变法，“议事每不合”，最后连朋友都做不成了。一心变法的王安石原本是不想过多纠缠、打嘴仗的。可是，昔日好友却刺出了最狠的一剑，给变法安上了“侵官、生事、征利、拒谏、怨谤”五重罪名，每一重都若泰山石崩。王安石奋起反击，挥笔写下《答司马谏议书》，逐条驳斥，酣畅淋漓。然而，我坚信穿透纸背的，不是墨汁，而是血和泪。6年后，在保守派的重重“围剿”下，心力交瘁的王安石离开“硝烟弥漫”的汴京，回到花木成畦的江宁。于是在从江宁到钟山的山路上，总能看到一位老人，牵着一头驴慢慢地走着，累了便坐在路边的安石墩上喘口气，或混入人群听他们操着吴侬软语讲述六朝脂粉艳事，偶尔也插上几句话。这时人们才侧身看看这位枯瘦的老人，询问他的姓名。他也只是淡淡地回答道：“鄙人姓王。”

21世纪的第21个岁尾，这位老人千年诞辰之日，临川故里高朋满座，胜友如云，在茫茫人海中，千年的思绪在我的脑海中最终凝练成这样一幅画面。诚如斯人所言：“千古凭高对此，谩嗟荣辱。”

（左国春）

雄心万里入诗心

泉眼无声惜细流，树阴照水爱晴柔。

小荷才露尖尖角，早有蜻蜓立上头。

初夏时节,在一位友人的书法作品里读到杨万里的七言绝句《小池》，那自然率真、灵动生趣的走笔和心画，显然深得诚斋诗风“活法”精髓。

《小池》这首诗中描写的原本只是一个很寻常的乡间小池，但诗人却捕捉到稍纵即逝的情趣，用他新颖的想象、拟人的手法、平易浅近的语言描画出这样活泼温情的彩图：泉眼小，是对清流的珍惜；树阴浓，是对小池满怀爱意；尖尖的嫩角是小荷的生机；蜻蜓早早飞来，是急着要和小荷相依。

少时初学《小池》，并不知诗中的小池在常州，注意力也不在作者“南宋文学家、官员，开创‘诚斋体’，与陆游、尤袤、范成大并称为南宋‘中兴四大诗人’”等生平简介，只是读之轻松欢喜，浮想联翩，少顷能背。有段时间，总是很想但又总羞于问那些和我一样出生在20世纪70年代的同学，小池上的蜻蜓是否也扇动了他们《童年》里的秋千，贫困孤单乏味的成长岁月是否因此有了些许色彩和生趣。

这或许，就是文学赐予我的最初的吸引和孤独吧。多年后惊觉，虽困于庸常，但仍对诗意和写作孜孜以求的我，竟像极了《小池》里那只才初夏就急切奔向荷花的蜻蜓，自嘲时更体味到那已是生命里一种失之不可的欢愉。

杨万里广师博学，为学、为诗、为人、为仕尤受安福籍爱国诗人王庭珪的影响，并与恩师结下深厚的情谊，后考取进士，立朝刚正，指摘时弊，无所顾忌，而招致“不得大用”。他视仕宦富贵如敝屣，但从未放弃诗心，在50岁以后豁然转变诗风，由师法前人到师法自然，开创了以“活法”为要的“诚斋体”。

特别喜爱“活法”这个词，它总使我想象800多年前，在小池边发现“活法”的杨万里有多么可爱和欣喜。他说，以往写诗一味模仿，思路不畅没有灵气，如今顺其自然，倒也意尽诗来。彼时，他的一身正气，他的4000首“诚斋体”诗，注定永如清泉入小池般，养活多少诗意的心灵。

故我至今仍然非常感动：那位友人某日访诚斋故里，意兴浓烈动情到极致时喷出了一句“雄心万里入诗心”，如箴言般的概括和赞叹。每个生命其实都是以生活的雄心开始，如果一路上，我们始终都在往诗心奔赴，那就读懂了杨万里的诗歌以及他的一生。无论最终我们能否实现雄心，能否入得诗心，也尽可以活出未曾辜负的意义和有趣的灵魂。

（简小娟）

丹心的血脉传承

12年前的初冬，我和一众文友来到青原山富田乡大坑村的卧虎山，祭祀庐陵先贤文天祥。穿过刻有“仁至义尽”的石牌坊，登台阶、过神道，来到祭台前，由文友远辉和我领诵先贤诗作。山环水抱，松柏郁郁，众人的吟诵声随风飘扬，散落密林深处。

肃穆中，第一次感觉课文中这位光环耀眼的古人和我如

此亲近，而“万古千秋”这样的词语近在眼前。

我们朗诵的《过零丁洋》，可看作诗人的人生简历。“辛苦遭逢起一经”指的是高中状元、科举入仕之后，因针砭时弊，历经坎坷。“干戈寥落四周星”是说元军逼近，他散尽家财，募兵勤王，临危受命，如今已有4年。“山河破碎风飘絮，身世浮沉雨打萍”，元军一路紧逼，小皇帝被抓，文臣武将纷纷倒戈，南宋朝廷摇摇欲坠；他的老母亲被俘，妻妾女儿被囚，大儿丧生，家已沦为旧梦。“惶恐滩头说惶恐，零丁洋里叹零丁”，惶恐滩是过去时，暗礁密布，零丁洋是现在进行时，无力回天，惶恐和孤独是他最深刻的感受。最后一句，笔锋一转，宕进将来时，露出风骨和底色，诗境顿然开阔。“人生自古谁无死？留取丹心照汗青”，死是必然奔赴的命运，他决定变成星辰本身，去照耀史册，去报以圣贤书。

随着在这个山清水秀的小城定居下来，与这片土地融入得越来越深，亲近感也累积得越来越浓烈，我发现，庐陵是诗里一脉贯穿的隐藏地标。

高台之上的白鹭洲书院，开门见江，古树苍翠，是他十年寒窗苦读的象牙塔，院内陈放着他殿试的那篇《法天不息》，洋洋洒洒万余字，阐述着融入血液的天道法理。这里是诗中“一经”的源头。

从元军营帐连夜脱逃，他沿途收编残兵游勇，组建抗元大军，在江西收复赣州、吉州多地，一度士气激涨。虽然终因寡不敌众败退，但作为“干戈”的主战场之一，这里见证了他书生跨马能击贼的人生波峰。

北坡岭被俘，在押往大都途中，水路沿赣江北上，船只即将到达庐陵时，他念起不食周粟的伯夷叔齐，开始绝食。面对“雨打萍”的现实处境、“谁无死”的哲学叩问，这里有他“归去来兮”的心愿。

建有文天祥公园的吉安县，如今依然乡祠遍布。8岁时，他曾连蹦带跳跟着父亲赶到县城，在学宫中，瞻仰欧阳修、杨邦乂、胡铨等忠士先贤的塑像，立下“不能俎豆其间，非夫也”的誓言。这里，有一片“丹心”的血脉传承。

除了地标，还有故乡的那些名字：恩师江万里，在元军铁骑汹汹而来之际，面对高官厚禄的利诱，坦然选择带着族人投水殉国，以惊世之举为他上了最后一堂儒学课。张千载是他的发小，他勤王，张千载变卖全部家产以资军饷；他被囚禁，张千载追随北上，打点狱卒，关照饮食起居；他就义，张千载踏雪踩霜将其齿发带回庐陵安葬……

被俘虏，被威逼，被摧残，龙潭虎穴，九死一生，为什么身陷绝境，明知不可为而为之？当船只经过零丁洋，张弘范命人递上笔墨让他劝降张世杰等人时，他面色从容交出这首诗。万古千秋，诗歌庄严，我从中找到了答案。

而在他深情挂念的故土，我找到了诗的来处与归处。

（甘雪芳）

迎面遇见姜夔

在鄱阳，很容易便见到姜夔。

一生漂泊寄人篱下的姜夔，没料到800年后会拥有为自己量身打造的公园与纪念馆。如果下了一场雪，在鄱阳倏然想看雪压枝头的梅花，念念《暗香》与《疏影》里的句子，你只须骑车或踱步到姜夔公园，很快就可以让“冷香飞上诗句”。

如果赶上相邻的姜夔纪念馆有乐师在演奏古曲，则当凝神倾听，因为那入耳的极可能是传世名曲《扬州慢》：“淮左名都，竹西佳处，解鞍少驻初程。过春风十里，尽荠麦青青。自胡马窥江去后，废池乔木，犹厌言兵。渐黄昏，清角吹寒。都在空城……”

或者你不在鄱阳，那就去附近找所中学，翻开一本高中语文选修课本下册，在一篇夜雪初霁的宋词里，也可以迎面遇见姜夔——“二十四桥仍在，波心荡、冷月无声。念桥边红药，年年知为谁生？”透过那些清冷的字符，遇见为南宋扬州而驻足感伤的姜夔。

那时他很年轻，才21岁，比此刻学习诵读这篇课文的高中学生大不了几岁，正好与青春交流。可那时山河残破，他看到了一个曾经繁华的城池已然因战火而荒废，阴暗处杂生的草木仿佛偏安之家国，风雨飘摇……时代的兴衰往往决定着文化特征的变迁与更迭，于是唐诗的洒脱之气化为了宋词的黍离之悲，一曲旷世绝响顷刻在这个年轻人手中化为一唱三叹的箫声，清音悠悠跨过空城，也穿越了尘封的历史。

那时的他还没有被唤作白石道人。20岁后，他选择了扁舟五湖的漂泊生活，北游淮楚，南历潇湘，一路游历交友写诗，也一路听雨看雪吟词。“双桨莼波，一蓑松雨，暮愁渐满空阔”，这是在岳飞被害、南宋向金国纳贡称臣30多年后的一场暮雨，看看前面辛弃疾的豪情壮志在泥泞中化为云烟，遥望那偏安而腐朽的朝廷日渐凄迷，姜夔转头踏上了布衣清客、职业作家的人生道路，文化孤旅，从此少谈主义，多搞研究。

对姜夔来说，他的幸与不幸皆在词中。半阕飘零江湖，报国无门；半阕远离风波，灵魂清冷。从鄱阳湖畔出发的姜夔，以转徙江湖的一生，在词、诗、音乐、书法等诸多领域实现了人生价值，影响深远。清人所编《宋词三百首》中，白石词占了17首。1987年，国际天文学会把姜夔作为中国文化名人之一为水星环形山命名，姜夔从此和李白、李清照、八大山人等一同在苍穹上熠熠生辉，抵达了他一生孤旅最梦幻的终点与高度。

在鄱阳，有不少人放下课本中的《扬州慢》，开始默默地跟随姜夔的脚步写诗歌，写散文，习书法，弹古曲……就像湖上点起的一盏盏渔火，慢慢朝着映耀湖面的那弯冷月聚拢，与夜空的星月交相辉映。在鄱阳，有一支由本地8名乐师组成的“白石乐坊”，每逢重要节日或活动，乐师们会衣着古朴、正襟危坐在姜夔纪念馆演奏《扬州慢》《石湖仙》

等乐曲，传扬“白石乐曲美妙传神”的无限意蕴。我与乐坊的叶天文先生相识。年逾古稀的叶先生虽然已移居他乡，但通过微信还能聆听到他的琵琶和古琴演奏。叶先生说，他的心愿是将《白石道人歌曲》17首全部搬上舞台，让人们听到更多的原汁原味的姜夔。在鄱阳，我还常遇见研究姜夔30多年的姜清水先生，兴致勃勃谈及他著述的10余部姜夔研究作品……

从清晨到日暮，在姜夔公园旷阔疏朗的广场，锻炼的人们早已习惯从那尊孤独而清癯的姜夔塑像旁经过，这位宋代词人、音乐家就像是邻家拄着拐杖的和蔼老人，面含微笑看着眼前充满活力的家乡人。也许他会想到当年的扬州之景，扬州之歌，那词那曲，那桥边红药，也许还会自嘲那些悲寂清冷的字句，而那“年年知为谁生”的叩问早有了笃定的答案。

听说鄱阳有不少中小学春游、秋游之地选择姜夔公园，要求学生写作文的题目就是“我心中的姜夔”。

人群中，应该有更年轻的姜夔迎面而来。

（张新冬）

觉醒的旷世爱情

时光飞逝，转眼离开大学课堂已十五六年，对于更早的高中时期的课文，能回忆起来的更是寥寥。能记住汤显祖的《游园》，有好几个原因，一是因为它太有名。“情不知所起，一往而深。生者可以死，死可以生。生而不可与死，死而不可复生者，皆非情之至也。”这种贯通于生死虚实之间的至情，呼唤着精神的自由与个性的解放。从理想上看，有情人生的最高境界是“至情”，《牡丹亭》便是“至情”的演绎，《游园》则是“至情演绎”的源头。二是它的作者系江西人。汤显祖被誉为“东方莎士比亚”，一生经历嘉靖、隆庆、万历三朝，在仕途上颠簸，长期屈沉下僚，上感于官场的腐败，下感于地方恶霸的有恃无恐，后来因为爱女、大弟和儿子先后夭亡的强烈刺激，毅然辞官，归隐临川。三是赣州大余有座牡丹亭。我经常去牡丹亭，逛后花园，看广场的“东方爱神杜丽娘”雕像，之后沿着蜿蜒小路上山，攀爬到山巅，观塔，俯瞰牡丹亭，风起时，闭上眼睛，张开双臂，把自己想象成一只穿越时空的飞鸟，盘旋在牡丹亭上空。此外，在大余参加一次文学活动，我和来自全省各地的文艺青年从梅关古驿道下来，一起在牡丹亭里谈论《牡丹亭》，那样的深刻体验一辈子也是忘不了的。

《牡丹亭》全剧共55出（场），《游园》是第十出《惊梦》中的前半部分，由6支曲子组成，主要是刻画杜丽娘的内心世界。在她走出深闺之前，她不知道“春色如许”，当她来到园中，领略了“姹紫嫣红”的春色，就象征着青春的觉醒。

去过大余的人多半知道，那里的人把《牡丹亭》看作是故乡盛事，代代相传，引以为荣，所谓“文因景起，景因文传”也许在于此。

虽是土生土长的江西人，小时候，我生活在宁都固厚一个小山村，不知郁孤台在哪里，甚至连就在宁都隔壁瑞金的那口红井，都没有去过。现在，我的住处距离郁孤台不足500米，距离宋代古城墙不足1公里，心理距离随着空间距离的拉近而拉近，以至于时常觉得自己离辛弃疾很近，离架起建春门浮桥的洪迈很近。读了辛弃疾的《菩萨蛮·书江西造口壁》，我就想重登郁孤台；读了汤显祖的《牡丹亭》，我又想再去大余，去看牡丹亭，逛后花园。在后花园静坐，我会想起杜丽娘演绎的至真、至纯、至美的爱情颂歌，还会想起《红楼梦》里那些生动细节：

《红楼梦》第二十三回《西厢记妙词通戏语 牡丹亭艳曲警芳心》里写道：“林黛玉素昔不大喜看戏文……偶然两句吹到耳内，明明白白，一字不落，唱道是：‘原来姹紫嫣红开遍，似这般都付与断井颓垣。’林黛玉听了，倒也十分感慨缠绵，便止住步侧耳细听，又听唱道是：‘良辰美景奈何天，赏心乐事谁家院。’听了这两句，不觉点头自叹，心下自思道：‘原来戏上也有好文章。可惜世人只知看戏，未必能领略这其中的趣味。’”第四十回中行酒令时，鸳鸯说“左边一个‘天’”,黛玉不由自主道：“良辰美景奈何天。”

…………

一曲《牡丹亭》，唱不尽人间至情。杜丽娘早已成为人们心中青春与美的化身、至情与纯情的偶像，她那觉醒的旷世爱情，影响着一代又一代人，使他们重新思考、审视、发掘爱情。

（骥　亮）

我的课本，我的江西

石钟山下的夜舟

宋元丰七年（1084年），苏东坡经江州盘桓数日，去看望被贬为监筠州（今高安）盐酒税的弟弟苏辙，相聚之后，返程又流连江州，与长子苏迈一起游览湖口那座临水耸立的石钟山，彼时，其子即将赴任德兴尉。

看看这一家子跟江西的情缘！万年县有个苏桥村，据说苏桥苏氏乃苏迈一脉，苏迈之孙苏峤经商路过与德兴相邻的此地，见山环水绕，映带分明，地脉钟灵，大有旺气，毅然择址开基于斯。到得而今，能够证明历史的遗存，除了人，就是石头，比如，古井的井圈，功德碑和墓碑。苏东坡的后人便搬来两块明清墓碑，让我辨认。我却更愿意辨认村人围观墓碑的专注表情。想当年，48岁的苏东坡在考察石钟山缘何以“钟”命名、钟鼓不绝的噌吰之声究竟怎样生成时，也是这般模样、这般神色吧？

苏东坡很是较真。跟北魏地理学家郦道元较真，跟当过江州刺史的唐代诗人李渤较真，声称郦说“人常疑之”，而李说“余尤疑之”，哪怕寺僧使人叩击石壁，“余固笑而不信也”。端的怎样，他索性带着儿子，“以小舟夜泊绝壁之下”，经“徐而察之”，终于发现噌吰之声“则山下皆石穴罅，不知其浅深，微波入焉，涵澹澎湃而为此也”。他在著名的《石钟山记》里，记录了自己的质疑、自己亲临其境的考察，从而启迪人们：凡事要亲自见闻，不可主观臆断。

他的深入探究，简直就是探险！要知道，六月正是南方的汛期，而鄱阳湖和长江的相交之处，风大流急，浪高水深；泛舟夜幕里的绝壁之下，更有“大石侧立千尺，如猛兽奇鬼，森然欲搏人”，何况“大声发于水上”，甚至令“舟人大恐”。然而，非亲自踏勘，焉能获得真相？我牢牢记住了石钟山下的那只夜舟。

长期以来，每到湖口，必访石钟山。然而，怀着朝圣的心情，却是走马观花，一次匆匆，记不清次数的太匆匆，参观石钟山变成访问湖口的仪式。是的，在“信息爆炸”的时代，今人还会把绝壁之下的小舟、把苏东坡的倡导太当一回事吗？

进入21世纪后的连续几年间，下雨好像成了稀罕事，伏旱、秋旱连春旱，旱象环生。那一阵子，我经常下乡，驱车奔走在连绵起伏的丘陵间，对干旱的感受尤其强烈。最让我震撼的是，某个春天去湖口，经鄱阳湖大桥，竟见烟波浩渺的鄱阳湖居然一马平川，唯有一条窄窄的河沟尚珍藏着湖的记忆、湖的梦想，所有的船只都瑟缩在河沟里，所有的鱼鳍都躲藏在劫难的阴影里。湖口诗人雁飞有句道：“雨哪里去了/鄱阳湖落寞着，胸怀苍凉/鱼，已无家可归……”可惜，我当时没有带相机，未能拍下那场景。我一直为此懊恼不已。

罕见的干涸，也把一个美丽且诗意的千古之谜彻底戳穿了，它的谜底袒露无遗。苏东坡亲临湖上考察，以事实告知人们噌吰之声怎样生成。可是，明清时期有人又提出异议，认为石钟山“全山皆空，如钟覆地，故得钟名”。究竟若何，如今大可以西装革履信步走进往昔的龙宫从容勘察了！我来去匆匆，想必湖口人应该看清了石钟山的本来面目。

果然，有走进溶洞的游客这样描述道：站在石钟山底下的溶洞前，正如《石钟山记》所描绘的那样……十几个溶洞互相连通，各种险石林立，钻进洞穴20多米以后漆黑一片，充满鱼腥味，而且洞径愈行愈小。经千百年来的湖水冲刷，溶洞里大多淤满了泥沙，在一块绝壁上还留存着江西巡抚蔡士英镌刻的“玉壁铃宫”4个大字……

我对此耿耿于心，在搜集鄱阳湖旱情信息的同时，通过收藏的高中语文课本，重温被孩子画有许多记号的《石钟山记》。我试图借助古人和今人的文字，想象那些溶洞该是怎样的“猛兽奇鬼”。

旱象超出了我的想象。后来的冬天，我专程前往鄱阳湖，拍下了蜿蜒在淤泥中的“千眼桥”、遗落在沙滩上的鞋山，接着，泛舟绝壁之下，拍下了夕照里的石钟山。不，我拍的是山脚处并排的溶洞，那一道道裂罅，像石钟山的趾骨，像某种巨型古生物的遗骸……

听说，历史上每到枯水季节，那些溶洞大多会显露出来，但像如今这样连年完全裸露的情况，却是少见。想来也是。要不然，怎会有关于石钟山的众说纷纭？怎会有苏东坡跟郦道元、跟李渤的笔墨官司？怎会有某些后人对苏东坡的不服？

在新世纪的暖色光照里，我本可以离船上岸，走进溶洞，去嗅嗅其中的鱼腥是否有白鲟和江豚的气息。立于船头，我看得清楚，山脚处露出的河床，虽窄，却干爽，连接着溶洞，下船甚至不必脱鞋。然而，一个愣怔之后，居然放弃了下船念头。

苏东坡赢了！

可是，倘若苏东坡的在天之灵得知，今人下船登岸在溶洞里高声判自己最终得胜，他是欢喜呢还是忧伤？《石钟山记》本是一篇蕴有哲理的游记，进入新世纪后，随着气候变得无常，它竟然意外获得了生态文学的意义，作者应该庆幸呢还是沮丧？

大自然有谜，才神奇，才神秘，才叫人敬畏或者膜拜，钟情以至于探索不止。这是重读《石钟山记》启示我的。

（刘　华）

天人无间文公山

“半亩方塘一鉴开，天光云影共徘徊。问渠那得清如许？为有源头活水来。”这首《观书有感（其一）》可谓中小学语文课本中的“常客”，作者朱熹大家也很熟悉。

朱熹，江西婺源人，是我国南宋时期著名的理学家、思想家、哲学家、教育家、诗人，儒学集大成者。

乙未清明前夕，天气晴朗，春风拂面。我与昔日同窗友好一行八人，来到位于婺源县西部的文公山。

文公山原名“九老芙蓉山”，是朱熹祖墓所在地。朱熹逝世9年后，宋宁宗谥朱熹为“文公”，故世称朱文公。后人遂将“九老芙蓉山”改称“文公山”。

进得山来，左手边立一柴门，门楣上书“半亩方塘”，此四字即出自朱熹《观书有感（其一）》中“半亩方塘一鉴开”之句。此处未见方塘，当然也没有“天光云影共徘徊”。路边倒是有一条小渠，溪流潺潺，光影斑斑，水中石子历历可辨，水草随波赋形，左右摇曳，如美女腰肢舞动，生出十分春色。

沿渠有一条青石板铺就的小路，缘山坡往上伸展，时陡时缓，蜿蜒曲折，通向静谧的山林和幽深的岁月，也通向朱熹恢宏的理学殿堂，把后人与文公的思想紧紧相连。

青石表面光洁，棱角圆润，千百年来不知见证了多少朝圣者的脚步。几根春笋从青石板之间的缝隙里钻了出来，长到一尺多高，仿佛为了加入朝圣者的队伍在路边等待了几个昼夜。虽然历经千年风霜，沧海巨变，每一块石板依然坚硬结实，就像古老的中国文化精神那样坚韧而厚重，而这些头顶绿叶的新笋又像是每个文化周期中都会冒出的鲜活思想，给古老的中国文化带来勃勃生机。

山中空气清新温润，几个深呼吸，大量的芬多精吸入肺腑，人顿时觉得内外通透，灵魂为之洗净，污浊为之尽除，精神为之振奋。阳光努力穿透密密匝匝的丛林，斑斑点点，疏疏落落，洒在青石、树干、草丛、青苔和落叶上。在这十万亩天然阔叶林里，一切明亮而安静。视野所及，或树，或草，或花，或水，或石……每一物皆其本初之模样。人移步，景换形，而时光却好像停滞在原处，贪恋秀色，不愿前行。山下公路上偶尔驶过的汽车，把外界的喧嚣带到森林腹地，转瞬间引擎发出的声波就被吸收得干干净净。所谓喧闹，不过是林边的匆匆过客，隐蔽、清静才是这里的永恒。

拾级而上，半路上有一亭屋，是为“积庆亭”。亭者，停也。古代的亭子，一般都是供路人或游客遮风避雨、驻足小憩之所，有“十里一长亭，五里一短亭”之说。积庆亭的功用与其他亭台并无二致，不同之处在于其取名“积庆”。《易经》曰：“积善之家，必有余庆。”可见，朱熹也认为，为人处世的精髓是向善，多积钱不如多积德，做大官不如做大贤。积庆亭的进出口门额上分别题写着“流荫先灵”和“积庆后昆”，相传是朱熹回家扫墓离别时对朱家子弟的赠言。这8个字的确切解释暂不得而知，在我看来，这8个字正好印证了朱熹为人处世之道，其大意应该是：为人多多行善积德，可以让故去的先人得到尊重，也可以让自己的后代得到福佑。

据称，在积庆亭边，曾经有一块石碑，上面刻着“枯枝败叶，不得挪动”的字样。有人说，从这块立于清乾隆二十七年（1762年）的石碑可以看出当时的人们对文公山的重视程度。其实，这块石碑不仅仅表明了时人对文公山的重视，更表达了他们对朱熹“天人无间”思想的重视。

朱熹主张正确处理人与自然的关系，认为仁者爱人，且爱天地万物。其理论依据是“天人本只一理”，“天之生物，有有血气知觉者，人兽是也；有无血气知觉者而但有生气者，草木是也；有生气已绝而但有形质臭味者，枯槁是也。是虽其分之殊，而其理则未尝不同”。自然万物与人一样，有其独特的内在价值，人对物也要将心比心，人的道德情感和道德关怀不仅要推己及人，而且要推己及自然、及万物。只有尊重、爱护自然万物，包括“枯枝败叶”，才能实现人与自然万物和谐共生。保持人与自然万物之间的平衡，“中和在我，天人无间，而天地之所以位，万物之所以育”。

可惜，曾经有一段时间，大自然的“源头活水”越来越少了，“天光云影共徘徊”的美景也越来越稀罕了。不久前，世界自然保护联盟更新的濒危物种红色名录显示，长江特有物种白鲟已经灭绝，长江鲟野外灭绝。生态的悲剧一再上演。幸好，今天的人懂得了“流荫先灵”“积庆后昆”和“天人无间”的道理，绿水青山就是金山银山的发展理念深入人心，生态文明建设得到高度重视。“积善之家，必有余庆。”尊重万物、爱护自然的“积善之国”，未来当然也“必有余庆”。

“知行常相须，如目无足不行，足无目不见。”朱熹不仅是“流荫先灵”“积庆后昆”“天人无间”思想的提倡者，而且是其实践者。1993年版《婺源县志》载，南宋淳熙三年（1176年），朱熹首次回故乡扫墓时，在祖墓周围栽下了24株杉树，寓意“二十四孝”。如今，800多年过去了，杉树现存16棵，棵棵参天，树身巨粗，需3人以上才能合抱。据传，有人偷砍了一棵，建了一栋房子，木料还没有用完。

每一棵巨杉就像朱子的思想，古老而又生机勃勃；又像阅尽世事沧桑的老者，淡然而又平和安详。千百年来，这片杉群就像一块绿色屏障，挡住外界的繁忙与喧嚣，给朱熹的祖墓带来阴凉与宁静。如今，文公山又成了国家4A级旅游景区，为当地居民带来福祉。这实在是对“流荫先灵”“积庆后昆”“天人无间”思想的最好注解。

（吴　辉）

十个字，一条河

很多年前，与一群人专程去星子县（今九江庐山市）栗里村，拜访陶渊明故里。当时颇年轻，年轻的意思其实就是不懂许多东西质地的好坏。有时是将好认作坏，将坏当了好。有时则纯粹就是懵懂，视而不见。我在栗里走一圈，只依稀记得村里路有点泥泞，猪在泥里打滚。同行的人也许就陶公渊明也聊了数句，我却无印象。我不是第一次犯这种身在某处，却无缘某处的错误。但对伟大诗人生活的村庄，我留得的记忆竟然如此之少，其实是因为那时还不懂陶渊明。

对陶渊明的认识，最初都来自从前做学生时，于课本上学到、老师一字字讲解过、我背过的那些句子：“少无适俗韵，性本爱丘山”“种豆南山下，草盛豆苗稀”“问君何能尔，心远地自偏”……作为少年，我于字面理解它们，作为知识我记住它们。知识这件事小看不得。知识就是不一定当年就能发芽的种子。它潜伏在那里，等到人越活越老，某种机缘巧合之下，它便冒出头来，突然开口，突然复活，突然动人。这时候它由“知识”这偏硬性的东西，已质变而为柔软的、可滋养心灵的生之感悟。种子经过生长，终究开出了花——就是那样一种变化。就如陶诗，感谢当年于中小学课本中汲取的那些基本营养。这些营养且在时间里发酵，且有自身经历与逐年变更的心绪，也逐渐加入。叫我像只趋光的蛾，飞向叫作“陶渊明”的那盏灯。一年年，《陶渊明集》成为书架上最容易取到的那本，对陶渊明研究颇有心得的顾随先生的书也一本本收齐。在或者遇事，心里不痛快时，或者并未遇事，就只是闲坐时光，读过的陶诗，一句句会浮上心头。“气变悟时易，不眠知夕永”“人生归有道，衣食固其端”。他说得是呢，这也是中年后我获得的常理与常识。“悟已往之不谏，知来者之可追。实迷途其未远，觉今是而昨非。”这几句，不知道多少人在引用。而我每次看到，依然是又读一遍，心想，这就是珠玑之字。无人比他透彻了。

我突然就有些懂了他，突然就知道了他的不得了。他的许多诗句，字面看，连小学生也懂，这也是在中小学课本中能够读到的原因。若是艰深晦涩，则难以选入课本。这一点，陶渊明有点像其诗妇孺皆懂的白居易。但陶的诗歌深沉，更为深不见底。人们读陶诗，有点像潜水者潜到500米，发现1000米还在等他。至于能否去到，全凭他的水性。“采菊东篱下，悠然见南山”，识字的中国人，没读过这十个字的可能不多。就像不知道“父母在，不远游”“养不教，父之过”这些话的不多一样。然而，三个字的这些话都是作为祖训存在着，块块矗立的石头一样。唯有陶渊明的这十个字，却成了一条长河，流动不歇，是活的，且是在生长的。不仅是一般人如我，越读陶诗越兴起迷惑之思与探索之勇。顾随先生研究陶诗40年之后，也还是说，“采菊东篱下，悠然见南山”中的“悠然”二字，是谜。千古之谜。顾随对于陶渊明与杜甫这两位中国伟大诗人的评析，真知灼见与真性情俱在。他的嫡亲弟子叶嘉莹先生，也是读陶透彻，她曾说千古以来写孤独形象写得最好的就是陶渊明，她由此引申到陶渊明的精神境界就是，“纵使世上无知音，又有什么可悲伤”。所以，我看到，每个后来的中国人都到这十个字、这一条河边来取自己那或多或少的一瓢饮。我的这一瓢，有时是到陶诗中直接接取，有时则就是去饮苏轼、梁启超、朱光潜、顾随等所取的那一瓢。我听他们分析这瓢“陶”水的质地、性情，这水单纯的莹澈与丰富的内涵。从他们取用的一瓢“陶”水里，我丰富我自己的那一瓢。而每个人又将自己的那一份，作为一条支流，汇入这“十个字”长河。就像长江与汉江与赣江，也像长江与其身边某条不知名小河，汇在一起，才是生生不息之道。

陶渊明是怎么把仅仅十个字就变成一条长河的呢？菊花、篱笆、南山，全是物，物象，它们都是实的。合在一起，也还是一幅画，一幅实景。却又在漫长的时间里，在中国人情感的发酵库里，慢慢地，它成了精神与象征。有人说，这十个字里，有中国人从前的田园，又有人说，这也是现代中国人难以回去的田园。于是，通过吟读这十字，人们于心灵上回到回不去的田园。

极复杂的人生况味，却凝结于极平白的字里。琥珀、蚌珠，以及陶诗，一切结晶的东西都是这样，看似简单，光却由晶体四方发出。人们于每个角度都可接收到光，为光炫目。若以质地论，陶渊明的日常生活并非丝绸，也并非一块柔软的白棉布。它的质地是粗麻，棕褐色，与大地颜色趋同。手感粗粝，却取材天然。回归故里后，他自己种豆，清晨“理荒秽”，夜月起时，荷锄而归。他要靠田地收成养家。收成却总是不太好。他有酒瘾，几乎天天喝点小酒，顾随先生说：“凡抱有寂寞心的人皆好酒。”我读到这一句，泪都要下来。顾随并非随口一说，他与陶公渊明，是隔了千年的知己（附带说一句，顾随论陶，洋洋几千言，与陶渊明诗歌一样，也是字字珠玑。我不能做个“抄书党”，否则我会全抄写于此）。陶渊明和邻居把酒话桑麻，也不是社会调查式的了解与观察，他之关心天气与收成，与今夏身居城市火炉的我们关心每日天气预报一样，是因为与己有关得太密近。因为切身。

切身，就必须真实。陶渊明是低平的真实。我用“低平”，不用“卑微”，因为我愈来愈觉得陶渊明这样的人，他对个体之微的体察比谁都清醒，但他内心却无尊卑之别。他是如水一般处“低”，与周围人持“平”。而且他似乎并不像其他众多文人诗客一般，需要一个漫长的修炼过程，要经历挫败、纠结，要不停磨刻自我，不停取舍，而后，才获得某种修正，某种终成正果。一个“终”字，有何其多的一言难尽。而陶公渊明，却几乎天生如此，天然如此。如玉原生，如玉无价。他以田园入诗，终又在诗歌里，存留下中国人共有的另一个更恒久、更广袤的田园。

十个字，一条河。一条言有尽意无穷的河。

（王晓莉）

寻亭记

我在找一座亭。

这座亭既没有出过汉高祖刘邦这样级别的亭长，也没有经历过唐风宋雨的缠绵缱绻，我甚至无法描述它的年代和模样，因为它在每个人的心里都有着不同的存在形态。

这座亭有一个浪漫的称谓——牡丹亭。

牡丹亭是有灵魂的。

数百年前，临川人汤显祖以一部惊世作品让牡丹亭成了一个特定的文化符号。如果要选亭长，汤显祖自然当之无愧，并且可以始终保持连选连任。

汤显祖的祖地在抚州市文昌里，一个能够集中展示临川文化的物理空间，至今还有为数不少的历史古建筑群。对于古建筑，我有着异乎寻常的兴趣，曾无数次地在文昌里和老城区之间穿行，其间很多次都会想到“汤亭长”的一次搬家往事。

四百多年前，大约是一个秋风送爽的季节，辞去浙江遂昌县令回到家乡赋闲的汤显祖搬了一次家，从文昌里汤家山搬到了老城区刚落成的新居， ·向喜欢玉茗花的汤显祖给新居命名为“玉茗堂”，想必少不了在后院里种上几株玉茗花。

喜迁新居自然是人生一大喜事，但放眼历史，最多只是一件私人事务，根本无法留下丝毫痕迹，除非还有另外一件大事要在新居里发生。

对于中国乃至世界的戏曲界而言，确实有大事发生。中国大百科全书出版社出版的《中国大百科全书·戏曲·曲艺卷》汤显祖条目中，能找到这样一段平实的记录：明万历二十六年（1598年）……秋天，从临川东郊文昌里迁居城内沙井巷。著名的玉茗堂和清远楼就在这里，传奇《牡丹亭还魂记》也在此时完成。

《牡丹亭还魂记》就是传唱至今、被列入我国四大古典戏曲之一的《牡丹亭》。而牡丹亭，因其丰富的文化内涵，成为中华优秀传统文化的承载物之一。

在一个有着五千年悠久历史的文明古国，亭并不仅仅只是一个普通而简单的建筑物。

我们知道，从最初供旅人休憩而设立的“十里一长亭、五里一短亭”，到后来成为园林中观赏性建筑的“满园亭榭都参遍”，再到文学艺术作品中用以情感寄托的“长亭外，古道边，芳草碧连天”景致，亭的概念变得愈发模糊，已经不是那个具体的亭，而是一种文化，一种形象，是抽象的亭。我曾经读到一篇文章，其中有这样的表述：它（亭）所要表达的不是那个亭的形象，而是那个亭所具备的意蕴，已经深入人心的那种中国古典文化的意蕴。以有限的具象表达无限的情感，亭子的精神价值也得以被最具哲理冥思的中国古代文人不断发掘。因此，在中国文化和历史发展的过程中，围绕亭子积淀了丰富的精神意蕴，“亭子”的形象逐渐成了一种文化的符号与象征。

牡丹亭正是这种意向最贴切的体现。

我接触的第一座牡丹亭在大余县。20余年前，作为一名刚入职不久的媒体人，接到了第一个独立采访任务，前往有着“世界钨都”美誉的大余了解尾砂利用情况。采访结束后，当地宣传部的同志带着我顺道去了牡丹亭公园，并介绍说《牡丹亭》的创作灵感就源自于此。《牡丹亭》的故事自然早就知晓，但第一次和故事里的场景这么近距离地接触，看着公园里那个并不精美的亭子，很是感慨。

之后，随着工作岗位的调动，从赣州到南昌，再到抚州，其间还曾应邀至浙江遂昌参加汤显祖纪念活动，我都在有意识地寻找，一座座各具风格的牡丹亭，是不是都传递着相同的文化意味，是不是都有着一个共同的灵魂。

承载着《牡丹亭》这个感天动地爱情故事的亭子早已从《临川四梦》中走出，化作一个个看得见摸得着的实物，遍布神州大地，还跨越万水千山，从东半球到西半球，在英格兰南部小镇斯特拉特福镇落地生根，无言地演绎着来自东方的浪漫传奇。

对了，这个小镇也有一位名动世界的戏剧大师，他和汤显祖在同一年去世，名叫威廉·莎士比亚。

小镇并不大，只有2万余人，但每年有150余万来自世界各地的游人光顾。牡丹亭就在该镇罗瑟街的绿地花园内，距离莎翁诞生地步行仅约10分钟。亭子的所有构件，包括每一块石头、每一根木头、每一片瓦，都是从抚州运至英国，承载着最纯粹的中国文化元素。

这座牡丹亭，已然化身为一位文化使者。

“情不知所起，一往而深，生者可以死，死可以生。”

这是汤显祖在《牡丹亭》开篇的一段文字。时年48岁的“汤亭长”借此毫不遮掩地告诉全世界，他要讲一个至情唯美的爱情故事。

美是属于全人类的。四百多年过去，这段被赋予了超越生死的浪漫“至情”，依旧有着穿透时空的力量。

打开高中课本，我们能够读到这样一段文字：“原来姹紫嫣红开遍，似这般都付与断井颓垣。良辰美景奈何天，赏心乐事谁家院！朝飞暮卷，云霞翠轩；雨丝风片，烟波画船——锦屏人忒看的这韶光贱！”

再一次读着这段唯美的文字，伴随着脑海中一幕幕闪现的画面，我放下了心中的执念。

我们终其一生的寻找，其实不就在自己的心里吗？

《牡丹亭》中最具代表性也流传最广的唱词《游园》走进了课本。

“亭长”汤显祖则从课本里走了出来，徜徉在某个城市的某座亭子里，诗意地栖息。

（温　凡）

书院文化与精神面相

“稻花香里说丰年，听取蛙声一片。”“大儿锄豆溪东，中儿正织鸡笼。最喜小儿亡赖，溪头卧剥莲蓬。”“郁孤台下清江水，中间多少行人泪？”语文课本中，辛弃疾的三首词作：《西江月·夜行黄沙道中》《清平乐·村居》

《菩萨蛮·书江西造口壁》，均以平实语写乡村景，却能在寥寥数语间生动描摹出人物情态，以平淡语句写出奇崛意境，其中不乏朗朗上口的词句传诵后世。

《清平乐·村居》仿佛一幅村景速写图，茅屋前，小溪旁，葱郁青草在微风中轻摇，一家五口闲适地安于画面中，虽是乡野村居极寻常一幕，却也是许多人心中的理想生活。

除了写乡村之景、物、人，辛弃疾亦有气势沉雄、音韵铿锵的词作，字里行间，隐隐激荡刀剑铮鸣之音。辛弃疾半生坚持北伐，反对南宋“偏安”，不被朝廷信任，而不得不敛志隐居于赣地乡间。曾在江西担任安抚使的他，在上饶带湖修筑了庄园，与家人闲居于此。带湖的湖光山影间留下了他的身影，想必也留下了他壮志难酬的喟叹。

1188年，大雪飘飞，山林染白，呵气成雾，辛弃疾与陈亮大步走进铅山县鹅湖山北麓的鹅湖书院，两人腰间的佩剑发出清脆的撞击声，热血在身体里奔涌，他们为抗金复国的壮志而来。在寂静的书院里，两人促膝而谈，握杯而歌，悲怀而叹，“长歌相答，极论世事”，痛快淋漓地抒发一腔抗金复国的壮志，和大业难以实施的悲愤。他们苦等十天，朱熹没有应约而来，两人只得遗憾作别。

次日，走在归途的辛弃疾，内心忽然翻涌起如滔如浪的一腔情绪，不禁调转脚步追赶陈亮。追至鹭鸶林中，雪淤污泥深，他颓然驻足。内心积郁难消的辛弃疾，独自到方村饮酒，夜深人醉之际，忽听得一脉清亮的笛音穿透沉沉夜色。

这清音催动他的满腹愁绪，遂提笔写下《贺新郎·把酒长亭说》：“问谁使、君来愁绝？铸就而今相思错，料当初、费尽人间铁。长夜笛，莫吹裂。”一腔滚烫的英雄泪，随笛音抛洒。

小小的鹅湖书院，发生过两次足以载入史册的“英豪之会”。另一次发生在距此13年前。

1175年初夏，鹅湖书院一改平日的幽寂，院墙外树影依稀的山道上，走来衣袂飘飘的身影，他们是朱熹、吕祖谦、陆九龄、陆九渊。继他们而来的，还有一群前来观战的当地学者、士人、官员。明代郑以伟在《游鹅湖及诸洞记》一文谈及这次聚会，“会者百人。云雾聚，一何盛也”。辩论的召集人是吕祖谦，意在调和朱熹“理学”和陆九渊“心学”之间的理论分歧，使两人的哲学观点“会归于一”。

“论及教人”，朱熹秉持“格物致知”的观点，主张多读书，多观察事物，穷尽事物之理，趋近真知，并在实践的基础上求抵真知。而陆九龄、陆九渊两兄弟，坚持从“心即理”出发，认为首要的是体认本心，心明则万事万物的道理自然贯通，不必多读书，也不必忙于考察外界事物，内观自心，去除心之尘蔽，就可以通晓事理，养心神最为重要……双方各执己见，互不相让。辩论虽然没有实现“会归于一”，却开书院会讲之先河，在中国哲学史上留下了浓墨重彩的一页。

越过800余年时光，已经定格在历史册页上的这场“鹅湖之会”，双方为自认的真理而辩的慷慨陈词已消散风中，但辩论所散发的理性光芒至今照彻后世学人。

鹅湖书院几毁几建，看过意气风发，看过慷慨悲歌，仿佛一个沉静的老者伫立在原地，任时光飞渡。至今，书院内还保留明、清两代的十余块古碑，记录着关于书院的历历往事、点点片段。缓步行走在书院深处，浏览墙壁上描画的《鹅湖论辩》一幕，先哲们树立起的“以天下为己任”的知识分子身影，依然感召着后人。

中国历史上有书院7000余座，仅江西一省就有千余座，书院文化构成其深厚历史文化底蕴的重要一脉。

萌芽于唐，蓬勃于宋、明、清三朝的书院文化，是中国教育史上的特有图景，涵盖哲学、教育、历史、地理、经济、管理、文学、美学、伦理学、建筑、文物、图书馆学等众多学科，之中积淀有中华文化与传统精髓。江西的白鹿洞书院，因理学家、教育家朱熹在此讲学并制定了办学条规与宗旨而知名，与岳麓书院、嵩阳书院、应天书院并称中国古代四大书院，且被誉为“中国第一书院”。

白鹿洞书院，始建于唐，初为唐代诗人李渤兄弟隐修读书之地。南唐时期，李氏朝廷在白鹿洞建立学馆，称之为“庐山国学”。北宋理学盛行，“庐山国学”改名“白鹿洞书院”。朱熹为南康（今九江庐山市）郡守时，重建院宇，在此讲学。书院鼎盛时，来此学习的生员达数百人，朱熹严格按照孔孟的儒家教育规范办学，拟定《白鹿洞规》《白鹿洞书院教条》，清晰诠释了他所主张的“格物、致知、诚意、正心、修身、齐家、治国、平天下”等教育思想，将节义、信诺、求真务实的理念植入一代代文人志士的精神骨髓中。

有着尊儒重教传统的赣人，家国情怀深厚，遇挫折险境，却又多选择安适自处隐居山野，以修身正心为要，所谓“采菊东篱下，悠然见南山”（陶渊明《饮酒（其五）》），久居赣地的辛弃疾，亦“我见青山多妩媚，料青山见我应如是”。寄情山水又心系家国的他们，坚韧自守，心中坦荡，形成了特有的精神面相。

（王　芸）

书院江西

扫码云游

听见赣音绕梁

回望江右风华

纵览赣鄱万象

寻味江西名吃

一千书院润赣鄱

公元675年，大唐气象将现未现。那位叫王勃的绰约少年，时来风送滕王阁，极目远眺、壮怀激烈，奋笔写下骈文巅峰之作《滕王阁序》，自此“物华天宝”“人杰地灵”成为江西的千古名片。但就当时而言，地处长江之右的这片土地，人文处在鸿蒙之初，尚且配不上这华丽的赞誉。它更多的是一个天才预言，开启了江西千年璀璨。

100多年后，唐贞元年间，在庐山五老峰下，有位叫李渤的书生觅得一山涧潺潺、山谷森森的悠然之境，结草庐而读圣贤书。李渤伴有白鹿一匹，极通人性，能与主人心灵相通，能独自去镇上“挂角沽酒”。世人皆奇，称李渤为白鹿先生。白鹿先生读书之地，葱茏蔽日，山峰回合，幽幽若洞天，谓之白鹿洞。昌盛千年的白鹿洞书院文脉就此萌发。

王勃、李渤，赋予了赣地人文以勃兴之势、渤荡之力。自唐末始，江西气象、江西气派登上了历史舞台。而初鸣之声，始于高安城郊一处种满桂花树的页岩之地。

公元814年，唐代最高学府的主要负责人、国子监祭酒幸南容告老还乡回到高安，仍不辍教育，选址桂岩创办了桂岩书院，广纳四方乡贤为同族子弟传道授业。据《幸氏宗史》记载，是时“应桥车马驰逐，长途游客如织”。桂岩书院为幸氏家族和当地培养了大批人才，崇文重教传统就此开枝散叶。而以历史的大视角来看，桂岩书院开办的重大意义在于开江西书院之先河，是历史上最早具有教学功能的书院之一。从此，赣地书院芳华绽放、芳草萋萋，给江西人文千年盛大以生生不息的沃土和源源不断的滋养。

据季啸风先生领衔的古代书院普查，自唐末以降，全国书院共7300余所，其中江西990余所，居全国各省之首。据省市县三级地方志机构综旧志、家谱及历史文献所统计，江西有书院1959所。这些书院，既有大儒开坛讲学的燃夜之炬，如朱熹兴盛的白鹿洞书院、王阳明讲学的阳明书院、陆九渊创办的象山书院、周敦颐创办的濂溪书堂、朱陆之辩的鹅湖书院，她们成就了江西文化重心的地位，奠定了江西儒学中兴之地的基础。更有遍布乡野的星星之火，凡赣鄱百县，有井水处便有书院，有人居处便有书声，一代代江西人晴耕雨读，书田半亩，涵养了秀而能文的精神气质和满腔忠义的家国情怀。钟灵毓秀的江西，成为诗书礼乐之乡、文章节义之邦。

抚揽历史，江西书院千年芳华，有着自己的历史逻辑和兴盛密码。唐末战乱，官学式微，书院就此走上了历史舞台。发轫之初，书院受到禅宗丛林的启发。江西恰是禅宗丛林的发祥地，马祖建丛林、百丈立清规，近距离为书院的发展提供了很好的镜鉴。早期一些书生或结庐于谷野，或苦读于山寺，泉清堪洗墨，山秀静求学。后来，更多的书院比照丛林而建，觅清修之所，定纲纪之规，施传道之业。醉心其中，“或吟或冥默，或酒或鸣琴。数十黄卷轴，贤圣谈无音”。唐末，江西已有高安桂岩书院，浔阳景星书院，德安李渤读书堂、东佳书堂，新建飞麟学塾、施肩吾书院，吉水登东书院，永丰皇寮书院，袁州都官书堂，宜黄湖山书院、三湾书院，广丰道山斋等十数所之众。丛林之江湖，亦是书院之江湖。

西晋及五代，中原动荡，北方世家大族衣冠南渡。江西“吴头楚尾、粤户闽庭”，处于承东启西、连南接北的交通之地，物产丰富、土地膏腴，社会相对安定，成为中原士族在江南的主要聚集地之一。大规模的士民入迁，给千里赣地带来了人口、财富。两宋及明清，江西一直都是繁荣昌盛之地，为书院的发展壮大提供了坚实的物质基础。首创于江西的学田制，立读于耕之上，不但解决了书院办学基本经费，还有余银高薪延聘山长、主讲和名士。经济重地，亦是人文高地。

簪缨望族不乏书香门第，入赣之后置田拓业兴学并举，厚植了赣地人文沃土。宋代临川王氏家族，其先祖为中晚唐太原王氏。“六十九年中，登进士者八人。”其中王安石、王安礼、王安国声名最显。临川另一大家曾氏家族，曾巩自办兴鲁书院，邀请欧阳修、王安石讲学。嘉祐二年科举，包括曾巩在内一门六人同登进士，一时传为佳话。赣地日渐形成崇文重教的优良传统，渊薮之地，亦是兴盛之基。

江西书院“十步之内有芳草，广厦所育皆英才”，成就了“区区彼江西，其产多材贤”。据统计，江西历史上共有进士10820人，占全国10.96%；状元31人。“翰林多吉水，朝士半江西”成为生动写照，俊采星驰的江西喷薄而出：以节义论，有胡铨、洪皓、江万里、文天祥、谢枋得等；以文学论，有欧阳修、曾巩、王安石、黄庭坚、杨万里、晏几道、姜夔、洪迈等；以哲学论，有朱熹、陆九渊、李觏、吴澄、吴与弼、何心隐等。这些闪耀历史天空的大师大儒，定义了江西人的精神高度、人文厚度，是中国文化、中国气象的重要载体。

“智水仁山，日日当前逞道体；礼门义路，人人于此见天心。”一方方书院择胜地立精舍，群居讲习，皓首穷经，超逸中不舍风骨，避世中心系天下，成为江西人的精神后花园。

这里有自由之思想、独立之精神。朱熹、吕祖谦、陆九龄、陆九渊相约鹅湖，深辩“为学之道，教人之法”。这场中国最早的学术辩论谁也没说服谁，朱熹愤然离席、拂袖而去，“深山静坐数月”以浇胸中之块垒。但道不同可以为谋，后朱熹盛情邀请陆九渊到白鹿洞书院讲课，并把陆九渊的讲词抄录下来，是为著名的《白鹿洞书院讲义》。朱熹亲自作跋，言：熹当与诸生共守，以无忘陆先生之训。

这里有道德的潜心修养、节义的矢志追求。白鹭洲书院办学宗旨是“不独以文章取科名而已，愿以行己有耻为第一义”。学宫设有欧阳修、杨万里等乡贤画像，文天祥在求学时心便向往之，发出了“没不俎豆其间，非夫也”的誓言，也成就了“人生自古谁无死，留取丹心照汗青”的忠烈。而遍布各地的书院，春风化雨、成风化人，起到了教化一方的关键作用。安义雷塘书院为一介布衣洪文抚所创，“化行乡党民无讼，教得儿孙尽有才”。瑞昌蔡氏义学，由乡党蔡光俊散尽百万家私而建，免收学费，先后有近千名附近的学子就读，“犁耙秀才巷巷撞”，当地学风日隆，民德日厚。邹守益在吉安创建复古书院，组织惜阴会，面向大众讲学、讲会，引得田夫野老争相前来，“莫不敬业而安之”。

大江歌罢掉头东。辉煌千年的江西书院已隐入了历史的尘烟。她成长于江西这片沃土，也成就了江西这片沃土，她的灵魂早已注入了江西人的精神信仰，薪火相传、世代绵延。迈上中国式现代化的新征程，在日益重视中华优秀传统文化传承的当下，我们要在回望历史中增强江西自豪、坚定文化自信、奋进发展自强，努力在中华民族复兴伟业中复兴江西的千年繁华与荣光。

物华天宝，龙光射牛斗之墟；人杰地灵，徐孺下陈蕃之榻。这才是江西！这就是江西！

（刘　勇）

那一只白鹿的眼

既可常驻山野林泉、卧听流水起观云霞，又可于幽美风景中，读书、雅集与沉思，是许多读书人最梦寐以求的事情吧？大自然的召唤力与治愈力对所有人都是一样，从来不可小觑。而对读书人来说，还有另一重渴望，即，这种琅嬛福地，通常总能使心灵更为静谧、纯净与专注，从而能效率更高、更集中地经受来自长者与师者的思想洗礼，也从自身催生出某种人文的向往与关怀，从而有可能施展更大的抱负与雄心。福地读书，纵是十天半月也属难得，每一天都舍不得地过着；若可持续三年两载，则大约比获奖还要令人珍惜。在当今，有山有水、风景美丽的大学就是这种二者兼具之地。而在古代，书院便是这样的奖赏之地。那些着简朴长衫、身背书囊的年轻人，那些谨遵教诲的读书种子，那些怀抱经国济世大志的书生，他们从远远近近的地方汇集书院，寻求理想，寻求人生机会。而书院，也慷慨地教育他，成全他。

身为江西人，我认识古代书院所依据的

样本，实际上主要就是白鹿洞书院。我曾数次前往那里。有时是一日游，有时是陪友去庐山，其中打卡景点之一就是白鹿洞书院。最难忘一次，是多年前，竟与一群文友在书院里住了近一周。我们五六个人一屋，房子小而简单，光照也是暗暗的，并不亮。非常贴合我对古代的想象。那一周，我独自一人将大把的时间用于脚步丈量、心灵感应书院内外。在我个人隐秘的记忆里，日后怎么想都觉得是奢侈，舍不得抹去。

白鹿洞书院最为得天独厚的，当然是背倚庐山。庐山云雾缭绕，仙气逼人。人方一进入，常常屏气敛声，“不敢高声语，恐惊天上人”，说的就是这种心情。书院四围多古木，那些树长身玉立，皆着绿衣，从无杂色干扰；枕流溪水从书院前流过，日夜淙淙，读书的人闻听水声，己身仿佛被涤荡，干净透明，却又不止“透明”可以形容。静气就这样来了。“每遇大事有静气。”实际上，读书的敌人之一，是躁。每读书也须有静气。静气方可吸收，可纳入，可矫正内在自我。书院，正是可降噪、去躁的地方。

除了仙气、静气，白鹿洞书院更独有的，当然是书卷气。师与生，是这里永远的常客；教与学，是这里永远的活动；经史子集，诸子百家，是院中藏书，也是这里永远的主题。书院前的流水总是不腐，书院后白鹿的眼睛总是明亮，书院内的书卷气也总是缭绕不歇。每一代年轻人总有自己的偶像。早年读大学时，若是知道将有名人学者前来讲座，我与同学总是要兴奋很久，提前占座，提前到场。听时如饥似渴，过后再三回味。而在宋明古时，遥远年代，读书人的偶像定是朱熹，是李梦阳，是王守仁。年轻人慕名来到书院，正如今天的青年想要投考有大师执教的名校。我完全可以想象到，他们与朱熹同在一院，见了这个一代大儒，这个书院于他手中复兴的人，是大气也不敢出的，他们会远远地鞠一个躬，侧立一旁待老师通过。对知识与真理的向往，古今理同，古今人同。

很多年前我第一次去白鹿洞书院，曾以书信体的形式，给一个虚构的友人记述书院的风光风气："我信步而坐书院前一个僻静绿湿的草坡，想千年前诸子先贤们的足印或深埋于我座下，脚面青绿了无数回的这片草或目睹过他们的真容，我被一种如梦如真的感觉笼罩。"是的，前来白鹿洞书院的人，枕流水边踩着的那一块土，朱熹或曾来回踱步。白鹿凝眸处，刺史李渤曾隐此发奋读书；还有陆九渊，他与朱熹辩论经典的身影，或许背景就是明伦堂……那些不朽的读书人，感受着、思索着，孤独而又开阔。思想的雨点打落，总惊起一潭静水。他们虽逝去久远，精神的气息却从未消散，而是留存、覆盖于此，形成一种叫作"气象"的东西，后来者无不感受得到。所以，书院既是学问学术的敞开，又赠送了美景三千。它令你心境优游而敏锐。这种心境下，知识快速入脑，感受纷至沓来。"学于此，宜净涤名利之心，力超名利之关。"明朝张元桢于《书院重修记》中如是说。

他阐述的，正是白鹿洞书院成为当时天下人做学问首选之地的原因之一。

白鹿洞书院名噪天下，除了风景佳胜，名师云集，另一个原因，乃在于始终有“规”。规即轨，无轨则乱，脱轨则灾。人不经过“规”的打磨、雕琢，“规”的约束与教化，则会散漫，会令才能与能量泄了一地。军人重军规，僧人守寺规，白鹿洞书院则有流芳千载的学规，或说“洞规”。学规的制定当然与朱熹有关，正是在这个婺源人手上，书院从各个方面兴起、崛起、知名于天下，在中国教育史上留下重要一笔。其中一项便是定规。朱熹既接受禅林讲学制度中的精髓，又继承与汇总各种教育经验，订立出《白鹿洞书院揭示》。这个“揭示”是提纲式的，简短易记。如“博学之，审问之，慎思之，明辨之，笃行之”，说的是做学问的程序，也是读书人渴望达至的学问境界；又如，“正其谊，不谋其利；明其道，不谋其功”。这样的处事之道，清澈、纯粹，即使今人也该学而时习之。白鹿洞规更了不起的在于，朱熹之后，历代白鹿洞书院洞主并未止步，他们仍然不停修缮、补充、完备着书院洞规。有的从大处着眼，有的则细致入微，方方面面无不顾及。历代书生与洞主的责任与担当，令人感佩。

关于白鹿洞书院，我常常听到身边人的反应是，太美了，可是也太安静了，在那里过生活会很闷很单一吧？实际上我觉得一直是有两个白鹿洞书院的。一个是历朝历代读书人往来的书院。如朱熹、李梦阳及其门徒这些人。他们以书求索大道真理，以山水对应、镜鉴心灵的丰盛与贫瘠，并唤醒灵魂中沉睡的部分。他们醉心于思想的某种探索与创造。而所谓创造，不过是放弃一些从而得到另一些。书院位于世外，离红尘诸多热闹有点远，离心有所得心有所悟却近。另一个就是游客们的书院。白鹿洞书院名列天下书院之首，当然有好奇的人，有爱热闹来打卡的人。他们走过一圈，不免觉得书院生活沉闷，也是正常。山水与书籍的滋养，精神的自主与不停进步的可能带来的喜悦，此种“鱼之乐”，世人非鱼，安能知之？

也许还有第三个书院，是属于我这样的人的。既倾慕学问，也醉心风景。有点贪婪地介乎二者之间。有一回我在书院门前闲走，有个老农挑瓜果经过，向我问路。我心中一阵窃喜，难道我的样子像是书院中的一员吗？这正是我所向往而不得的。我最忘不掉的是院后洞内的那一只石雕白鹿。我每回前往书院都要去看它。白鹿洞书院正因它而得名。相传唐士李渤隐居于此读书时，曾养一只白鹿。那白鹿俨然具备人性，它高傲的脖颈上常悬挂着钱财与草篮，独个儿下山去为李渤购物。眼前白鹿是明代嘉靖刻工所作，那样传神的工艺，今已不多见。简洁的鹿造型，一副竖耳谛听远方的模样。它静卧洞阴深处，洞边几丛青草，年年伴随。白鹿眼睛石色石质，却像人一样充满感情，富有智慧。那眼是深邃的，仿佛书院的规模与布局，藏书与碑刻，林泉之幽云雾之

奇，皆藏于其中。有几次我盯久了它，竟感受、感应到了下一秒它就要开口说话的那种玄幻与神奇。

我由于爱这只嘉靖石刻白鹿，对它的命运轨迹要特别多写几句。它生于嘉靖十四年（1535）。当时的知府何岩觉得“洞中无鹿，寥寥无意趣”，遂命工人琢鹿，并作《白鹿记》。而到万历四十二年（1614），江西参议葛寅亮见此鹿，认为洞不应开，鹿不应琢，遂又命人将石鹿埋入地下。到1982年，维修书院时，人们在地下二米处发现石鹿，重新将它安放幽静洞中。这段故事特别引我感叹的并非何岩，并非鹿的重见天日，而是参议葛寅亮。他不喜欢白鹿，却并未利用权力命人损毁它，铲除它。而是将之埋于地下。葛是怎么想的，我们无从猜想。但正是他的手下留情，令白鹿成为书院仅存的明代实物。鹿从过往来到今天，鹿的凝视也由此贯穿今古。真是命运多么曲折、多么珍贵、多么长寿的一只白鹿。

近几年由于种种原因，我未能再度前往白鹿洞书院。但只要想起书院，一股朴素而悠远的情思总是萦绕我。它的前世今生就如一本大书，我忍不住时常要翻上几页。书院经历朝代更迭，其间亦有战火毁损，其建筑外观、内部制度、组织架构以及珍品藏书的散与聚，都不断发生变化。然而诸种无常之中，也有“有常”与“恒常”。常的是读书人身居书院心有天下，是“何以解忧唯有读书”，是对真理、对如何安顿世道人心尽一己之力的探寻与努力。这一切，正是白鹿洞书院的灵魂所在。就像那一只白鹿的眼，明亮，温善，却深含洞察力。读书人要的，也是白鹿这样的眼睛。

（王晓莉）

沁人心脾是书香

我家在南昌的西书院街住过30年。

书院街之名，得之于东书院街上的豫章书院。豫章书院为江西的四大书院之一，四大书院中，白鹿洞书院和鹅湖书院名气最大，但豫章书院因在省城之内也有其重要地位。豫章书院的历史可上溯至南宋，清代康熙皇帝玄烨为书院赐匾“章水文渊”，雍正年间朝廷赐帑千两资助办学，“乾嘉三大家”之一蒋士铨曾在书院就读，这些都是令书院蓬荜生辉的事情。另外，南昌还有个民间性质的豫章书院，这个名字中的“豫章”是为纪念自号“豫章先生”的理学家罗从彦，在创办方罗氏家族的大力推动下，历史上曾有两千多家豫章书院分布在全国各地，省外影响较大者有贵州豫章书院、福建豫章书院与广东豫章书院等。这似乎是一种绝无仅有的古书院“连锁”现象。

不过这些与豫章书院有关的历史，我最初是懵然无知的。小时候上幼儿园、小学和中学，差不多每天都要从东书院街上走过，从我家走到书院旧址只要两分钟。儿时的我根本不知道那里曾经是豫章文脉所系，只记得旧址门前有“洪都大学”四字，后来那里又变成十八中。我去一中上学经常抄近路穿过十八中校园，也就是说穿行书院旧址对我来说曾经是家常便饭。

对书院的认识始于去东书院街理发的经历。南昌的理发师不光有修剪头发的手艺，他们还会滔滔不绝地陪顾客谈天说地，让人觉得来理发店是一件非常愉快的事情。当时在十八中斜对面开理发店的是一位名叫万伟才的老者，他把小小年纪的我当作大人对待，一边给我理发一边谈起书院街的历史掌故与趣闻轶事。我从他那里得知：豫章书院原来是省城里最有名的学府，清朝皇帝不但大把赏赐银子，还要求地方政府为书院办学提供保障；南昌采茶戏《方卿戏姑》里的方卿，中状元前曾经在豫章书院读书；乾隆皇帝下江南时，豫章书院派去参加召试的学生有两人列为一等……他还压低声音告诉我，十八中里面藏有半截石匾，上面的字迹依稀可辨，这就是当年书院“快靓龙门”匾额的残存部分。这些让我大开眼界，也使我对周围事物的来历产生好奇心，对赣鄱文化的兴趣就这样在不知不觉之中萌发。

我家与书院为邻的历史还可以追溯得更早。20世纪40年代后期，我父亲徐先兆在信江农专（后并入南昌大学农学院）教书，该校利用信江书院和鹅湖书院的校舍办学。前两年我去鹅湖书院参观，还见到父亲教书时使用过的一座大型惜字炉——以前废弃的字纸是要投入炉中焚烧的。我家搬到上饶后，住的地方也离信江书院不远。由于母亲怀我是在上饶的信江边，我在《涛声依旧信江流》一文中，称“信江上的风安抚了我生命中最初的酣睡”。再往后父亲调入由国立中正大学更名而来的南昌大学，我就在南昌的妇幼保健院呱呱坠地。

我家之所以总是与书院为邻，原因其实很简单。书院的一大功能是为科举考试服务（所以豫章书院的石匾会有“快睹龙门”四字），清末废除科举后，书院纷纷转型为各类学校，这些学校的教师自然会和家人一道住在校内或附近。豫章书院同样经历了向现代学校转型的艰难过程，旧址门前先后挂过江西大学堂、江西第一中学和江西省立甲种工业学校（方志敏曾在该校应用机械科学习）等校牌。新中国成立后，南昌大学由城外的望城岗迁到城里，这里又成为南昌大学工学院的所在地。1954年院系调整，工学院的六个系全部并入省外的工科大学，此后这里就成了洪都大学和十八中。由此可以明白为什么我家会住在书院街，这是因为20世纪50年代初的南昌大学在这条街上有个校区，在校区旁为教工提供住处是再自然不过的事情。我家所住的西书院街九号门前有块牌子，上面便写着南昌大学教工宿舍，另外挨近东书院街的友竹花园大宅也住了不少学校教工。

西书院街九号是一座五进即有五个天井的旧式建筑。大宅前门开在斜对着象山南路的西书院街街口，进门后左边有条极窄的小巷通向各个厅堂，后门则靠近象山南路末端的厚福巷。1980年春节，不知天高地厚的我拟了一副春联："书院街书香郁郁，厚福巷福气酡酡"，请住在第一进的书法家姚羽辉先生写出来贴在大院门口。那时候社会上的价值观正在发生变化，知识与文化的地位在人们心目中节节上升，过往行人见到这副春联大多莞尔一笑。南昌大学在院系调整后变为江西师范学院（20世纪80年代更名为江西师范大学），大门前悬挂的校牌用的是姚先生书法，许多师生都对那六个浓黑的魏碑体大字留有深刻印象。我家左邻右舍多为见过大世面的饱学之士：住在第三进的黄辉邦先生为省佛教协会副会长，毕业于东京帝国大学研究院，曾经以受降代表与总翻译的身份接受侵赣日军投降；住在第五进的成绍宗先生是成仿吾的侄儿，做过创造社的会计，郭沫若和郁达夫都有回忆文章提及他和夫人徐亦定。我家住在第二进，父亲1925年加入中国共产党，担任过江西《民国日报》总编辑，1927年参加八一起义（起义失败后东渡日本留学），这段经历也使他在别人眼中成为一位传奇人物。

九号大宅里住了这么多先生（大宅里对大学教师无论男女一律称先生），里面的文化气息自然十分浓郁。小时候我喜欢听大人站在天井下引经据典地谈话，虽然有许多内容听不太懂，但那是我最初汲取的知识营养。回望书院街的岁月，我仿佛能闻到一缕缕沁人心脾的书香，大宅里先生们的手不释卷是一种无言的示范，让孩子们从识字起就爱上了读书。书香是一种无形无迹却又明白无误的精神存在，我当年浸润于书香之中而又不自知，直到成年之后才满怀感激地认识到，这样的早期熏陶对自己的成长是多么可贵。有意无意之间，书院街的大人把孩子们领进科学和艺术的殿堂，我和小伙伴就是从这里一步一步探入知识王国。虽然那时候知识和文化不受重视，但书院街的少年仍自觉地阅读经典著作、欣赏名画名曲和背诵外语单词。在那个特殊的时期，这些少年用一种特殊方式维持了自己的精神生长。所以，当国家恢复用考试制度来选拔人才时，书院街的孩子就像当年的书院学子一样踊跃应考，一些人无需特别准备便轻松地迈进了高等学府的大门。

书院街上像九号这样的大宅不止一座。饶平如在《平如美棠：我俩的故事》中，对九号隔壁的八号有过这样的叙述："外婆家住南昌西书院街八号，这里从前是宰相府，外婆家只买下其中的三分之一房屋，然而已经极大，足有十三进。"有十三个天井的大宅，恐怕在中国的八大古都中都不多见。记得小时候去八号里面玩耍，那一个接一个的厅堂对我来说构成了一座迷宫，后来是靠大人帮助才从里面走了出来。书院街上有不少这样的钟鸣鼎食之家，做过广东巡抚的许振祎晚年住在东书院街，许宅（后为南昌第四粮库）旁那棵见证过千年风云的银杏树至今还在街边矗立。听万伟才老人说，张勋因许振祎推荐得到李鸿章赏识，后来发达了的"辫帅"以平辈身份访许遭拒，不得已换上便衣投门生帖方蒙接见。张勋公馆也靠近上文提及的友竹花园，那个地方为严嵩旧居，“友竹”之名为严嵩本人所命，当时他在庭院中遍栽竹子以供观赏。抗战期间新四军军部设在张勋公馆，现在那里是新四军军部旧址陈列馆，陈列馆大门就开在东书院街街口。

书院街及其周边有那么多深院高墙的大宅，应该与这条街上存在过豫章书院有关。豫章书院在清朝是由江西巡抚亲自掌管的教育机构，朝廷赐帑使其具有了某种官学性质，书院山长和讲席主持者皆为有相当社会地位的官员学者，他们和书院学子应该就住在书院或者附近。站在历史高度看，包括我父亲在内的一批南昌大学教工搬进西书院街和友竹花园，不过是文教界的一代新人替换了旧人——书院师生腾出的位置要有后继者来填充。至于严嵩、许振祎和张勋等选择以书院为邻，我想也是看中了这一带的清雅氛围。西书院街西头有个宫保第，这个名称也说明那里曾经住过某个大人物。

豫章书院已成过往，但是浸润过书香的人不会忘记它在教育史上的重要地位。我在江西师范大学工作了40多年，江西师大前身为南昌大学，仅从校址传承上说，豫章书院也可算是校史的源头之一。江西师大七十周年校庆时，瑶湖校区在我推动下建了一座古色古香的小杏岭书院，书院牌坊的匾额前后写上了“章水文渊”和“继往开来”八个大字，它们分别取自豫章书院与鹅湖书院。这既是向江西历史上的著名书院致敬，更深的意图则在提示大学建设应充分利用本土的教育资源，勿忘在历史上起过重要作用的书院制度。

现在国家提倡建设世界一流大学和一流学科，我觉得在高等教育制度的探索上，我们不必唯他人马首是瞻。毋庸讳言，中国大学的学科和院系设置主要是在欧美（包括苏联）影响下形成，但是在国内一些大学“对标”西方顶尖大学的同时，西方却有一些教育学专家关注中国的书院文化。书院作为古代高等教育的主要载体，其会讲与论辩等传统无疑值得弘扬光大。事实上高等教育制度的演进与创新，从来不可能逸出自身传统的轨道。担任哈佛大学校长达40年之久的查尔斯·威廉·艾略特说：“一所名副其实的大学必须是发源于本土的种子，而不能在枝繁叶茂、发育成熟之际，由英格兰或德意志移植而来。”我希望人们仰望小杏岭书院牌坊上那块匾额时，能够明白将“章水文渊”与“继往开来”放在一起的用意——江西的大学作为汇聚赣鄱英华的人文渊薮，应当承担起继往开来的历史使命。

（傅修延）

自古乾坤为此理

透过“道学之宗”匾额下的红漆木门望进去，两盏古朴宫灯各擎一朵暖光，静垂于“讲堂”檐下。一株枫树举着红黄纷披的叶子，高大的柚树将浑圆的柚实悬挂其上。岁月的苔痕布染于台阶与青砖地面，两三朵兰花绽放在幽静处。讲堂无疑是一座书院最核心的部位，一场场考试，一次次升堂讲说，一轮轮答疑辩难，都像一次次有力的“心跳”，将生机勃勃的思想汁液注入士子学人的精神血脉，亦成为一座书院生气勃勃的源泉。

讲堂内悬挂着《朱子教条》，被无数后学奉为圭臬的“博学之，审问之，慎思之，明辨之，笃行之”“言忠信，行笃敬”“正其义不谋其利，明其道不计其功”，门前红柱上一副对联：“自古乾坤为此理，至今山水有余光。”数百年前曾闪亮于这片山林的思辨的光芒，至今未曾黯淡、萎谢，在一代代士子学人的精神空间传续，在浩阔的天地间传续，在绵延的时光中传续。

壬寅年小雪已过，空气中依然氤氲着恍如

暖春般的气息。我们走进鹅湖书院，穿过嵌有“鹅湖书院”“圣域贤关”的西大门，穿过高举着“敦化育才”匾额的头门，穿过环饰翘飞的鲤鱼尾和龙门图形的石牌坊，穿过挂有“既有学规传白鹿，可无泮水育红鹅”对联的仪门，穿过青石桥中分的半月形泮池，细瞧静观间，忽闻一阵喧声。驻足回看，一群穿着校服的孩子奔上状元桥，穿过泮池分散于书院各处。有的手中拿一纸，走近细看，原来是研学的“打卡表”。一道道门槛，一处处回廊，一间间士子号舍，顿时被孩子们的声音充满，正应了讲堂内一联“鱼跃鸢飞斯道由来活泼泼”。

中国历史上有书院7000余座，江西一省就有千座，鹅湖书院何以在众多书院中脱颖而出，跻身“四大书院”之列？便与这“活泼泼”的学术精神与生态，与其标举的求真问道的执着态度有关。

明景泰年间，大理寺少卿李奎在《重建鹅湖书院记》中写道：“大江以西，古称文献之邦，书院之建，不知有几？惟鹅湖之名与白鹿并称于天下。”明代进士、曾任国子监五经博士的吴世良则说：“天下四大书院：嵩阳、岳麓、白鹿洞、鹅湖。”鹅湖书院是少有的先有神、后具形的书院。古来著名的两度“鹅湖之会”，其实都发生在鹅湖书院建立之前。

公元1175年夏天，鹅湖山迎来一群衣袂飘飘的身影，其中有吕祖谦与朱熹两位大儒。两人已在福建盘桓一个多月，朝夕切磋，共读了北宋理学周敦颐、张载、程颢、程颐等人的著作，由衷感叹先贤“广大宏博，若无津涯”，摘编诸子著作精华编成《近思录》作为理学入门教材。定是在切磋和编著过程中，吕祖谦萌生了调和朱熹“理学”与陆九渊“心学”的理论分歧，使之“会归于一”的念头。

农历五月十六日，两人从寒泉精舍动身，前往信州铅山鹅湖寺（今江西省上饶市铅山鹅湖书院），路上不疾不徐而行，如磁石吸铁，沿途汇聚而来的士子学人越来越多。到得鹅湖山不久，陆九龄、陆九渊兄弟也应约而至。吕祖谦在给友人的书信中谈及这一场“鹅湖之会”：“与朱元晦相聚四十余日，复同至鹅湖，二陆及子澄诸兄皆集，其有讲论之益。”

“会者百人。云雾聚，一何盛也。”（明代郑以伟《游鹅湖及诸洞记》）众人齐聚鹅湖寺，朱熹与二陆各执一端，连辩三日。陆九渊认为“吾心千古不磨”，人性本善，养好“本心”自然能感知万事万物，见性明理，其理论源头可追溯至孟子的“良知良能”说。而朱子主张“穷理居敬”。今日鹅湖书院泮池边的碑亭里尚存一碑，上刻康熙年间巡抚江西的白潢对“穷理居敬”四字的解读，颇为透彻：“穷理居敬一言，尤学者所宜详玩焉。河南夫子所谓或读书以讲明义理，或尚友以鉴别是非，或应事接物以审量当否，皆格物以穷理之事也。敬者，学之所以成始而成终也。敬，德之聚也。君子庄敬日强，安肆日偷。静时不敬，则昏迷纷扰，无以立天下之大本；动时不敬，则懈慢放肆，无以行天下之达道。故学以居敬为基……”

二陆与朱熹从各自的哲学观点出发，提倡不同的治学方法。二陆强调本心自足不假外求，养心、修心为大；朱熹则强调格物致知，穷尽天下之理，方能明心见性。此所谓中国理学史上的“遵德性”与“道问学”之争。双方都注重学术理性，崇尚“求真”，鹅湖开辩后，气氛如绷紧之弦，双方侃侃而谈，不肯退让。及至陆九渊吟出一诗，中有“易简工夫终久大，支离事业竟浮沉”，意指朱熹探求学问的方法乃“支离事业”，耽于琐细，朱熹听之顿然失色，拂袖而去。

鹅湖山中的这一场辩论，惊动天下学人，关乎学术，关乎理性之思，关乎为学求道之径，也关乎人生选择与政治理想。激辩三日，虽然未能如吕祖谦所愿“会归于一”，但鹅湖山道成了千千万万求真问道之径中著名的一条。二陆的“心学”从这以后广为天下知，而朱熹在鹅湖之会后坚定其志，潜心完成《四书集注》，奠实一代大儒的地位，影响深广。他制订的《白鹿洞书院学规》，成为数百年间众多书院秉持的教育准绳，使得以书院为载体的教育体系更趋规范完善。

朱子门徒徐子融、陈文蔚接续在鹅湖寺旁建茅屋，聚徒讲学，“以斯文自任”。后人在讲学之地旁设“四贤祠”，以纪念鹅湖山历史上、亦是中国文化史上那一光彩焕然的时刻，与那一时刻中挺立的四位贤士的身姿。

另一场著名的“鹅湖之会”，发生在13年后。

公元1188年冬，漫山大雪冰封了鹅湖山道，两位热血青年破冰踏雪而来，走进了寂静的鹅湖寺。他们是辛弃疾和陈亮。天地冰寒，却无法冰冻滚烫的热血与内心的热望。这一年，永康学派的代表人物陈亮再次上书朝廷，请求恢复中原，建言用“非常之人”“建非常之功”。他心中的“非常之人”，就有辛弃疾与朱熹。上书没有回应，只落得朝臣讥笑。心中郁郁的陈亮，邀约辛弃疾与朱熹促膝相谈，共商抗金复国大计。辛弃疾应约而来，两人惺惺相惜，“长歌相答，极论世事”，携手并肩漫步于鹅湖山林中，酒入衷肠化作一把热泪。苦等多日，朱熹的身影始终没有出现在山道上，两人只能怅然作别。陈亮不知，此时的朱熹已收束一心专注于学术问道。

与陈亮作别后，辛弃疾内心无法平静，行至半途情不自禁调转脚步追赶陈亮。追至鹭鸶林中，雪淤污泥深，前路空茫不见人，他只得颓然驻足。难以释怀的辛弃疾行至方村，深夜独酌，神思恍惚之际，忽听得一线清亮的笛音穿透沉沉夜色。这清音催动他的满腹悲愤，遂提笔写下《贺新郎·把酒长亭说》：“问谁使、君来愁绝？铸就而今相思错，料当初、费尽人间铁。长夜笛，莫吹裂。”一腔滚烫的英雄泪，随笛音抛洒。

吕祖谦选择鹅湖山，想来不是偶然。陈亮选择鹅湖山，更是慎重之选。鹅湖山是武夷山脉的一条支脉，“鹅湖山下稻粱肥，豚栅鸡栖半掩扉”（唐诗人王驾《社日》）。这座叠翠藏珍的山林因历史赋予的人文光华，成为士子学人心中一处重要的文化地标。南宋淳祐十年（1250），南宋朝廷为鹅湖四贤祠赐额“文宗书院”。明景泰年间，文宗书院正式更名为鹅湖书院。近800年间，鹅湖书院成为诸多名士路过或取道铅山时，必会慕名拜访之地，因而留下了诸多诗词、对联、文章与墨宝。清康熙五十六年（1717），爱新觉罗·玄烨亲书“穷理居敬”额与“章岩月朗中天镜，石井波分太极泉”联，赐鹅湖书院悬挂。

跟随孩子们的脚步，我走进“讲堂”，两边墙壁上4个端穆的大字“忠、孝、廉、节”，来自朱熹的谆谆教诲。走进一代代学子求学问道的号舍，仿佛看见他们在这里捧卷夜读，相互问答，与山人、讲师辩疑，以探索真知、提升自身修养为归旨，并不一心为科举应试。他们如涓滴之水，汇入中国知识分子共同构建起的生生不息的精神长河，汇入绵延数百年“活泼泼”的书院文化。萌芽于唐，蓬勃并完善于宋、明、清三朝的书院文化，以尊重个性差异、重视学生主体性的教学方法，涵盖哲学、教育、历史、地理、经济、管理、文学、美学、伦理学、建筑、文物、图书馆学、宗教等众多学科，之中积淀有中华传统文化的精髓。

与众多书院一样，鹅湖书院几度迁移、损毁，却总有富有见识的地方官吏、士绅、饱学之士倾力将之修葺，不断筹资充实书院藏书，使之至今挺立在鹅湖山中，成为传播中华传统文化的重要载体，在日月轮回间迎来一拨拨心慕先贤、潜心研学的学子。

朱熹强调通过格物致知把握真理，思想承续正统又有自己的创见，他一生著述丰厚，为书院讲学立规，影响无数后学；陆家心学讲求通过内心澄明直见道体，独树一帜，陆九渊登上国学讲台讲《春秋》；辛弃疾一生怀抱抗金复国之志，晚年归隐山林湖畔，于诗词中徘徊咏叹，“我见青山多妩媚，料青山见我应如是”……无数中国传统知识分子走在寻求自我生命完善与实现人生理想抱负的路上。虽受时代所限，他们的思想与言行亦带有自身的局限性，但800年前，这几位史册留名的大家，以自己的精神之光照亮了鹅湖山的山林丛莽，使之在中国文化地图上成为一处鲜明的标识，那光亮亦照亮了无数后学的学术与精神探索之路，熠熠，常新。

（王　芸）

庐陵文物照江天

“庐陵文物照江天。”这是清代吉安知府林逢春在《云章阁》一诗中为白鹭洲书院写下的佳句。因为书院，赣江中游这座“水占芳名分白鹭”的梭形小岛，千百年来，生长绿意，更生长诗情。

寻觅那些古诗名句，譬如，施闰章的“不信风流限古今”、彭殿元的“遥指中洲桃李繁”、李振裕的“吉州盛与邹鲁比”、罗京的“江右名贤地”、徐盛持的“讲院宏开白鹭洲”、张暧的“只今风月共谁看”等等，我尤喜择此句为题。我乐见它非常生动地把一叶江洲和广袤富庶的吉泰盆地联系起来了，把一座书院和光耀千古的庐陵文化联系起来了。

我曾多次造访白鹭洲书院，或者，从书院出发前往星罗棋布的庐陵古村落，或者，披一身节日民俗现场的烟火气息，踏上白鹭洲为考察行程作结。并不自觉的路线图，却是鲜明地勾勒出小小书院与芸芸众生的精神维系。是的，在我看来，这也许是白鹭洲书院最可夸耀之处：它所推崇的节义，润物无声地滋养了大地人心；它所追求的学风，如浩浩春风，化育了绵延古今的乡情民风。

南宋淳祐元年（1241），理学大儒江万里知吉州的第二年，他看中鹭飞振振、环境幽雅的白鹭洲，演绎了“浮屠让地”的故事，与禅门为邻，创建旨在敦教化、兴理学、明节义、育人才的白鹭洲书院。江万里作为朱熹的再传弟子，他所创立的书院自然以传习理学为主。然而，其时南宋王朝风雨飘摇，内忧外困，而朝野上下缺乏敢于担当的栋梁之才，江万里为此忧心忡忡：“今世所少，惟节义。”因此，其办学初衷尤其注重培养学生立志、立德，寄希望于通过理学教育来造就忠义之士和经邦济世之才。

明节义的理念，在历代馆规院约的字里行间熠熠生辉。《汪太守馆例十二条》称：“本府所属望诸生，不独以文章取科名而已，愿以行己有耻为士人第一义。”《王太守学规八则》道：“立品为学人第一义……处则为一乡楷范，出则为一世羽仪。”《孔山长学说四则》云：“志以气节为重，气以志帅。”如此等等。亲自订立《馆例十二条》的汪太守，名汪可受，为明万历年间的吉安知府，他为官40年，以坚守节操、严于自律闻名于世，为政重教兴学。重建书院于白鹭洲后，他经常前来会讲，“躬临程督，日课月试，激励诱迪，寒暑不辍，即父兄之劝诲子弟，殷殷然冀其必成”，庐陵士人赞曰：“廉明而有至慧，治状直追古人。”这个“古人”，乃号“古心”的江万里也，“士啧啧颂公，以为古心先生再见于今日”。而通过清代施闰章的《白鹭洲书院讲义》，则可窥见这位江西布政司参议亲自讲学的要义，其文曰：“学者首辨志，志必向道……富贵不可必也，为第一等官，何如为第一等人？”康熙年间的知府罗京感慨书院毁于战火：“何白鹿常盛，而白鹭洲可中坠乎？”于是，决定修复书院，并且，“自捐其费，一丝一粒不以取民，一事一役不以烦士，即僚属之助各随其力，遂幸告成”。他规定每月初二、十六为会课，其时必亲临书院讲课督学，在教导学生勤奋诵读经史子集的同时，要求他们“清介且端重”“人品既端，文品自异”。令人感动的是，罢官之时，罗京仍以重建书院自慰，称“虽然官有罢时，而道无罢日”。

朝代更替，水患兵燹，迁而再移，屡毁屡建，命运多舛的白鹭洲书院，因为不断遇见重教的名宦、主教的名儒，它又是十分幸运的。他们不仅以馆规院约约束学生，不仅以传道讲学教化学生，更是“力行而躬体之，浩然之气所由充塞天地之间”。江万里创办书院后，身兼主讲人和管理者的“山长”暂无合适人选，他甘愿在政务之余亲自讲学，“载色载笑，从容于水竹间”，甚得生徒拥戴，以至于晚年的他感慨道：“平生士气之乐，惟鹭洲一事。”当元军紧逼、饶州城破时，江万里毅然殉国死节，书院学子、南宋末年词人刘辰翁为此写道：“先生又以身殉，宇宙与之终始。虽康之山、鄱之水，同光而共洁，而其道隐然增鹭洲之重……”是的，书院因此陡增感天动地的精神分量；学问贯通的山长欧阳守道，主讲书院十年余，其一生严慎自守，言行一致，两袖清风，每次行李装束唯有旧书两筐，被学者们尊称为“巽斋先生”，65岁上死于贫病交困，是学生们捐款才使之得以殓葬。《宋史》本传称欧阳守道为“庐陵之醇儒”，文天祥称其“天子以为贤，缙绅以为善类，海内以为名儒，而学者以为师”；清代的刘绎，是江西最后一位状元，鸦片战争爆发时，他不满于朝廷的腐败软弱，辞官归里，成为白鹭洲书院任教时间最长的山长。他“以省察躬行为本，以经明行修为要”，在办学的同时，承担了多部志书的编撰工作，包括任《江西通志》总纂，“平生进未尝有一日诡遇，退未尝有一日遐逸”。刘绎所撰的“鹭飞振振兮，不与波上下；地活泼泼也，无分水东西”联，镌刻于书院门前石柱上。鹭飞振振而不肯随波逐流，这是诸多大儒名家对庐陵学子的殷殷嘱托，又何尝不是他们自我人格的生动写照？正如罗京所言：“余欲歌振鹭之诗，而为白鹭书院劝也。”

我注意到，祭祀先贤名儒，也是白鹭洲书院道德教育的重要措施，“上祀至圣，次及六君子”，除崇祀孔子和理学大师朱熹、周敦颐、程颐、程颢、张载和邵雍外，书院还将吉安本府以及曾在吉安为官的大儒、名儒、贤侯、忠烈、名臣、先生、义士揭之坊表，使学子举目皆师而见贤思齐，“每岁春秋次丁日，郡侯致奠或委教授行礼至祀”，这正是：“圣贤临咫尺，讲幄近辉光。”要知道，所祭祀的人物尚有一套规范的申报程序呢。白鹭洲上先后建起六君子祠、四忠一节祠、江文忠公祠、三贤祠、王阳明祠、先贤祠等祠庙，以及理学、忠节、名臣三坊。少年文天祥面对揭之坊表的欧阳修、胡铨、杨邦乂、周必大这庐陵“四忠”，曾慨然誓言：“没不俎豆其间，非夫也！”立志跻身其中。果不其然，文天祥后来用生命、用泣血的《正气歌》续写了节义二字，成为“五忠”之一。

作为白鹭洲书院学子的杰出代表，文天祥受业于欧阳守道，深得其道德文章的影响和熏陶，入书院一年后赴京城科考，竟独占鳌头，夺得状元，被理宗皇帝视为“天之祥，宋之瑞”，钦赐字号“宋瑞”，并亲笔题写“白鹭洲书院”匾额。文天祥高中状元的这一年，同榜吉州进士多达39人，白鹭洲书院名扬天下，真可谓“自白鹭兴而文教更阐，大节流芳。文信国成仁取义，一柱擎天，直与日月争光”。

时至今日，行走于庐陵古村落，我仍能强烈地感受到，凡存有文天祥手迹、履痕的村庄，无不以此为荣，他的名字在建筑中、在族谱里熠熠生辉，甚至，为充满炫耀、教化意味的建筑装饰思想，平添了一种风骨，哪怕文天祥所题的只是一块牌匾。有的村庄不仅在祠庙里祭祀这位“南宋状元宰相，西江忠臣烈子”，村人还常常相邀，一道前往坐落在吉安县的文天祥纪念馆去瞻仰呢。

凭着史志文献里的存录，可见白鹭洲书院有显著的官办特征，比如，由官府创办，拨给学田院产，山长列入官员体制，享有科举名额，且教学管理严格，等等。然而，与府学、县学相比，它的教学方式灵活多样，兼具讲会式书院和文课式书院特点，立课程，勤讲论，勉自学，招收童生和生员，习字讲课识文，且藏书刻书。书院创办之始，一度成为理学会讲的圣地，出现了“庐陵士至二三万，挟策来游者，不于州学则于书院”的盛况。始于明嘉靖年间的白鹭洲书院心学讲会活动则持续百年之久，大规模的讲会有10次之多，应邀赴会的各派理学大儒纷至沓来。施闰章作诗《鹭洲讲会歌》抒怀，其题记曰：“西江讲学之会，吉州最盛。中辍者四十年矣。余以癸卯十月复修旧事，布衣野老皆许以客礼相见，与会者近千人。”一时间，江南名儒齐聚方圆不足9里的吉安城，以化育人心为使命，奉知行合一为圭臬，点亮了士子修身齐家治国平天下的人生理想，也深刻影响了当地的政风和民风，如江可受所言，学子个个“服膺明训，争自濯濯”“吉州文风几于变雅”。

至于白鹭洲书院历史上究竟出了多少进士、姓甚名谁，因志书提及人物鲜有读书经历记载、参加科考无须注明学习经历、查证族谱等资料委实不易，难以给出确切答案。然而，白鹭洲书院的地位却在古人的字里行间——选生“集郡中九邑俊秀，受业其中”“吉州之元魁科举，班班可考”“自有书院以来，科甲踵接”“鹭洲书院兴废，与古之人文相盛衰”“自文忠创书院，而后制科飙举，名硕云蒸，几当宇内之半”……何况，有白鹭洲书院为示范，遍布城乡的书院如雨后春笋，摇曳于文风鼎盛的庐陵大地。于是乎，在这片土地上，士子科举成名，学者成林，作家成派，仕宦成群，著述成山，志士成仁，吉安因此被世人誉为“文章节义之邦”。

我以为，白鹭洲书院培育人才的成就，还雕塑为村庄门楼上的魁星，书写为宗祠照壁上那大大的“魁”字。进村便遇魁星，入祠又见“魁”字，庐陵古村落的崇尚竟表达得如此坦荡和迫切！为什么？村庄告诉我，传说文天祥高中状元，乃文曲星下凡也，大家都想托他的福，让子孙后代天天看到“魁”字，为之激励；而魁星则象征着进士及第、科甲联芳，本村本族文风昌盛。

文风昌盛，是族谱村史最为得意的神色，也是族规家训倍显庄重的表情。如今，哪怕行走在赣江两岸油菜花香弥漫的村巷里，一旦清风吹过，便有书香扑鼻。书香来自古村落着力营造的儒雅风流的文化氛围，来自沁润人心的崇文重教的深厚传统。为追求人文蔚起，不少村庄拿出了培养子弟的实际举措，比如置学田、办书院和义学、成立助学的会社等。青原匡家村有始建于明万历年间的万松书院，其“晋师破蒙礼仪”自明代一直传承到20世纪60年代，近年被发掘出来——入学儿童穿戴一新，胸前挂红纸缠裹的小弓箭，带一面小镜子、一蔸四季葱，寓意从此心明眼亮、四时聪慧、学习成绩像箭一样上进；到了书院，学童先行晋师礼，再参拜孔子，再三叩拜后，先生用毛笔蘸朱砂为其点额头，是为“开天眼”；接着，擂鼓三通以明志，开笔破蒙并先生释义，读书破蒙又先生释义，最后由先生引导学童去文丞相祠参拜状元公。

我在横坑钱氏宗祠里看见，祖龛两侧贴有用红纸写的几张喜报，题《登堂大吉》，内文为大学新生录取通知书内容。有志少年的名字，竟然和大功大德的先祖画像并列在一起，这该是怎样的荣耀，怎样的激赏！我一路问去，此俗在青原各村落大同小异。

对了，那次行程也是情不自禁踏上白鹭洲作结。在风月楼前、古吉台上，但见赣江波光里白鹭翩翩，它们一定是从村庄、从田野随我们伴飞至此。我不胜感慨，虽然书院已是胜迹，然而，其文化精神仍然活态存在于庐陵古村落，存在于大地人心……

（刘　华）

江右书院冠华夏

南宋时期，我国书院进入鼎盛阶段。位于贵溪的象山书院，是当时在全国最具影响的书院之一。

心学之源在象山

一

南宋淳熙十四年（1187），时任浙江台州祠禄官的陆九渊，应学生彭世昌的邀请，来到贵溪应天山南麓，但见“两山回合其前如两臂环拱，臂间之田不下百亩”，简直就是一个天然学府大院。再登高远眺，蜿蜒的上清河以及南岸“层峦叠嶂、奔腾飞动”的群山尽收眼底，西边的龙虎山与应天山遥相呼应，陆九渊当即决定就地结茅办学。半年后，陆九渊“顾盼山形，宛然巨象”，便将应天山改名为象山，自号象山翁，并将应天山书堂改为“象山精舍”。

朱熹得知象山精舍办学盛况，便写信向陆九渊表示祝贺：“闻象山垦辟架凿之功益有绪，来学者亦甚，恨不得一至其间观奇揽胜。”

山上条件非常简陋，所谓精舍，也就是在寺庙废墟上搭建的茅棚而已。陆九渊干脆因陋就简，学生一律自己解决食宿问题，近百“住校生”环精舍结庐而居。

陆九渊的学生中有年龄比老师大的，有官职比老师高的，满腹经纶者大有人在。他们前来拜师，仰慕的是陆九渊的学问。陆九渊每开讲席，学者云集。一时象山精舍名声大振，学生遍布东南各省。

陆九渊讨厌繁文缛节，早年不注重著书立说，也没有制定学规，但很注重仪式，每天鸣鼓开讲，自己坐着山轿来，一定是衣冠整肃、精神抖擞， 丝不苟、音读清响。他讲孟子的“万物皆备于我”，讲“发明本心”“人性本善，其不善者迁于物也”，讲“人皆具有心，心皆具是理，心即理也”“宇宙便是吾心，吾心即是宇宙”……

陆九渊的教育并不限于课堂。为了进一步开阔学生视野，丰富学生情感体验，他常常带领学生亲近山水，到大自然中去感悟心灵，将知识传递和道德习染寓于观赏自然风光过程中。他居山讲学的5年，是他心学思想成熟的巅峰，也是他心学文化传播的高峰。清代著名史学家全祖望在《答石痴征士问四大书院帖子》称：“岳麓、白鹿，以张宣公、朱子而盛，而东莱之丽泽、陆氏之象山并起齐名，四家之徒遍天下。”这便是“南宋四大书院”之说的由来。2017年，北大哲学系教授楼宇烈在象山书院创办830周年活动中留下墨宝“象山书院·心学之源”。

南宋绍熙二年（1191），陆九渊被派往湖北荆门任知军，一年后病逝，终年54岁。

二

陆九渊离世后，象山精舍几经兴废。

南宋绍定四年（1231），陆九渊的再传弟子江东提刑袁甫登象山，见象山精舍一片萧条，便上奏朝廷将其建到贵溪城南三峰山下徐岩前，改名“象山书院”，由私立转为官办，并重印《陆象山全集》为教材。

明正德五年（1510），武宗皇帝诏赐“象山书院”4个大字。在三峰山西峰峭壁上，字迹至今清晰可辨，每字约一米见方。明万历七年（1579），内阁首辅张居正下令禁毁全国64处书院。第二年，象山书院奉例废除。第三年，伍袁萃接任贵溪知县后，捐资将书院房产赎回，改为象山祠堂，简称“象祠”，供奉陆九韶、陆九龄、陆九渊像而成为祭祀场所，便没有再办学。

清乾隆十年（1745），贵溪知县彭之锦在贵溪城西潭湾港西岸的万安寺废墟上重建象山书院，一时“慕学者骈肩累迹，席不能容”。贵溪儒生担心“先哲教泽，久而淹没”，于清嘉庆十八年（1813）联名上书要求恢复“象山书院”之名获准。咸丰六年（1856），太平军攻克贵溪县城，象山书院遭毁坏。清同治二年（1863），贵溪知县周葭浦购下城东老当铺，在书院原址上建起了文昌宫、讲堂等。清光绪十九年（1893），贵溪代理知县张簪移建象山书院于梅花墩故址。

随着鸦片战争的爆发，国外团体和个人纷纷来华办学，新式学堂对我国传统的教育体制产生了冲击。清光绪二十八年（1902），清政府颁布《钦定学堂章程》（又称"壬寅学制"），下令各省废书院，兴学堂。省城的书院一律改设大学堂，各府厅直隶州（相当于现在的地级市）的书院一律改设中学堂，各县的书院一律改设小学堂。象山书院遵照章程改为"贵溪县官立两等小学堂（贵溪市第二小学前身）"，为风雨沧桑数百年的象山书院画上句号。

三

象山书院历经数百年而蕴藉的教育、思想、文化精华并没有随之终结。近年来，全国各地兴起王阳明心学的学习热潮。实际上，王阳明的心学，追根溯源，是王阳明继承、完善、发扬了陆九渊的心学，并集心学之大成，史称"陆王心学"。陆九渊是宋明两代心学鼻祖。没有陆九渊的心学，就没有王阳明的心学，这在我国学界已成共识。

陆九渊的心学思想，内涵博大精深，与我们今天的社会主义核心价值观是相通的。比如，陆九渊所言"一人之仁不若一家之仁为美，一家之仁不若邻焉皆仁为美，其邻之仁不若里焉皆仁之为美也”，可理解为“和谐”；“由是而仕，必皆供其职，勤其事，心乎国，心乎民，而不为身计”，与今天提倡的“敬业”相似；“自欺是欺其心，慎独即不自欺”，说的是“诚信”；“父知慈，子知孝，兄知友，弟知恭，夫义妇顺，朋友有信”，不正是今天的“友善”吗？

欣逢盛世，象山书院重建即将竣工。象山书院这一心学文化的载体、传承中华优秀传统文化和践行社会主义核心价值观的基地，必将焕发新的时代光彩。

（叶　航）

兴鲁书院的风骨

书院的风骨不在于建筑，而在于师者。

说起抚州的教育史，兴鲁书院是一定要提及的。

说起兴鲁书院，就不得不说一个人。他是“唐宋八大家”之一的曾巩。

宋嘉祐元年（1056），38岁的曾巩在抚州香楠峰创建兴鲁书院。此前十余年，经历了丧父之痛、疾病折磨、生活持续困窘、科考屡次落榜的曾巩，开始把精力倾注于文化教育事业。他在给挚友王安石的一封书信里写道：“夫我之得行其志而有为于世，则必先之以教化，而待之以久，然后乃可以为治，此不易之道也。”

翻阅科举史料发现，宋代以来，江西共有进士1万多名，其中抚州2400多人。抚州以一隅之地，培养出遍及各个领域的英杰人才，历千年而不衰，固然是政治、经济、文化诸多社会因素相互作用的结果，但与其历代兴学重教，尤其是发达的书院教育不无关系。其中，

兴鲁书院自然功不可没。

兴鲁书院虽然名为“兴鲁”，兴的却是赣鄱大地的文化教育事业，兴的是“临川才子”的美誉。当时的曾巩深得北宋文坛领袖欧阳修的赞誉，虽为一介布衣，却已负盛名。他亲自讲学，制定学规。

兴鲁书院开办次年，曾巩及其家人迎来了家族史上的高光时刻。他带着3个弟弟两个妹夫进京赶考，全部进士及第。一门六进士的光彩，让朝野为之惊叹。作为人生转折点的见证，兴鲁书院在曾巩的心里定然是有着沉甸甸的分量。

北宋熙宁四年（1071），创办兴鲁书院15年后，曾巩终于踏上了齐鲁大地。在任齐州（今山东济南）知州两年间，他除盗肃霸、治水患，在兴修水利工程之余信手留下了一湖山水，赢得了“为官一任、造福一方”的好名声。“四面荷花三面柳，一城山色半城湖”，这是后人对济南大明湖美景的描述，也是对曾巩为先祖祖籍鲁地兴盛留下的文化符号。

600多年后，起起伏伏学脉依旧绵延的兴鲁书院迎来了一位68岁的名士李绂（字巨来，号穆堂）。他深得清代康熙、雍正、乾隆三任帝王赏识，先后担任广西巡抚、直隶总督、户部侍郎等职，因精于陆王心学，被梁启超誉为“陆王派之最后一人”。清乾隆八年（1743），李绂因病回到家乡临川，担任兴鲁书院山长，并亲自讲学。至今，兴鲁书院旁边有一条路就叫穆堂路。

城市里的许多地名，会随着时间的推移而更改，而兴鲁书院所在的兴鲁坊路，数百年来却始终未改。李绂在《兴鲁书院记》载：“抚城中香楠峰为先生（即曾巩）兄弟故居，有书院曰兴鲁。先生尝讲学其中，建坊亦以兴鲁名，今石础犹存。”

从曾巩书写千古名篇《墨池记》的王右军墨池纪念馆门口步行数十米，折入穆堂路，行不多远转到荆公路，再二三百米就是兴鲁坊路。王安石和曾巩这一对生前的莫逆之交，在千年后还能这般“亲近”，令人感慨。

沿着兴鲁坊路前行，途经兴鲁坊小游园、兴鲁坊小区，看到临川第六中学的校门，兴鲁书院旧址就在校内，和临川实验小学一墙之隔。进得校门，迎面是一尊曾巩塑像。校内有一幢学堂模样的仿古建筑，上书“兴鲁书院”四个大字。伫立在书院旧址前，仿佛耳畔传来琅琅读书声，一个个儒雅的身影从身边走过……

（温　凡）

探幽华林书院

我向来对各地的历史古迹和文化遗存感兴趣。每当徜徉在残垣断壁之下、荒烟蔓草之间，内心便特别宁静，像是访得一位敦厚老者，又似偶遇一位久远挚友，那份喜悦与亲切无以言表。前不久对奉新县华林书院遗址的那次寻古探幽，尤其印象深刻。

华林书院距奉新县城26千米。在弯弯曲曲的山路上转了几大圈，忽然一拐，转入一个山谷，目之所及皆青山，满眼是绿。前方兀立着一个爬满藤蔓的古老牌坊。据说这是唐宋时期的道教圣地“浮云观”之山门——万年宫牌坊，相传为天师设坛炼丹之处，也是华林书院师生供祀神仙之所。

华林书院由唐代胡清献草创，中兴于胡珰，鼎盛于胡仲尧。

胡氏先祖胡藩，帮助南朝刘宋开国，以后封邑豫章而卜居华林。他的子孙大都在外地做官，华林只是胡氏家族的一个祖居地。直到胡藩的第二十三代孙胡清献，约于唐懿宗、僖宗年间在饶州做判官，后回到华林，为了“显诗书之门第，振仕宦之宗风”，在扩建华林的同时创办教育，以培养胡氏子弟。之后，胡氏后人一代一代，继承祖业，兴办教育，“大振家声”。直到胡藩的二十九世孙、宋代国子监主簿胡仲尧，“大建华林书院，集书万卷，延四方名士，讲学其间；供衣食，给资斧，一时云游者尝数千人”，将华林书院发展成了一所规模宏伟、名噪全国的学府。据《天下一统志》记载，“名公巨卿，胜友如云，远客千里而来，主人倒屣相迎”，出现了“纷纷游客豫章回，俱道华林就学来”的兴盛景象。

华林书院为家族化书院。胡氏世代同心同德，办家族教育，传孝义、讲经史、诵诗书、习礼义。办学的宗旨，就是为了把累世聚居、数代相传的家风弘扬下去，以博取“孝悌声华辉北阙，门闾显赫耀南方”。胡氏果然不负众望，仅宋代华林胡氏一门就走出进士55名，官至刺史、尚书、宰相者不乏其人。宋端拱二年（989），胡仲尧幼子用庄探花及第，长子用之与其叔克顺同登进士第。宋真宗赋诗御赞：“一门三刺史，四代五尚书。他族未闻有，朕今止见胡。”

华林书院还有一大特色，即开创了收容女生之先河。家族中有愿受教育的女性，甚至亲友中的女性，都被招收进来。在书院的西面，还为女生专设了一个女膳堂。若有名流来院讲学，她们便列绛纱幔帐以听；书院举行盛宴，她们也能参加。宰相向敏中曾有“花凝玉勒含烟露，酒泛金樽醉绮罗”的诗句以记之。

书院遗址前，大条石铺就的建筑基石在荒草之中可见。遥想当年的书院：正厅前茶厅，茶厅前小厅，小厅前书院，书院前凉亭水阁，凉亭水阁前客厅，客厅前竖门，竖门前鼓门……每有宾客至，以鼓而报内堂，方出迎宾，这是何其宏阔的气派！而如今，青山依旧，书院不存。

令人欣慰的是，奉新县政府现已成立华林书院风景名胜区管理中心，规划将华林书院遗址、耿氏园林、百家姓文化园、华林寺等景点整合，拟打造成一个书院文化和研学旅游相结合的胜地。期待不久的将来，书院的琅琅书声又将重回大地。

（易延玲）

时光里的濂溪书院

拂开历史烟云，一座座形状各异、哺育学子的书院渐次醒来。那座叫“濂溪”的，挺立于赣江之滨，转眼间，已越千年。

北宋嘉祐年间，南安军司理参军、濂溪先生周敦颐带着得意门生程颢、程颐，从虔州坐船顺赣江而下，行至一个叫作万安镇的地方时，忽觉两岸林木茂密，人声鼎沸，于是停船登岸。信步街坊，才知这万安镇乃南北漕运之枢纽，经济贸易异常活跃。漫步间，耳边还不时传来琅琅的读书声。周敦颐很好奇，心想：这弹丸之地，何来如此激动人心的读书声？循声一访，原来这书声出自城里的开元馆。周敦颐大喜，兀自走上讲台，对着满座的学子，讲起了钻研多年的理学心得。学子们先是惊讶，待明白眼前的先生就是大学问家周敦颐时，个个欣喜若狂，奔走相告。

无疑，濂溪先生迅速成为万安学子的偶像。自那以后，周敦颐经常带着两个得意门生从虔州坐船，顺江而下，到万安的云岗书堂和香林寺开讲理学。一时间，万安学子云集。

每一次来，濂溪先生都寓居于开元馆。一来二去，他与周围的百姓结下了深厚的情谊。有一次，虔州知府赵抃路过万安，特意登岸看望濂溪先生。濂溪先生为尽地主之谊，摆席款待赵知府。席上，濂溪先生诗兴大发，挥笔写下：“公暇频同尘外游，朝天今复送行舟。轩车好共人山脚，旌旆且从泊渡头。精舍泉声清虢虢，秘林云色淡悠悠。谈终道奥难言去，明日瞻思独倚楼。”

宋熙宁四年，万安镇改为县制，取长治久安之意，仍用“万安”作为县名。首任知县许浃很重视教育，特意在城东龙溪门外新建一所县学，取名龙溪书院。

南宋淳熙年间，理学大师朱熹为追寻濂溪先生足迹，专程到万安游学，行踪遍及境内的开元馆、白云寺、龙溪书院等处，并将云岗书堂改名为“云兴书社”。南宋淳祐元年，县人为纪念濂溪先生及“二程”到此讲学，特意又在开元馆一侧新修濂溪祠，祠中设有周敦颐、程颢、程颐三人像。后来，不知何故濂溪祠也改名为龙溪书院。

如此，县内就有两所龙溪书院，一为城东，一为城内。清康熙廿五年，万安知县黄图昌，为纪念濂溪先生在此讲学，特意上书，请将城东的“龙溪书院”易名为“濂溪书院”。清嘉庆十年，万安知县刘俊德扩建濂溪书院，并写碑文记之。清咸丰六年，太平军与清军交战，刘俊德修建的濂溪书院毁于兵燹，成为后憾。

1996年出版的《万安县志》，对濂溪书院的介绍仅寥寥数语。经请教当地历史学者，才知旧址位于县图书馆老馆。沧海桑田，而今该处已变身为停车场。

濂溪书院已经不在，其原来的模样，我们只能通过清代出版的《万安县志》中一张绘图进行“复原”：砖木结构，上下二层楼阁，有书舍大小十余间。分头门、正殿和后栋，仿宋四合院式格局……在想象书院的面貌时，我们仿佛看见濂溪先生和紫阳先生次第走上讲台，兴致盎然地给学生讲述着精深的理学。

（郭志锋）

信江之畔有书院

在上饶市信江河畔的黄金山上，古色古香的古建筑倚山而建，既有林泉之趣，又有风竹之美，这便是始建于清康熙三十三年（1694）的信江书院。

据清同治六年（1867）广信知府钟世桢在《重修信江书院志》序中记述："信州之有书院，自郡守张公始。"张公，即康熙年间的广信知府张国桢，清康熙三十三年任广信知府，为官清正廉洁。当地士绅集资兴建了他的生祠，张国祯坚决不受。最后将其改为义学，在大门上题匾"曲江书院"。

清康熙五十一年（1712），知府周淳元对书院进行修葺扩建。书院的环境得天独厚，"钟山峙于后，灵山揖于前"，自然景色极其幽雅，书院因此改名为"钟灵讲院"。书院是以考课为主的教育书院，聘请当地名儒主讲，士子生源主要来自周边郡县，经过考试择优录取。其办学方式、山长教师的选聘、课程的设置等都有其独到之处，培养了众多人才。

关于信江书院的建立与发展情况，当年信州知府组织编辑的《信江书院志》有记载，并请文渊阁大学士、吏部尚书李光地为之作“记”：“两江人文地，在宋庐陵、临川、南丰诸予为文章采师，濂溪、明道、伊川于此相授焉。南渡后，有陆氏兄弟以学行与朱子道义相切。而朱子趋朝来往，必由信州取道，故玉山之讲、‘鹅湖之会’道脉攸系，迹在此邦。”“溉然远览，仿玉山、鹅湖遗址，檄其属邑修复……而又即府治佳处创为‘钟灵书院’临溪环山”，太守周君对信江书院的历史沿革、对信州理学的发展与传承都做了总结。

随着书院的名声越来越大、学子越来越多，教室与宿舍无法容纳，于是在清乾隆八年（1743），信州知府陈世增重修、扩建信江书院。又因为理学大师朱熹当年出福建取道信州，在信州很多地方讲学，为纪念其对上饶人民的教化，在讲堂后山建了座祭堂，立朱熹牌位。在其旁边建学舍80余间，书院的名字也改为“紫阳书院”。当时的巡抚陈宏谋赠书匾“共学适道”。

清乾隆四十六年（1781），新任知府康其渊把书院改名为“信江书院”，并兴建了一大批建筑：一榻轩、青云阁、中道亭、文汇轩、万锦书屋、凌云精舍、四照亭、半山亭等，成为一座园林式学堂。院内广植松竹，四周修建高墙，还买田地出租，收租以供数十名生徒学费与生活费。清同治六年（1867），知府钟世桢再次对书院进行大修，并重修了

《信江书院志》，增建魁星阁、钟灵台、日新书屋、课春草堂等。

信江书院办学以“力求弘扬朱子之学，推尊德行，以期敦崇文教而励风俗人心”为宗旨，声名远播，成为上饶人杰地灵、人文荟萃的重要象征。当我们走进碧翠掩映的信江书院，映入眼帘的是上饶市标志性建筑钟灵台，其上耸立四角飞檐的魁星阁，雕梁画栋，花窗青瓦，古朴典雅。登上魁星阁，俯视信江，远睇灵山。在钟灵台前，尚存有春风亭、一榻轩、夕秀亭、日新书屋等古建筑多处。书院于1983年被列为江西省文物保护单位。

信江书院曾是方志敏、邵式平、黄道开展革命斗争的阵地。1927年初，方志敏推荐俞君适、方铭竹等人组成校务委员会，黄道、邵式平在校任教并开展革命活动。他们向当地的工人、农民、在校师生传播革命理论，并引导他们投身革命，为中国革命事业做出了重要贡献。

（刘佩芝）

一座书院的守望

赣州的阳明书院，不在清幽的山林里，而是坐落在高楼林立的闹市。幸好，它在培养莘莘学子的学校内。

从赣州一中大门进去右转，前行50米，几棵百年古榕下掩映着一栋两层砖楼，青砖黛瓦，木门朱窗，这就是阳明书院。

门槛很低，轻轻一迈就进去了。这或许是王阳明教育思想的一个细节体现：放低门槛，让尽量多的人能够受到教化，让“知行合一”“心即是理”的“良知学说”得到广泛传播。

跨进大门，是一个小门厅，两边墙上各立一碑，左碑是阳明书院的简介，右碑是王阳明的生平和肖像。清清瘦瘦的王阳明，峨冠长髯。跨过门厅，是一个四合院式的院落。院子不大，四丛茂密的竹子，将整个院落撑满。其实，王阳明当年在赣州讲学，并不在这里，而是在郁孤台下的濂溪书院后面。

明正德十一年（1516），王阳明升任右佥都御史，巡抚南安、赣州、汀州、漳州四府，凭着卓越的军事才能，解决了赣、粤、闽、湘边境的诸路匪患。在剿匪过程中，他深知教化的重要性。他的“破心中贼”行动，就是传播自己创立的“心学”，让百姓明知懂理，不断提高自己的内心修养和知识水平，以良知代替私欲，主动把心中的“贼”赶出来，真正做到“知行合一”，实现社会长治久安。

王阳明在城区内设立了冠以“书院”之名的5个社学，并在赣南各县创办书院、社学20多所，以此教民化俗。他在郁孤台下重修了濂溪书院，亲笔题上匾名，把来自各地的学者和学子安置在这里，自己则在濂溪书院后面设立讲堂，大力阐述良知学说。

讲堂一经设立，四方学子慕名而来。讲堂内每天座无虚席，有时甚至连围墙上都坐满了人。在讲学中，王阳明并不高高在上。他建立了“讲会”制度，要求弟子们围绕指定的话题讨论交流，自由辩论。师生可以相互切磋、相互探讨。这种平等的师徒关系、平等的交流环境，让心学思想空前活跃，促进了阳明心学的发展与成熟。

同时，阳明书院还体现出难能可贵的开放包容精神。不论贫富，不分籍贯，不看地域，只要有志于求学者，皆可接受同等的教育。王阳明的众多弟子中，有一大批是布衣。这种开放包容精神还体现在对不同学派思想的尊重和吸收上。正是在这样一种自由、平等、开放、包容的教育环境下，王阳明的核心理论“致良知”学说得到了全面完善，不朽的基业也因此奠定。

受王阳明影响，弟子纷纷在各地创办书院，大力传播阳明心学。据有关资料记载，明正统、弘治以前，江西拥有书院仅五六十所，而正德、嘉靖后却迅速发展到了200多所，这在全国罕见。

王阳明在赣州讲学持续了3年。后来，书院几经变迁。但不管如何变迁，这里充满的总是激荡的思想、高立的精神和求知的目光。一代代学子从这里走出，以“致良知”疗救人心、开化民风，让阳明心学代代相传。

我回到门厅，再次凝视石碑上的王阳明像，内心难以平静。这个思想巨人，即便在辞世之后，留给世界的仍然是闪耀着人格光芒的心学思想。他让自己的学术体系在江西生根开花，又把身躯托付给了这片浸润着心学思想的土地。

（谢贵芳）

江西诗派

扫码云游

- 听见赣音绕梁
- 回望江右风华
- 纵览赣鄱万象
- 寻味江西名吃

“江右多诗人”

——江西诗派的形成与传承

江西诗派是中国诗史上第一个影响极大的诗派，诗派规模也前所未有，影响深远，经久不衰，诗风应时而变，诗作层出不穷。

中国的诗歌发展至唐代，已登上了一个高峰，成为诗的黄金时代。唐诗的代表人物即李白与杜甫。经五代而至宋，中间出现近百年萎靡不振的局面。以宋初论，西昆体盛行一时，它是专尚艺术技巧而内容贫乏的形式主义文学。欧阳修、梅尧臣、苏舜钦同时并出，稍后有王安石，一洗西昆体绮雕纤巧的作风，诗歌走上了正轨。他们在接受唐诗传统的基础上呈现着自己的面貌，力破唐诗余地，宋诗从此开端。至苏轼、黄庭坚，各以己意为诗，使宋诗独立于唐诗之外，与之媲美，交相辉映。苏黄诗风有所不同。晦斋《简斋诗集引》里转述陈与义的话说：“东坡赋才也大，故解纵绳墨之外，而用之不穷；山谷措意也深，故游泳涵味之余，而索之益远。”

黄庭坚是分宁（今修水县）人，分宁隶属洪州（今南昌），所以黄的诗集名为《豫章黄先生文集》。黄庭坚比苏东坡小八岁，本是苏门四学士之一，但他后来以其独创成就脱颖而出，与苏轼并称苏黄，代表了宋调风范。东坡与李太白飘逸诗风相近，而黄庭坚师法老杜，讲求句法。杨万里在他的《江西宗派诗序》中说，李杜苏黄四大家，“一其形，二其味；二其味，一其法者也”，认为苏东坡诗风近李太白，黄山谷风味近杜少陵。

黄庭坚诗奇峭兀傲，多拗体，如“公如大国楚，吞五湖三江”“石吾甚爱之”一四句法，又如“持家但有四立壁，治病不蕲三折肱”“心犹未死杯中物，春不能朱镜里颜”“管城子无食肉相，孔方兄有绝交书”，或二五或一六句法，或三一三句法，奇崛奥峭。古人曾总结为三点：峭刻生新，深折透辟，老辣硬涩。但也有疏朗、俊逸、潇洒的诗句，如：“落木千山天远大，澄江一道月分明”“桃李春风一杯酒，江湖夜雨十年灯”“春风春雨花经眼，江北江南水拍天”等。

黄庭坚在为人作序，以及指导朋友、亲属作诗的信札中，提出了一系列的诗学观点。他强调读书，“诗词高胜，要从学问中来”，著名观点有“点铁成金”“夺胎换骨”。在《答洪驹父书》中说：“老杜作诗，退之作文，无一字无来处，盖后人读书少，故谓韩、杜自作此语耳。古之能为文章者，真能陶冶万物，虽取古人之陈言入于翰墨，如灵丹一粒，点铁成金也。”其诗论包含求新求变、自成一家的精神。借古人之言写己之新意，即他所谓的“以故为新”“随

人作计终后人”“我不为牛后人”……又强调脱俗，讲究“悟入”，着眼于创新，这一观念一直影响着以后江西诗派诗人。

江西诗派是中国诗史上第一个影响极大的诗派，诗社规模也前所未有。南宋严羽《沧浪诗话》中说：“法席盛行，海内称为江西诗派。”

为何众多诗人纷纷师法黄庭坚呢？苏东坡才气横溢，挥洒自如，举重若轻，触处生春，有如神行一片，非人力可致，后人称为“坡仙”，所以向他学诗的人不多。而山谷的诗全由学力，有轨迹可寻，加之他乐于以作诗方法教人，人亦愿从之学，故成就后生不少。后生们又产生影响，气味相同的作者更多了。他们同气相求，爱好相近，交游频繁，作诗唱和，切磋诗艺，激励其创作的积极性，提高了各自诗艺水平。同时这又是诗派形成、传承并扩大影响的重要原因。

南宋初年，吕本中自称其诗渊源于黄庭坚。有鉴于黄庭坚是江西人，学其诗者众多，遂作《江西诗社宗派图》。以黄庭坚为领袖，其下依次列二十五人：

陈师道（无已）、潘大临（邠老）、谢逸（无逸）、洪刍（驹父）、饶节（德操）、祖可（正平）、徐俯（师川）、洪朋（龟父）、林敏修（子来）、洪炎（玉甫）、汪革（信民）、李錞（希声）、韩驹（子苍）、李彭（商老）、晁冲之（叔用）、江端本（子之）、杨符（祖信）、谢薖（幼槃）、夏倪（均父）、林敏功（子仁）、潘大观（仲达）、何觊、王直方（立之）、善权（巽中）、高荷（子勉）。

吕本中在序中说："唐自李、杜之出，焜耀一世，后之言诗者，皆莫能及。至韩、柳、孟郊、张籍诸人，激昂奋厉，终不能与前作者并。元和以后至国朝，歌诗之作或传者，多依效旧文，未尽所趣。惟豫章（黄庭坚）始大出而力振之，抑扬反复，尽兼众体，而后学者同作并和，虽体制或异，要皆所传者一，予故录其名字，以遗来者。"

《江西诗社宗派图》原作早佚，吕本中之序及所录之黄庭坚以下二十五位诗人名，皆见存于南宋初年胡仔所编《苕溪渔隐丛话》前集卷四十九。

此后宋人赵彦卫在《云麓漫钞》卷十四中亦录吕本中序及二十五位诗人之名，但人名略异。其所录序中云："后学者同作并和，尽发千古之秘，亡余蕴矣。录其名字，曰江西宗派，其源流皆出豫章也。"

所列二十五人中，只有十一人为江西人。活动地域主要在洪州（南昌）、临川、庐山等，一些游宦江西的诗人也参与到本土诗人的唱和之中。江西诗派带有一定的地域性。元代方回总结江西诗派为一祖三宗。祖为老杜，上溯则皆渊源于杜诗。三宗为：黄庭坚、陈师道、陈与义。曾茶山说："工部百世祖，涪翁一灯传。"

陈师道（号后山），彭城人，诗学黄庭坚，刻意求深。他在《答秦觏书》中说："仆于诗初无师法，然少好之，老而不厌，数以千计。及一见黄豫章，尽焚其稿而学焉。"又说："仆之诗，豫章之诗也。"他的门人魏衍也说他"见豫章黄公庭坚诗，爱不舍手，卒从其学"（《彭城陈先生集记》）。朱弁《风月堂诗活》记载他与晁以道论诗，他说："吾此一瓣香，须为山谷道人烧也。"表明后山对山谷的崇拜。他作诗苦心孤诣，黄庭坚说他"闭门觅句"，又说"今之诗人无出陈师道"（《冷斋夜话》），经常叫晚辈后生们去向他求教。

洪朋、洪刍、洪炎，都是南昌人，黄庭坚的外甥，皆受教于黄。黄庭坚称洪朋"笔力可扛鼎，他日不无文章垂世"（《书旧诗与洪龟父跋其后》）。人或以洪朋诗酷似其舅许之（周紫芝《书老圃集后》）。如《送谢无逸还临川》，意深格老，得力于山谷，句法亦往往似之。洪刍在"三洪"中，据刘克庄《后村诗话》称，洪刍"诗尤工"。如"关山不隔还乡梦，风月犹随过海身"一联，陆游极为欣赏，称洪炎"受诗法于庭坚""诗酷似其舅"。

诗僧慧洪，宜丰人。与苏东坡、黄山谷交往较多。所著《冷斋夜话》记载了三人交往的不少掌故。《四库全书总目提要》说他的诗"出入苏黄之间，时时近似"。陈善《扪虱新话》称他曾伪作黄庭坚作诗赠他，中有句云："韵胜不减秦少觌，气爽绝类徐师川。"师川一见，以为黄庭坚所作，收入《豫章集》里。这也表明他平日对山谷诗揣摩之深。

徐俯，分宁人，也是黄庭坚外甥，极得黄之称赞，说他的诗“辞皆尔雅”，自东坡、少游、后山死后，作“颓波之砥柱”。徐俯诗也深受黄庭坚影响，但他不甘居门下。周辉《清波杂志》称有人说他的诗渊源于黄山谷，他读到后不高兴，答道：“涪翁之妙天下，君其问诸水滨；斯道之大域中，我独知之濠上。”《江西诗社宗派图》列入他的名，他又说：“吾乃居行间乎？”其实，徐俯之诗受黄山谷的影响，他却一口否认，表明他的自负。当然，徐俯的诗还是有成就的，吕本中对其评价甚高：“江西人物胜，初未减前贤。公独为举首，人谁敢比肩？”（《徐师川挽诗三首》）其诗如《陪李泰发登洪州南楼》：

十年不复上南楼，直为干戈作远游。
满目江湖春入望，连天章贡水争流。
青云聊尔居金马，紫气还应射斗牛。
公是主人身是客，举觞登望得无愁？

诗前半写景，一片雄浑气象。后半言情，为李泰发受排挤而感慨。

韩驹，四川人，曾知分宁县。是江西诗派中继陈师道之后的杰出诗人，当时颇负盛名，居于盟主地位。王十朋推崇他说：“近来江西立宗派，妙句更推韩子苍……鲰生幸脱场屋累，老境欲入诗门墙。古诗三百未能学，句法且学今陵阳。”（《陈郎中公说赠韩子苍集》）他的诗“淡泊而有思致，奇丽而不雕刻”。与徐俯游，接受了山谷的影响。他闲居抚州，日以锄地为事，还念念不忘国事。如《和李上舍冬日书事》云：

> 北风吹日昼多阴，日暮拥阶黄叶深。
> 倦鹊绕枝翻冻影，飞鸿摩月堕孤音。
> 推愁不去如相觅，与老无期稍见侵。
> 顾藉微官少年事，病来那复一分心。

倦鹊飞鸿，无异为自己写照。“推愁”一联，意境句法殊为别致，俱见匠心。此诗在当时即为同辈所盛推。

周必大《省斋文稿》中说：“陵阳先生与徐东湖游，遂受知于山谷。晚年或置之江西诗社，乃曰‘我自学古人’，岂所谓鲁一变至于道耶？”这里指出韩驹始于学黄山谷，后从黄诗中出。

吕本中是继韩驹之后居于盟主地位的江西诗派诗人。赵蕃《书紫微集》云：“诗家初祖杜少陵，涪翁再续江西灯。陈潘徐洪不可作，阃奥晚许东莱登。”曾季貍《艇斋诗话》记载他十六岁时所作的“风声入树翻归鸟，月影浮江倒客船”炼字奇警，是他苦吟呕血而成。他学黄山谷而能变。陈岩肖《庚溪诗话》指出他的诗“多浑厚平夷，时出雄浑，不见斧凿痕”，而不是规行矩步地学黄山谷。

曾几，赣县人，与吕本中同年出生，二人平日互相切磋，而吕早成名，故曾受益为多。吕本中与曾几论诗二帖：第一帖说学诗要悟入，“悟入之理，正在工夫勤惰间”，但指出曾几诗不足之处是“少新意”；第二帖评曾诗“波澜尚未阔”，要波澜阔，“须于规模令大”。曾几也说过他在柳州时与在桂林的吕本中以诗交往的情况：“绍兴辛亥，几避地柳州，公在桂林，是时年皆未五十，公之诗固已独步海内，几亦妄意学作诗，公一日寄近诗来，几次其韵，因作书请问句律。”所以曾几的诗深受吕本中的影响。

曾几是继吕本中之后的江西诗派杰出诗人，既学吕本中，也学黄山谷。有诗云：“案上黄诗屡绝编。”（《寓居有招客者戏成》）所以方回说他的诗往往逼真山谷。他不列在《江西诗社宗派图》中，但刘克庄以禅为喻说：“山谷初祖也，吕、曾南北二宗也。”这说明了其诗的渊源和在江西诗派中的地位。其《寓居吴兴》云：

相对真成泣楚囚，遂无木策到神州。

但知绕树如飞鹊，不解营巢似拙鸠。

诗人为对国难束手无策而自怼，把自己比作绕树的飞鹊、借巢的拙鸠而不得宁处。第五句接着说“江北江南犹断绝”，更为中原沦敌、南北隔绝而痛心。

曾几生于南北宋之交，亲眼看见山河破碎、朝廷以偏安为国策的可悲现象，为之忧心忡忡。陆游自叙与曾几在会稽的一次集会：“略无三日不进见，见必闻忧国之言。先生时年过七十，聚族百口，未尝以为忧，忧国而已。”（《跋曾文清公奏议稿》）忧国的感情，往往形诸吟咏。

江西诗派可分为前后期。南宋初，经过靖康之乱后，诗人的爱国之情较前期更为炽烈而沉挚。以陈与义（未列入吕本中《江西诗社宗派图》名单内）为后期的代表，他比黄庭坚小了45岁。还有徐俯、曾几（陆游拜他为师）等人。

三宗之一的陈与义，是江西诗派的后劲。《四库全书总目提要》说他的诗居山谷之下，后山之上。诗学山谷，尤其学杜甫，身世与杜甫相类似，故诗亦近之。但主要表现仍是他自己面貌，如《四库全书总目提要》所言："风格遒上，思力沉挚，能卓然自辟蹊径。"

他的《墨梅》绝句为宋徽宗所欣赏，高宗又爱其"客子光阴诗卷里，杏花消息雨声中"之句。清代陈衍以为这两句诗胜过陆游的"小楼一夜听春雨，深巷明朝卖杏花"。其《夏日集葆真池上，以绿阴生昼静赋诗，得静字》诗中："聊将两鬓蓬，起照千丈镜。微波喜摇人，小立待其定。"写一次集会时，对环境幽美、赏心乐事的描绘，出之以淡远之笔。据《容斋随笔》说："诗成出示，坐上皆诧擅场，京师无人不传写。"又《雨晴》云：

天缺西南江面清，纤云不动小滩横。

墙头语鹊衣犹湿，楼外残雷气未平。

尽取微凉供稳睡，急搜奇句报新晴。

今宵绝胜无人共，卧看星河尽意明。

描绘雨过初晴的景象精切，如在目前。诗人的闲适生活畅心情，得到突出的表现。

北宋末，陈与义的诗大多写个人情趣、身边事、朋友间的离合悲欢，生活面不广。靖康之难后，颠沛流离，悯时念乱之篇不断出现。刘克庄《后村诗话》指出："避地湖峤，行路万里，诗益奇壮，造次不忘忧爱，以简洁扫繁缛，以雄浑代尖巧。"诗人生当乱世，痛祖国阽危，感己身之苦难，往往形诸吟咏，内容更为充实，而有现实主义精神。又《伤春》即反映时代之作：

> 庙堂无策可平戎，坐使甘泉照夕烽。
> 初怪上都闻戍马，岂知穷海看飞龙？
> 孤臣霜发三千丈，每岁烟花一万重。
> 稍喜长沙向延阁，疲兵敢犯犬羊锋。

建炎四年，金兵猖獗南下，国势危急，高宗逃向台州、明州、越州。诗人忧国心切，霜雪蒙头，万重烟花，徒增郁愤。所喜者，向子諲（樟树人，潭州知州）敢于孤军抗敌，尚存一线希望。

江西诗派屹然兴起至结束，前后活动历百年，诗人诗作、诗风随着时代而发生变化。就这一派整体言，他们相互之间是同中有异的。

不过，物极必反，如果众诗人对黄庭坚诗亦步亦趋，就失去了自家面目。杨万里、陆游、姜夔等著名诗人都曾受到江西诗派的熏陶。但他们都跳出来，特别是杨万里，独创"诚斋体"，诗风清新活泼。清代裘君宏在《西江诗话序》中论江西诗有三变："盛于欧（阳修）、王（安石），为一变；至黄山谷，又一变；至杨万里，再为一变。”南宋后期至清中叶，江西诗派式微。直到清咸丰时期，曾国藩倡导学黄山谷，学之者众，一时形成声势颇大的宋诗运动。五十年后，又形成同光体诗派（下分三支：闽派、赣派、浙派），在清末民初诸多诗派中影响最大，其领军人物即为陈三立。赣派诗人众多，远承江西诗派。正如屈万里《不足畏斋诗存》中云：“江右多诗人，清末民初以还，上承西江法乳，务为清奇奥衍者，世所共见。”此是后话。

（胡迎建）

风起江右

风自北宋来，起于盈盈修水。

治平四年（1067），分宁双井迎来了又一位进士——23岁的黄庭坚。这个被后世称为“华夏进士第一村”的村落，彼时尚不知，这个年轻人日后会开宗江西诗派，彪炳中国诗史，影响千年。

诗歌，是一个有着太多高峰的世界，一座接着一座。作为中国最古老的文学体裁，从3000多年前走来的诗歌，经历唐代的黄金时代之后，经五代而至宋，中间出现近百年的萎靡。宋初，诗歌躲进庸常炫技的小道，昏昏欲睡。欧阳修、梅尧臣、苏舜钦同时并出，稍后有王安石，一洗西昆体绮雕纤巧的诗风，宋诗从此开端。

黄庭坚38岁那年，知太和。“落木千山天远大，澄江一道月分明。”傍晚雨后初晴，黄庭坚登阁远眺。那些年，他整吏治、抗盐税、察民情，多少艰辛事，漫漫飘零路，终化作了一句宽慰，“万里归船弄长笛，此心吾与白鸥盟”。而那只与他盟誓的白鸥，自何处飞来？许是多年前，一个同样的凄凄长夜吧。“星垂平野阔，月涌大江流。”一代诗圣杜甫孤船东下，旅夜书怀，残生不得志而转徙江湖，心中块垒唯付诗篇，“飘飘何所似，天地一沙鸥”。

“工部百世祖，涪翁一灯传。”（曾几《东轩小室即事五首·其四》）那一羽白，飞进了黄庭坚的诗作。黄庭坚师法杜甫，作诗“风味近杜少陵”，峭刻有之，老辣有之，潇洒亦有之，遍尝“江湖夜雨十年灯”的苦涩艰辛，仍不改“出门一笑大江横”的俊逸洒脱。

黄庭坚比苏轼小8岁，乃苏门四学士之首，文学高成卓然一家，与老师并称苏黄，代表了宋调风范。“宋人生唐后，开辟真难为。”（蒋心馀《辨诗》）唐诗韵胜浑雅、情辞秾华，自苏黄出，宋诗始大成，意胜精能、气骨幽韵，独立唐诗之外。唐宋之诗，各美其美，宛若双子星，点亮了中国诗歌盛大与灿烂的星空。

风起，吹皱宋代诗坛一池春水，激起层层涟漪。

江东婺州，有吕氏望族。作为东莱郡侯长子，吕本中早负才名。“唐自李、杜之出，焜耀一世，后之言诗者，皆莫能及。至韩、柳、孟郊、张籍诸人，激昂奋厉，终不能与前作者并……惟豫章始大出而力振之，抑扬反复，尽兼众体，而后学者同作并和。”青年才俊吕本中，以黄庭坚为领袖，下列陈师道、潘大临、谢逸等25位诗人，因黄庭坚等11人籍贯江西，且江西文化鼎盛、禅宗流光，故作《江西诗社宗派图》。

至此，“江西诗派”定名。诗歌史上第一个有正式名称的诗文派别，从书案上的纸笺飞出，飞入了雄厚的中国文学史。

“曰江西宗派，其源流皆出豫章也”（赵彦卫《云麓漫钞》），为何众多诗人齐聚黄庭坚大纛之下？从“四学士”到“六君子”，苏门诗家众多，然而“东坡赋才也大，故解纵绳墨之外”（晦斋《简斋诗集引》）。坡仙诗词触处生春，有如神行一片，非人力可致，而黄庭坚之诗全由学力，有迹可循，又善归纳作结。此外，黄庭坚疏朗磊落，乐为人师，成就后生不少。曾几有诗云“案上黄诗屡绝编”，陈师道则读罢黄庭坚，焚尽自己上千诗稿而学之。

吕本中作《江西诗社宗派图》，未列自己。实然，受黄庭坚“夺胎换骨”“点铁成金”等诗歌理论影响的诗人，还有许多，吕本中、曾几、陈与义、曾纮、曾思等诗人，后来也陆续补入江西诗派。

“后山论诗说换骨，东湖论诗说中的，东莱论诗说活法，子苍论诗说饱参。”（曾季貍《艇斋诗话》）从陈师道、徐俯到吕本中、韩驹，江西诗派具有完整而独特的诗歌美学理论，能随时代变迁“以故为新”，各延所长。

诗人们还乐于交游，作诗唱和，切磋诗艺。宋代发达的活字印刷术、畅通的水运和官营邮驿，又让士大夫间的异地通信、唱和成了可能。在洪州、在临川、在庐山，他们以诗言志抒怀。“满地江湖春入望”“梅子黄时日日晴”“短篱残菊一枝黄”“北风吹日昼多阴”，任从四季流转，江西诗派声同气应，以“卧看星河尽意明”的诗意力量，穿过漫长岁月，闪耀于我们眼前，依旧璀璨。

江西诗派，代有人才出，如同参天巨树，新芽岁岁破枝、枝干年年伸展。

风潜入辞章，塑造了宋代文学的面貌与风骨。

陈与义“诗成出示，坐上皆诧擅场，京师无人不传写”（洪迈《容斋随笔》）；南宋“中兴四大诗人”，都曾受教江西诗派；“法席盛行，海内称为江西诗派”（严羽《沧浪诗话》）……作为中国诗史上第一个影响极大的诗派，江西诗派，规模前所未有，虽冠江西名，影响实则广泛且深远。“江西宗派诗者，诗江西也，人非皆江西也。人非皆江西而诗曰江西者何？系之也。系之者何？以味不以形也。”（杨万里《江西宗派诗序》）

有宋一代，文风盛行，纵士子们文学追求不一，但江西诗派“荟萃百家句律之长，穷极历代体制之变”（刘克庄《江西诗派小序》），每个人都可从江西诗派中汲取营养，开自己之生面。姜夔慧悟江西诗派创新精髓，词作“如野云孤飞，去留无迹”；杨万里先学江西诗派，后独创“诚斋体”童叟能诵；沐江西诗派的家学，吕祖谦创“婺学”，成“鼎立为世师”的理学大家……

诗之美，在境，在韵，更在气。

靖康之难后，金兵屡屡南下，大宋王朝风雨飘摇。中原正统沦落偏安一隅，强烈的文化地位落差，注定了南宋士子们的辞章里，愈发深刻的现实主义品格代替了北宋欧苏那般潇洒模样。

那是一个极寒的冬天，雨雪霏霏，天空没有飞过一只鸟儿。曾几已过古稀，听闻宋军战事失利，“为言忧国只寒心”。所幸，有一学生时常寄信宽慰老师。师生相约，“坐看天威扫除了，一壶相贺小丛林”。只是，曾几未能等到那一天，他的学生、那个被称作“南宋最伟大的诗人”也未能等到——40多年后，他的学生心怀遗恨，作绝笔诗《示儿》，“王师北定中原日，家祭无忘告乃翁”。

曾几、陆游，这对名师高徒，写下的不仅仅是一首首遥相唱和的诗作，还有中国诗人一脉相传的人格风骨。

悯时念乱之篇不断涌现：从“后死翻为累，偷生未有期”到“儿女不知来避地，强言风物胜江南”，吕本中哀戚家国、感时激越；从“杨花不解事，更作倚风轻”到“孤臣霜发三千丈，每岁烟花一万重”，陈与义行路万里、寄托遥深……

江西诗派的影响，亦不止于诗。宋诗之法度，之气韵，之风骨，同样滋养了宋词。“闭门觅句陈无己”，宋人尚书斋读书，从书本寻找素材和灵感，宋词甚至形成了针对前贤诗文辞句创作的专门文体；北宋后期以降，宋词崇尚用典……所有这些，无不显示宋词是江西诗派的精神“近邻”。

撑一支长篙，在蜿蜒的历史河流中，顺流而下。

江西诗派，千年风雅，沿着它固有的河道，静水流深。

在元，纵是统治者宗唐抑宋，诗风仍无法挣脱苏黄代表的宋诗格调影响，金代杰出诗人元好问，诗史评价亦为“直配苏黄氏”。

在清，宗宋、学宋的“宋诗派”成为重要诗歌派别，历程恩泽、何绍基、郑珍，至曾国藩，终成风雷声势，与浩浩汤汤的北宋诗坛共谱高山流水。

之后，同光体出，领军人物陈三立，黄庭坚的分宁老乡、被誉为中国最后一位传统诗人。同光体诗派中，赣派、闽派、浙派三派最为耀眼。其中，赣派诗人众多，诗作上乘，与700多年前的江西诗派跨时空唱和。

江西诗派不仅盛行海内，其影响亦远播海外。

在日本，室町时代，黄庭坚诗文流传，直接影响了日本汉学历史上三大高峰之一的五山文学。具体到黄诗刊本，“时至今日，保存在日本国家藏书馆和凡大文库中的宋、元、明、清各代黄诗刊本，有近二十种之多”（宋红《黄庭坚诗在日本》）。

在朝鲜半岛，11世纪末至12世纪初，“朝鲜半岛古代三大诗人”之一李奎报、“海左七贤”之一李仁老，均有文字记录自己阅读黄庭坚诗集。又历四个世纪，高丽出现诗人群体“海东江西诗派”；在越南，13世纪诗人阮忠彦、范迈，17世纪诗人裴辉壁，他们的汉诗创作，均有着明显模仿江西诗派的痕迹。

江西诗派，一张宋代文化的亮丽名片，为东亚汉文化圈提供了鲜活的养分。

风行千年。

这是一片写满诗歌的大地，这里的人们血管里流淌着诗歌的“基因”。每逢雨润百谷的时节，这片养育过陶渊明、晏殊、晏几道、欧阳修、曾巩、王安石、黄庭坚、杨万里、周必大、姜夔、刘辰翁、文天祥、谢枋得、陈三立等诗人的土地，便成为一个诗的海洋。一座座城市，一个个乡镇，都会以一场盛大的诗会，来迎接春天的万物生长。

江西的诗意，无处不在，见于外墙涂鸦，见于楼宇大屏，见于公交车上，见于雕像绘画，见于地铁站内……回眸间便沦陷。诗歌与中国速度一起刷新现在，奔赴未来。

作诗、读诗、论诗、刻诗，是江西人生活中的平常事。村前的古樟下，妈妈一手摇蒲扇，一手指课本，督促顽童背诗。村心的祠堂内，一群学生跟着老师摇头诵读，有模有样。与诗结缘，与温情相伴，是万千江西孩子的童年记忆。在田间，有乡民放下衔泥的裤腿，赶赴诗会；有乡民坐在田埂，掏出几张写满诗的旧纸；有乡民把锄头写进了诗，镰刀一如劈波的桨，于时光长河中荡开生命的波光。

江右多诗人，江西遍地诗，吐纳之隙，俯仰之间，满是诗的馨香，尽显风流。

（龚艳平　万芸芸　周　颖）

桃李春风

——诗与书的跨时空“雅集”

北宋文学家、书法家、江西诗派开派宗师黄庭坚，他怎么也想不到，在跨越近千年时空后的一个春天里，会在他的家乡与本诗派的诸多诗人们“相逢”于一场这样的书法“雅集”。

“雅集”的名字叫“桃李春风”，内容是“江西诗派主题书法作品展”。此展由省委宣传部、省文联和九江市委、市政府等单位联合主办。

该书法展以江西诗派重要诗人的代表诗作为书写内容，邀请全国知名书家精心创作，共展出作品80余件，书体包括篆、隶、楷、行、草，尺幅主要为四尺整张或斗方。书法创作者以江西籍中国书协会员为主，此外，还有中国书协前任主席苏士澍、现任主席孙晓云，以及中国书协现任副主席毛国典、包俊宜、刘月卯、戴跃和中国书协各专业委员会部分委员等。全国书法名家以高水平的创作，向江西诗派诗人先贤们致敬，赋予其诗作新的生命，在新时代焕发新的光彩，并以此增强我们中华民族的文化自信。

这批诗作的作者除黄庭坚以及江西诗派诗风所师法的杜甫外，还有宋代吕本中在《江西诗社宗派图》中所列的陈师道、潘大临、谢逸、洪刍、饶节、祖可、徐俯、洪朋、林敏修、洪炎、汪革、韩驹、李彭、晁冲之、谢薖、夏倪、林敏功、王直方、善权、高荷，以及陈与义、曾几、惠洪、陆游、杨万里、姜夔、陈三立等30名左右重要诗人。江西诗派兴起于北宋，规模前所未有，诗风应时而变，诗作层出不穷，是中国诗史上一个影响极大的诗派。诗人中有不少江西人，或游宦江西的诗人。譬如，自号“倚松道人”的北宋诗僧饶节，为抚州临川人，与祖可、善权并称江西诗派“三僧”，与谢逸、汪革、谢薖并称“临川四才子”；南昌人洪朋、洪刍、洪炎，均为黄庭坚外甥，皆受教于黄。

同为江西诗派，诗人们志趣相投，常相唱和，或为仰慕，或为提携，惺惺相惜之清风高谊多见于诗作。洪刍有诗《次山谷韵》，外甥与舅舅唱和，自然毕恭毕敬；洪朋诗《送谢无逸还临川》有“人才古所难，吾子定不朽”句，认为谢逸（字无逸）这个人才“定不朽”，这不全是吹捧，更多的应是勉励；晁冲之《过陈无己墓》诗云：“我亦尝参诸弟子，往来徒步拜公坟”，表达了对陈师道（字无己）的崇敬之情；饶节的《戏汪信民教授》有句“汪侯思家每不寐，颠倒裳衣中夜起”，将汪革（字信民）的可爱情状表现得淋漓尽致；童趣十足的汪革却羡慕吕本中（字居仁），他在《和吕居仁春日》中写道：“晏坐黉堂一事无，居官萧散似相如。偶违浊酒风前约，不见繁英雨后疏。”今天，这些诗作被当代书家以书法的形式重新演绎，观赏者或能从中读出新的韵味。

“桃李春风一杯酒，江湖夜雨十年灯”（黄庭坚《寄黄几复》）“客子光阴诗卷里，杏花消息雨声中”（陈与义《怀天经智老因访之》）。赏桃李、沐春风，听闻杏花消息。让我们记住春天里的这场跨时空“雅集”；让我们记住新时代书法人与古代江西诗派诗人的这次美丽“相约”。

（钟兴旺）

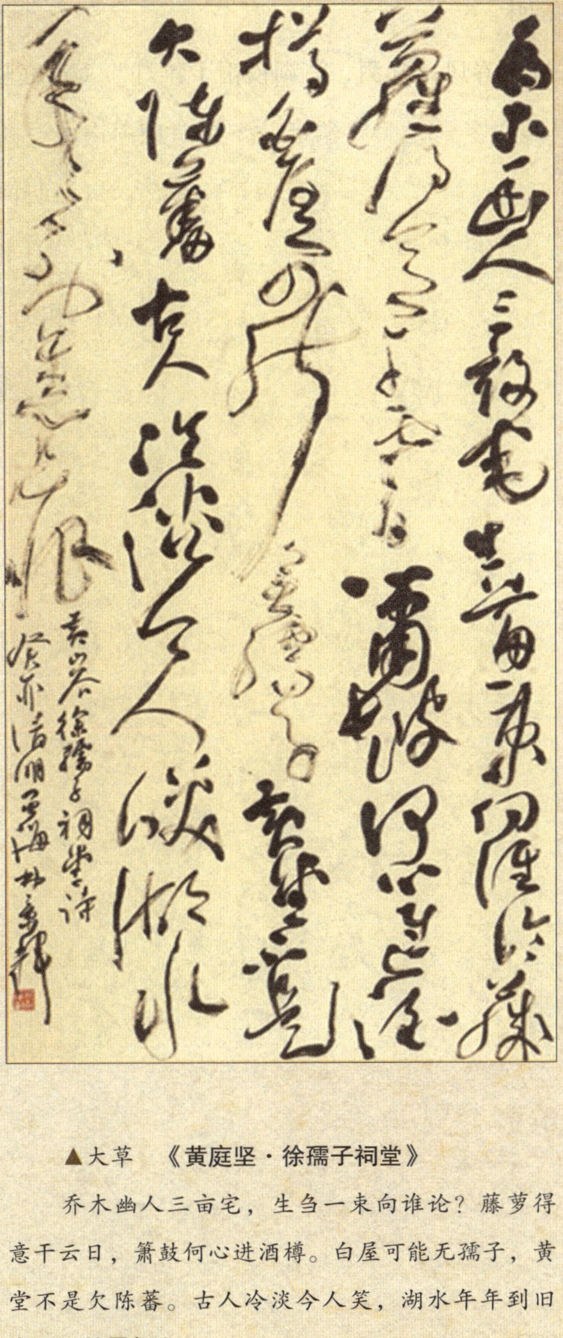

▲大草　《黄庭坚·徐孺子祠堂》

乔木幽人三亩宅，生刍一束向谁论？藤萝得意干云日，箫鼓何心进酒樽。白屋可能无孺子，黄堂不是欠陈蕃。古人冷淡今人笑，湖水年年到旧痕。　**林景辉书**

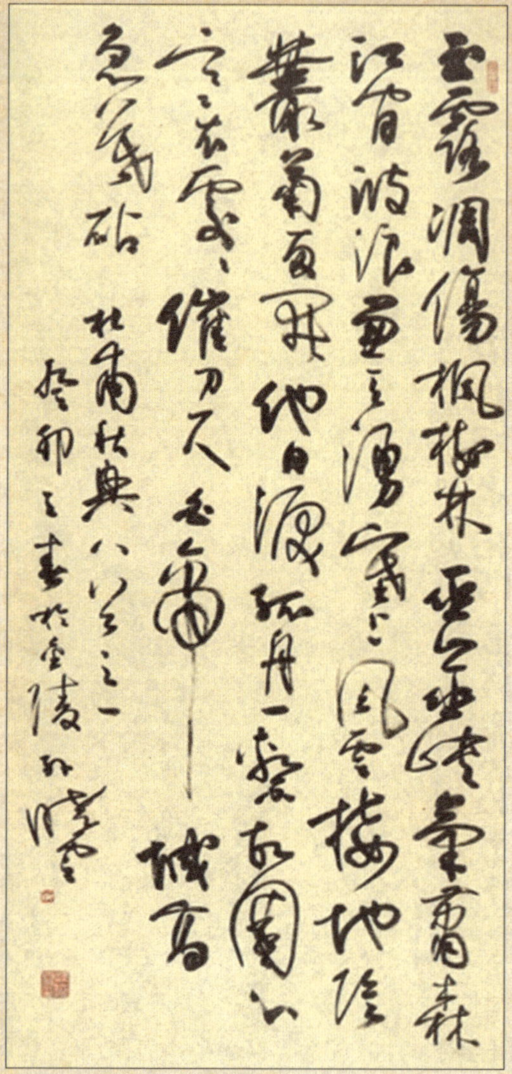

▲行草 《杜甫·秋兴八首（其一）》

玉露凋伤枫树林，巫山巫峡气萧森。江间波浪兼天涌，塞上风云接地阴。丛菊两开他日泪，孤舟一系故园心。寒衣处处催刀尺，白帝城高急暮砧。 孙晓云书

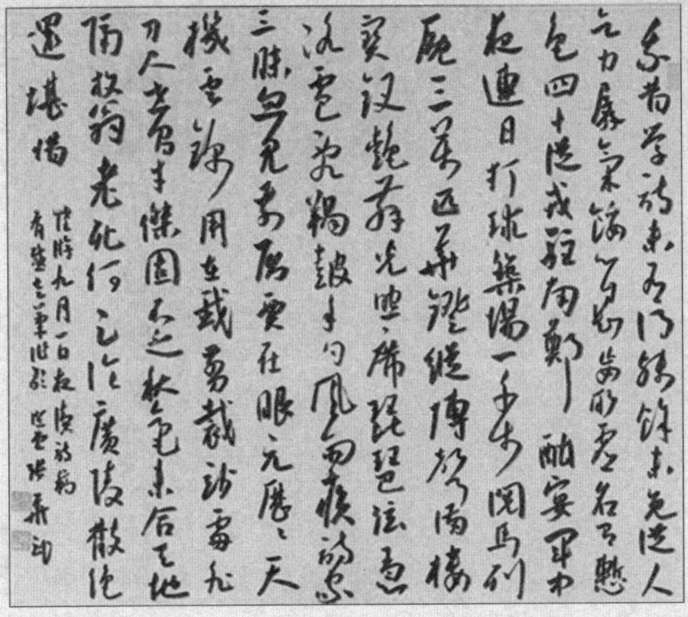

▲行书　《陆游·九月一日夜读诗稿有感走笔作歌》

我昔学诗未有得，残余未免从人乞。力孱气馁心自知，妄取虚名有惭色。四十从戎驻南郑，酣宴军中夜连日。打球筑场一千步，阅马列厩三万匹。华灯纵博声满楼，宝钗艳舞光照席。琵琶弦急冰雹乱，羯鼓手匀风雨疾。诗家三昧忽见前，屈贾在眼元历历。天机云锦用在我，剪裁妙处非刀尺。世间才杰固不乏，秋毫未合天地隔。放翁老死何足论，广陵散绝还堪惜。　**张华武书**

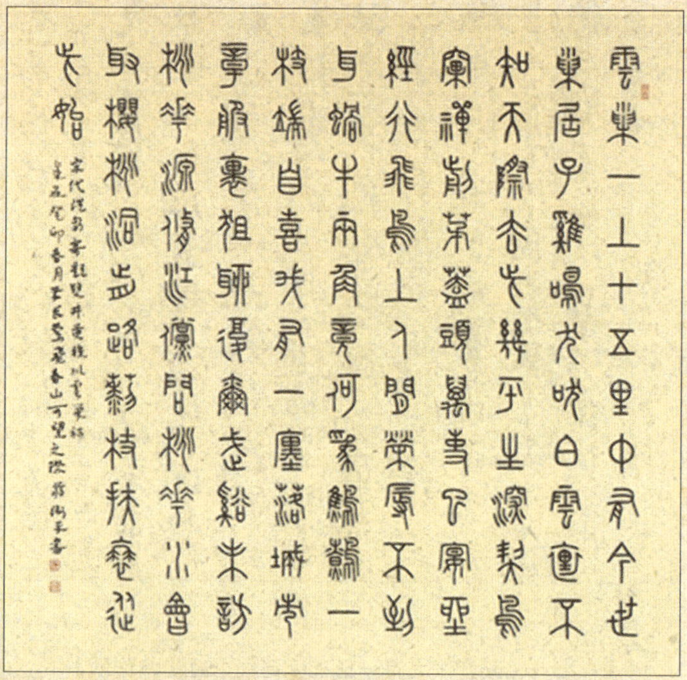

▲篆书 **《洪刍·寄题双井黄稚川云巢》**

云巢一上十五里，中有今世巢居子。鸡鸣犬吠白云里，不知天际去此几。平生深契鸟窠禅，剪茅盖头万事已。宴坐经行飞鸟上，人间荣辱不到耳。蜗牛两角竟何为，鹪鹩一枝端自喜。我有一廛落城市，章服裹狙聊复尔。武溪未访桃花源，修江傥问桃花水。会取樱桃洞前路，藜杖扶衰从此始。 **蒋卫平书**

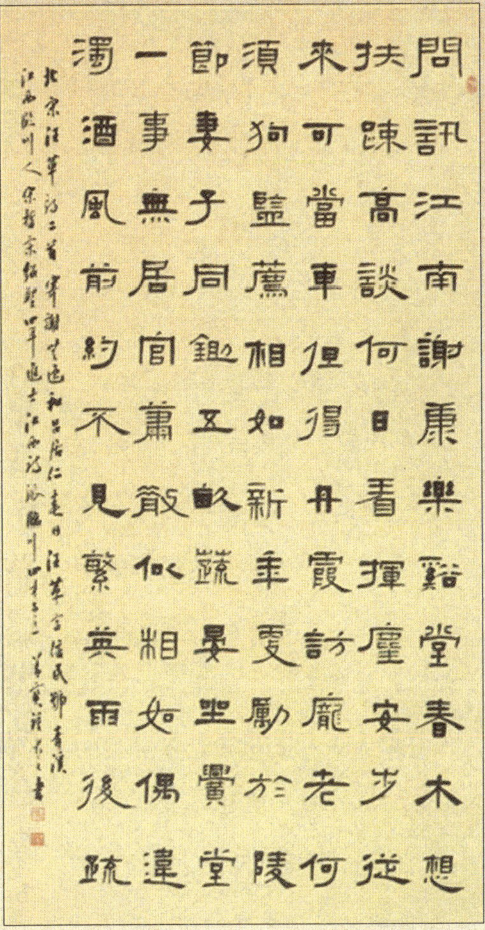

▲隶书　《汪革诗二首》

问讯江南谢康乐，溪堂春木想扶疏。高谈何日看挥麈，安步从来可当车。但得丹霞访庞老，何须狗监荐相如。新年更励于陵节，妻子同锄五亩蔬（《寄谢无逸》）。晏坐黉堂一事无，居官萧散似相如。偶违浊酒风前约，不见繁英雨后疏（《和吕居仁春日》）。　**钟兴旺书**

持灯者：致鲁直先生

林　莉

一

沿修河直下至明月湾
桃李夹岸，白鹭点点，皆来自北宋
我们赶来时，已是癸卯谷雨时节
桃李与春风自带火种和基因
此刻，手握书卷的鲁直先生
着青袍，眉宇微皱，坐在翠芽丛生的茶园
久久看着采茶人将苦涩的生活摘择，等待
回甘
当他抬首望向天空，桃李已谢
春风的书写仍在继续，高峰书院里
童稚的琅琅读书声于苍苍大野回荡

二

他从村子的井边
从江右文脉的涌泉中走出来
河水潺潺，流转着一卷《山谷词》
一卷《松风阁诗帖》

诗魂称鼻祖，笔法耀千秋啊
那是追光中的遗址，也是源头

三

在其中，夜雨，时急时缓，暗藏江湖章法
澄江月，照千古，照人心
制造秘密的催化剂，相互提纯、引渡
万事万物各遵秩序，各有所持
在其中
车马声声，运载鱼米、茶叶、丝绸、经卷
运载物华天宝人杰地灵的繁华与厚重
一群人，前有古者，后有来客
从古老汉语的根系里
重构更丰饶的新国度与版图

四

当它们传递到哪里
哪里便是江西诗派的一部分
生生不息的一部分

五

一首诗，起笔处天地远大
抖腕时山河壮阔，转折中歌咏磅礴

结尾里荣枯旷达

你看，在赣鄱文化大开大合的卷册中

一个汉字，在爱、在开花、在歌咏

在送别、思乡，点铁成金，夺胎换骨

一支笔，以青铜、稻作、书院、陶瓷、茶文化

为筋骨

以黎民、人心、节义为血肉

在不同的时代，挥洒着

朴实苍劲大雅之文风

浑然天成、行云流水之气质

天真雄浑、恢宏绚烂之境界

一滴墨，建造俊朗山川、家国田园

拳拳深情，续绝学、开太平

一盏灯，立于大地，指向长空

心怀四方，胸纳百川，身系苍生，稼穑兴衰

一半是人间烟火，一半是氤氲梦想

六

你看——

文章节义之邦，百川归流，千山共擎，万物

生机勃勃

云彩是一盏灯，山河是一盏灯

稻田里躬耕者是一盏灯

浮沉间满怀抱负者是一盏灯

跨时代修史持诗者是一盏灯……

赣鄱大地，灯火闪闪

千秋百代，薪火相传

持灯者站成灯塔之姿

托起中华文明之灯

一个暗自提灯的人，持已、持言、持世

将一道光

又往时间和宇宙中抬高了一寸

从幕阜山出发的河流

王彦山　于　浩

当唐诗的众神远去
留下稀星闪耀，草木纵横
诗人们划分各自的畛域
在陈旧的墙中徘徊伫立
是涪翁老人举起如椽的大笔
顿下，曲折而上，从险锋中
写出陡峭的诗意，是他
用诗骚的岭土，陶潜的泉水
杜甫的矿石，培植，灼烧
夺胎换骨，点铁成金
是豫章三洪的叩问
带来无边的沉思
是陈无己以苦吟
咀嚼生活的真谛
是临川二谢的隐逸，徐师川的高蹈
是韩子苍的专注，工匠般
将诗句打磨一新
还有三位僧人

他们戡破孤寂的秘密

在元祐二年，绍圣四年，元符三年

诗歌自江西出发

至京师，过淮北，经西南

他们写信，用鸿雁握手

用茶酒致意，头顶变幻的云

吞吐无穷的意蕴

穿过靖康之耻的烟尘

是陈简斋登临送目，慷慨沉郁

还有一个诗人跃马前来

踏碎一地琼瑶

他是皇帝的秘书，学士院的长官

哦，东莱先生

他绘制了这个诗歌世界

最初的图卷——江西诗社宗派图

展开　你可以看到

彭蠡湖的万顷波光

名山群峰的千岩竞秀

儒释道三条河流在此冲激、交汇

那些前人走过的路就算了吧

他们 只走激流险滩，悬崖绝壁

直到凿出

一条全新的航道，迢递，瑰奇

语言如浪花般被打乱，重新组合

有了起伏，有了跌宕，甚至是惊险

千载之下，我们依然可以循此而往

像当年的他们一样

举着犀角，潜入幽深

照亮水底诗艺的马车

诗意赣鄱：春天的畅想

毛江凡

春暖花开，春风浩荡
这里是物华天宝、人文渊薮的形胜之区
这里是山清水秀、瑰丽多姿的俊采江南
今天，请允许我用深情俊逸的笔迹
以壮丽宏阔的赣鄱大地为纸
借浩瀚无边的鄱阳湖为砚
取巍巍井冈山的翠绿为墨
为你——我最挚爱的江西
写下春天的献辞与动人的诗章
打开人文赣鄱的历史册页，极目玄览
我看见璀璨的天空下
一座北枕长江、名唤“匡庐”的山峰
携带着高古的气质，如隐士般
从中国文学的精神版图中浮现
我看见三千五百位诗人
把心底的偏爱，情不自禁地安放在这里
我看见一万六千首诗词
以无与伦比的姿态，从竹简和史书中醒来

氤氲在云海与山峦之间，千古流淌

香炉峰前，我看见了李白的人生快意

西林寺里，我看见了苏轼的孤高旷远

如果说“飞流直下三千尺”

是这座山的豪迈浪漫

那么，“横看成岭侧成峰”

就是这座山的深邃哲学

如果把视线再抬高一些

修江之畔，双井泉边

我看见一代诗宗黄庭坚的桃李春风

依然在行草与诗文中一脉传承

而落日余晖下，临川郊外的灵谷峰

那个叫晏殊的人，活在宋词里，从未走远

我还看见恩江河畔的欧阳修

一袭青衣、两袖月光，诉说着绝世风雅

而同为古庐陵人的杨万里

正守候在吉水湴塘的村口

呵护着他几方碧绿的莲池

和不灭的信仰

我还看见晏几道、王安石、曾巩的肝胆相照

姜夔、罗大经、胡铨、文天祥的超凡脱俗

是的，他们拥有同一个宋朝、同一方乡愁

他们共同托举起一个巨匠的时代

他们照亮了古典中国的夜空
让诗意里的江西灼灼其华，烨烨芬芳
今天，行走在赣鄱大地上
我看见时间之箭把春风一路引领
我看见山与水在写意的诗词中重逢
我看见文化的根，在基因传承中接续向上
在每一个人的脸上，我看到了春光的样子
在他们微笑的双眸里，我读懂了铿锵的梦想
每一个时代，都不缺乏灵魂的追光者
在乡村、在城市、在学堂
在赣鄱大地红色、古色、绿色交织的版图上
我看见文化的力量在集结、在生长
我看见温暖而坚定的守护
深沉且持久的力量
在春天，我还相信每一个诗人的内心
都藏着火把和光
他们写下的每一行诗句，都带着春天的露珠
都是对这个崭新时代的赞美与激赏
他们写下的每一行诗句，都怀有敬意与热爱
都将在广袤的江右大地
共同汇聚成穿越千年的畅想，响彻春天的乐章

在鄱阳湖叩问一轮明月

范剑鸣

当渔舟唱晚，响穷彭蠡之滨
唯有一轮明月，可以安慰人间
在大湖之侧，我时常听说
唐朝一骄傲，就变成了宋朝
长安一骄傲，月亮就去了江右
我从不曾怀疑，在宽大的湖水中
那轮明月，是人间最好的瓷
而那青白之色，叫影青
它所标注的年号，叫景德
天子的目光，收拢过人间最高的美
大湖水阔，江河水长
多少汗水和月光，汇成这一湖潋滟
在赣江源头，人们筑起了城池
把福和寿，根植在家园之下
在南方的群山中，来自中原的人
安顿厚重的族谱，播种稻菽
填写充盈的户口，打开炊烟和砚台
让朝廷的册页微微翘起

万千个进士，殿中满是江右口音
上百个宰相，府邸飘出赣菜的香气
是什么样的沃土啊——给它柳枝
就生长广袤的绿洲，给它盛世
就崛起无数的书院——白鹿洞，白鹭洲
青青子衿，悠悠我心
来自赣江的月亮啊，你是否亲眼看过
那画荻的神童，抢过了李白的笔
有人说，只有大湖吐出明月
长江才能流淌，大海方可着陆
看吧，丹霞点缀了绵延的青绿
来吧，南来北往的文人墨客
湖边的舟子，会陪你聊天
聊出一篇流传千古的新赋
桃李春风一杯酒，江湖夜雨十年灯
苏子何在，山谷独酌，打开自己的门户
明月渐满，流连在庐陵吉水
诚斋边的蜻蜓，似曾相识的归燕
以诗书传家，可不畏浮云
往山河的最高层站去吧，明月啊
你有没有看见，那大湖的边幅
尽管有时郁孤，有时伶仃
但从不失正气。无论中兴还是末朝

朝阳出水，还是一颗饱满的丹心
悠悠岁月，大湖涨落，明月高悬
是宇宙本有，还是相由心生
我该赞同朱子，还是二陆
也许到了鹅湖，这一切都可以交流
哲学和文学，像远道而聚的两个朋友
理和诗，让月亮进一步圆满
大湖之水，留下过历史的最高水位
这究竟是一片什么样的土地——
美好的见证，如月上匡庐，影落平湖

江西戏曲

扫码云游

☑ 听见赣音绕梁
☑ 回望江右风华
☑ 纵览赣鄱万象
☑ 寻味江西名吃

百花竞妍的江西戏曲文化

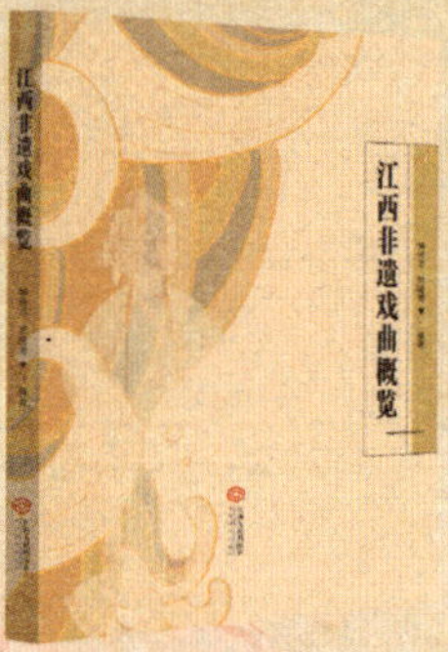

《江西非遗戏曲概览》
钟传志　郭晓莺　编著
江西人民出版社

江西自古就有“戏曲之邦”“戏曲重要发源地”之誉。江西东北部受吴越文化影响，西北部受荆楚文化影响，北部受徽州文化影响，南部受客家文化影响，多种文化纵横交织并融为一体。独特的地形地貌和文风鼎盛的人文环境，为戏曲艺术的孕育与发展提供了温床，便捷的水陆交通更是为江西戏曲在域内外的传播提供了便利。

历史上，大批在中国戏曲艺术史上具有重要影响力的戏曲作家和理论家在江西涌现：被誉为“东方莎士比亚”的明代戏曲家汤显祖；元代戏曲理论家周德清，所著《中原音韵》对戏曲音韵学的创立和发展起到了重要作用；朱权，明代移封南昌的朱元璋第十七子，所著《太和正音谱》是现存最老的北曲曲谱。除此之外，还有“南北合腔”的创始者沈和，剧作家赵善庆、汪元亨，散曲作家刘时中、陈克明，北曲歌伎刘婆惜、杨春秀……同时，江西民间班社林立，先后诞生了诸如广信班、秀兰班、玉合班、鄱阳夏家班等名气较大的职业班社和半职业班社。班社的繁荣，促使艺人流动演出的范围扩大，为江西戏曲在异地的交流与发展起到了积极的推动作用。

据统计，江西大小剧种有数十个，其中最具有代表性或最为核心的是弋阳腔、宜黄戏和采茶戏，其他剧种都与它们有着或多或少的联系。明代诞生于江西的弋阳腔，被誉为高腔剧种的“鼻祖”，对全国多地的剧种产生了深远的影响，以至于全国13个省份的47个高腔剧种都与它有着直接或间接的渊源。宜黄戏的诞生可追溯至明末西秦腔的“吹调”，是一个多声腔综合剧种，唱腔以宜黄腔为主。历史上的宜黄腔既有曲牌体的海盐遗音，又有今人所称板腔体的二黄腔。宜黄腔的兴起与流传，使得宁河戏、西河戏等剧种中也出现了以唱宜黄腔为主体的乱弹班社。采茶戏是江西影响力最大的民间歌舞小戏，江西民俗活动众多，民间尤以灯彩盛行，灯彩中的歌舞表演逐渐演变成独立的采茶戏，其后受到黄梅采茶戏、湖南花鼓戏及其他大戏剧种的影响，不断发展壮大。

戏曲是一个民族或地区的活态文化基因，体现着一个族群的集体智慧和精神，在民间还一直担当着教化民众的角色。正如钟传志和郭晓莺在“引言”中回忆年少时听“讲白话”（故事）的情景，半字不识的老翁却能将戏曲中的传统故事讲得活灵活现，让人仿佛置身其间。以老者为代表的听众从戏曲中获得了传统伦理道德观的教育，另外，老翁也无形中担当了价值观传递者的角色，这个过程展现了戏曲艺术的多重社会功能。戏台作为古代社会常见的教化场域，是学堂的重要补充，却又比学堂有着更为广阔的传播空间，其受众面广、效果更为直接。

时至今日，江西剧种虽依旧品类齐全，但在城镇化进程

加快的今天，口传心授的传承方式逐渐失去了生存的土壤，以致有些剧种濒临消亡或后继乏人。传统戏曲是极为珍贵的文化遗产，是今人解读古代社会的一个窗口。因此，对它们进行抢救、保护与传承，是摆在全社会面前的一项重大课题。

自2003年联合国教科文组织第32届大会通过了《保护非物质文化遗产公约》以来，中国作为缔约国之一，率先在国内大力推进该项工作。江西弋阳腔、青阳腔、广昌孟戏、（婺源）徽剧、宜黄戏、赣南采茶戏等6个剧种于2006年入选第一批国家非物质文化遗产名录。时至今日，江西共有13个剧种先后入选国家级非物质文化遗产名录、42个剧种入选省级非物质文化遗产名录。

在《江西非遗戏曲概览》一书中，编者将江西13个国家级非遗剧种和42个省级非遗剧种一一作了翔实的介绍，并将吉安戏、瑞河戏等6个暂未列入非遗的剧种按同样的编写体例附在了文后。

全书布局宏观，纲目清晰。整体框架上分为“国家级”“省级”“其他”三大板块，在每个板块中，剧种出现的顺序按一定的区位路线编排，方便读者在宏观上对江西非遗剧种有一个整体的把握。就每个剧种而言，又按该剧种的“原名”“产生时间”“流行区域”“剧种介绍”“代表剧目”“非遗级别”“代表人物”等纲目进行分别论述。

本书在内容上对相关剧种的名称、历史、流行范围、音乐形态、传承谱系等诸多方面均进行过严密的考证，还把在研究中发现的新材料一并收入，体现了该成果的创新性与先进性。因所涉剧种庞杂，编者几乎走遍了省内相关博物馆、非遗管理中心、戏曲院团和地方文化馆机构，并多次深入田野，遍访各地民间艺人和戏曲班社，并实地考察了古戏台和相关剧种的演出，将公开出版物与民间考证两路得来的资料进行互证与补充，使得本书呈现的内容更为全面且严谨。

非遗保护的目的是让其更好地传承与发展下去。本书的编写就是一个非常好的非遗保护实例，从对相关剧种的挖掘、考证、搜集与整理，再到将其汇聚成册并出版，编者在此过程中付出了大量的心血。

该书是当前第一本整体介绍江西非遗戏曲的著作。它的出版，将为学界研究江西戏曲提供全面且翔实的资料。同时，它还将作为大专院校艺术类专业或公共艺术课的教材，具有填补江西省本土非遗戏曲教材空白的意义。

（范勇冠）

古老独特的东河戏

东河戏，作为江西古老剧种，起源于明嘉靖年间赣县清唱的“坐堂班”。

赣县田村境内的契真寺初建于汉代。每逢庙会，各地的香客络绎不绝。他们中有些人在进香之暇，在住处吟唱高腔曲子。年复一年，田村人对高腔曲子渐感兴趣，纷纷学唱，有些私塾师生也争相传习，时间一长，聚唱成风。明嘉靖年间逐渐形成高腔的“坐堂班”。

“坐堂班”为香客带来的歌班乐队，每班五六人或者七八人不等，乐队有管弦、打击乐，词曲有高、昆、南北词，后期有弹腔。其中分雅、俗两种，所谓雅者，文人学士，欢聚一堂，吹拉弹唱；所谓俗者，即艺人用以谋生，除司宴会时演唱助兴外，兼司奏乐迎送宾客。

在“坐堂班”盛行时，田村流传着一种“扮故事”的习俗。每逢庙会，必以儿童扮作故事人物或者流行戏曲中的画面，置于数尺见方的小轿台上，肩抬游行。

明万历年间，刘仁全及其私塾师生，尝试着将田村只唱不做的“坐堂班”与有形无声的“扮故事”合二为一，加上富有地方色彩的民间锣鼓曲牌，搬上舞台演出，经过不断改进，积累了不少剧目，包括有名的高腔连台大戏及许多正

本、杂套。到刘仁全去世后的第八年，当地正式成立了东河戏的雏形“玉合班”。赣州为章、贡二水汇合处，章水在西称为西河，贡水在东称为东河，故发源于贡水的这种戏曲定名为东河戏。

与“玉合班”同时出现了“雪聚班”。清顺治十一年，苏州昆曲班社演员来到东河组建了昆曲“雪聚班”。后戏班有本地人参与，改名为“凝秀班”。“玉合班”以高腔为主，剧目繁多，而且行当齐全，人才荟萃。历代有生行、旦行、净行和丑行，演技超群，各有绝招，名噪一时。“凝秀班”以唱昆曲为主，兼唱高腔，仿宫廷演出模式，运用机关布置、灯彩特技上演《白蛇传》，让当地人大饱眼福。从此以后，“‘凝秀班’的蛇、‘玉合班’的耙”，在群众中广为流传，这两个班社逐渐成为东河戏的源流。

随着时代的发展，东河戏不断广征博采，吐故纳新，逐步形成一个大型剧种。清康熙年间，有一宜黄人在赣县石院当司官，带来了宜黄调，称为二凡，后称二黄。此为东河戏吸取二黄调之始。咸丰年间，赣县艺人丁仔师傅，在广西桂剧班演丑行，回家后，把桂剧的十多本西皮戏，传授给东河戏艺人。尔后，又大量吸收了安庆调、弋板、南北词、秧腔……东河戏逐渐成熟，受到了广大观众的喜爱。自乾隆之后长达100多年的时间里，东河戏进入全盛时期。此时，班社达30多个，剧目有《目莲传》《三国演义》《岳飞》等8种连台本大戏，另有高腔剧目225出，昆腔剧目104出，其他剧目

518出，演出范围逐步由赣南扩展到周边的万安、遂川、泰和等地以及福建宁化、连城、永安、长汀、上杭。还远涉广东梅县、潮州、始兴、南雄等地演出。

在东河戏几百年的发展史上，白鹭村的钟崇俨、钟谷父子影响较大。

钟崇俨，字若思，嘉庆年间任浙江嘉兴知府。当时官绅多以昆曲作为家乐，以尝其雅音，钟崇俨也亲自组建昆腔班，在家扮演，并娶当时昆腔班中的苏州女子平氏为妾。道光二年，钟崇俨辞官率领昆班回到白鹭，家中经常以昆曲自乐，并把东河戏的高腔班社融合进来。

钟谷系钟崇俨四子，幼时耳濡目染，酷爱音律，并得其母平氏及名师指导，与昆曲结下了不解之缘。清光绪二十四年，钟谷回到白鹭后，倾心于东河戏的创新与推广。他常招“凝秀班”至家中指导，使其唱腔、剧艺及演奏精益求精。以后“凝秀班”上演的大小近百出戏，无一不是由钟谷整理编排和导演的。

钟谷父子迭受封典，对清廷礼乐仪式尤为熟悉。这给东河戏带来了一股清新的气息，故东河“凝秀班”不仅为乡民所喜爱，也受当地官绅之敬仰。钟谷还长年免费亲授“凝秀班”，乡民中有喜爱唱昆腔者，他也乐为结交，请到家中切磋同吟，凡进钟府学唱昆腔的乡民，均免费提供食宿。孩童有去他家学唱昆腔的，即赏糖果包子。为此，田村、白鹭一带唱昆腔者风靡一时，班社达四五十个。

东河昆腔由江浙传入，经钟崇俨父子悉心传授，又在音律上经钟谷之修饰，融高腔与昆腔于一体，使东河戏成为古代一种较为流行的剧种。

清末，祁剧在群众间流行，东河戏逐渐衰弱。2014年东河戏被列入国家级非物质文化遗产代表性名录。新世纪以来，当地十分重视东河戏的保护传承工作，通过挖掘整理文字、音频、视频等形式进行抢救性保护，大力开展东河戏非遗项目传承人的培训。同时积极开展东河戏进校园、进企业、进社区等活动，不断推动东河戏这一优秀的非物质文化遗产融入现代生活。

（吴家平）

瓷魂戏韵

闻名于世的瓷都景德镇，无处不瓷。在这里，几乎所有的艺术门类都能与陶瓷结缘，就连戏曲到了这里，也摆不脱瓷的纠缠。

作为“十八省码头”，景德镇如果仅仅是戏曲演出活动繁荣是不甚稀奇的，仅仅是戏曲故事作为陶瓷美术的题材也不甚稀奇，奇就奇在这里形成了一种别具一格的瓷味戏曲文化。

景德镇与戏曲结缘由来已久。南宋时，这里戏曲演出活动就很盛行。1964年，浮梁县一座南宋古墓中出土的六个戏俑就是明证。元代开始，戏曲被请上了青花瓷。明代时，大戏剧家汤显祖驻足景德镇，留下了《浮梁县新作讲堂赋》。如果说，这些还是景德镇陶瓷与戏曲羞答答的牵手，那么清代唐英养家班、写传奇，可以看作是瓷与戏深度融合的肇始。

督陶官唐英不仅是著名的陶瓷专家，更是才华横溢的剧作家、诗人、画家。他的很多剧作如《梅龙镇》《双钉案》《三元报》《借妻》等，依然活跃在今天的戏曲舞台上。这些剧作中虽然没有反映陶瓷题材的，但他留下的另外一部诗文集《陶人心语》，以陶瓷入诗，这可以看作是后来陶瓷进入戏曲的先声。这部著作中，唐英记录了景德镇风火仙师庙演戏祭神的盛况。以戏祭窑，是景德镇戏与瓷融合的活态典型。唐英还养有一个家庭戏班，不仅经常闲赏戏班中的当家旦雪儿“歌玉茗堂寻梦曲”，还邀请“土梨园”也就是民间班社入官邸，昆腔弹腔同台演出，使流行于景德镇地区的各戏曲声腔交会融合，为以后三腔合一的饶河戏乃至赣剧的形成起到了一定的促进作用。

清代和民国时期，景德镇会馆众多，不仅有本省的，还有很多外省的。甚至华北的山西，在这里也设有会馆。这些会馆绝大多数都建有戏台，活跃在这些戏台上的剧种非常丰富，既有本土的都湖高腔、乐平腔，也有徽剧、京剧、湘剧、越剧等，可谓是笙歌鼎沸，争奇斗艳。

在这众多的剧种中，有两种极富景德镇地方特色，一种是景德镇采茶戏，一种是瓷偶戏。

先来说说景德镇采茶戏。它可能是全国三百多个地方剧种中唯一诞生于陶瓷工人中的剧种。

景德镇旧属浮梁，浮梁盛产茶叶，自唐代以来，当地就有采茶歌流传。虽然出于庆祝年节及瓷器烧成出窑的需要，人们会表演灯彩，但这种灯彩并没有如其他地方一样，和当地采茶歌相结合发展成采茶戏。景德镇采茶戏的源头其实是湖北的黄梅采茶戏。

清道光初年，湖北黄梅县发生水灾，人们四处逃荒要饭，一些演唱采茶调的艺人进入赣北。其中一个叫邢绣娘的

来到浮梁县治下的景德镇，开始传艺。这个时候的黄梅采茶调，依然是个以道情、连厢、划旱龙船的方式演唱的外来曲种。咸丰年间，又有罗云保、帅不伦、帅敦铭等黄梅采茶调艺人相继来到景德镇谋生。因为那时景德镇的瓷业工人，一到寒冬腊月，坯房窑厂就停产，直到来年二月花朝才开工。其间，他们为了维持家庭的日常所需，就得另外寻找活计。而帅敦铭等人的到来，为他们打开了另一扇谋生之门。于是，在这些瓷业工人中，有些人拜帅敦铭等为师，学唱采茶调。学成之后，他们在做工之余，常组织起来，唱采茶调暖窑神、打新房，直到踩地戏——也就是景德镇采茶戏的雏形。由于景德镇“工匠八方来”的特点，许多瓷业工人来自都昌、丰城、鄱阳、乐平等地，方言比较复杂。这些方言相互交杂和影响，逐渐形成了有别于原浮梁本土的方言。这种方言逐渐渗透到采茶戏的演唱中，演变成了具有景德镇地方特色的戏曲剧种。这种小戏演唱时不用丝弦乐器伴奏，只用锣鼓击节，有需要时在腔尾用人声帮腔，因而又被称为“锣鼓腔”。由于这种形式与乐平高腔班的演唱形式相似，人们又叫它“小高腔”。

随着表演剧目的丰富，剧情逐渐复杂化，人物增加，踩地戏的形式发展为“三角班”，进而仿饶河班建制，形成“九角头”的行当阵容，这个小戏剧种一步步走向成熟。

在此过程中，有一个叫刘显乔的瓷业工人起了关键作用。刘家原本家境殷实，到刘显乔这一代家道中落，他17岁开始在瓷厂学画青花，后到窑厂做了二夫半（负责送柴块到窑门口，并协助收兜脚工干些活的工种）。由于师父邱炳生曾经跟帅敦铭学唱过黄梅采茶戏，刘显乔便跟着师父既学工又学艺。刘显乔表演天赋异禀，痴迷戏曲甚于描画陶瓷，干脆与另外两名采茶戏爱好者组成了景德镇最早的“三角班”，经常到窑厂、坯房、红店为工人们演出，没想到一炮而红，一时在景德镇名声大振。瓷工们给刘显乔取了个富有行业色彩的外号“窑生”，这个新生剧种一诞生便自带“瓷”味。之后，刘窑生改“窑”为“尧”，成为“刘尧生”。1954年4月，景德镇市采茶戏剧团成立，景德镇采茶戏从此被定名。刘尧生也成了这个剧种真正意义上的第一代表演艺术家，堪称祖师爷。

再说瓷偶戏，这更是陶瓷与戏曲直接结缘的地方剧种，唯景德镇独有。它的诞生过程本身就有很强的戏剧性。

1915年底，袁世凯称帝，仿前朝皇帝的做派要造“御用瓷”。但瓷工们因贪看戏，经常误了上工。为了加紧生产“御用瓷”，浮梁县知事陈安干脆下令禁戏。因吊线木偶手脚眼睛会动，吊线木偶戏也未能幸免。但是谢窑神还愿还得要有戏演，于是只有撑公头戏也称手杖木偶戏被允许有条件地演出。这种木偶无手无脚，也没有眼睛，演出形式过于简单，人们看了兴味索然。有个叫陈春福的撑公头戏艺人，灵机一动，从原来吊线木偶艺人那里买来木偶进行改装。原本人们因为禁戏被“斋”伤了似的，连烧瓷质量不好也归咎于

没有演戏“暖窑神”，怨声四起。当大家知道陈春福能演撑公头戏时，就把他的戏班请到风火仙师庙演出，虽然不如真人演出那般活灵活现，但唱的还是真人，调子还是饶河调，好歹让人们过了一把戏瘾，因而演出大受欢迎。县知事陈安见木偶无手无脚眼不能动，也就默认了。

后来，陈春福见木偶头像演出久了，色彩容易发黄甚至脱落，影响观赏效果，于是突发奇想，干脆用瓷偶取代了木偶，瓷偶戏由此诞生。瓷偶的色彩较之木偶更加鲜艳，人物面部表情更加生动逼真，瓷偶戏较之木偶戏更受人们欢迎。直到20世纪60年代中期，瓷偶戏的演出活动在景德镇仍然很活跃。1963年5月，《景德镇日报》曾有评论文章，赞美瓷偶戏“热闹、风趣、入神”。但这是它最后的辉煌，三年后，瓷偶戏在景德镇正式谢幕。

瓷偶戏还只是陶瓷与戏曲两种艺术形式上的结合，陶瓷真正深度地融入戏曲，则是1950年后的事。

当时，景德镇先后成立了六大文艺院团，其中四个为戏曲剧团，分别是京剧团、赣剧团、采茶戏剧团和越剧团。这些剧团在存续期间，创作了一大批陶瓷题材的舞台剧，如京剧《玲珑魂》《美人醉》《龙床恨》、赣剧《桃花片的传说》、采茶戏《窑前战歌》、越剧《击瓯楼》等，在业内还产生了较大的影响。京剧《龙床恨》创作于1962年，取材于景德镇民间传说，1979年搬上舞台，获得江西省庆祝新中国成立三十周年献礼演出多个奖项，1984年获江西省人民政府优秀文艺作品剧本创作二等奖，珠江电影制片厂将其拍摄成三集电视剧在中央电视台播放。再如创作于1964年的景德镇采茶戏《窑前战歌》，参加江西省戏曲现代戏观摩演出大会，深受好评，并被江西人民广播电台录音播放。赣剧《桃花片的传说》和越剧《击瓯楼》则围绕陶瓷分别讲述了一个凄美的爱情故事。

这些戏曲作品，讲的是景德镇陶瓷故事，演的是景德镇陶人形象，伴随着题材而来的，是艺术手法上的突破与创新，如舞台美术吸收了陶瓷艺术的元素，以及为表现陶工形象而创造的全新的程式化表演。

可惜，这些随着景德镇戏曲文化的衰落而成为昨日记忆，不然，今天的中国戏曲园地，一定会有景德镇“瓷派”戏曲的一席之地。

（蒋良善）

藏园戏曲，多述江右事

蒋士铨是清代著名戏曲家、文学家，字心余，一字苕生，号清容，晚号定甫，亦称藏园居士、离垢居士，江西铅山人。能诗擅文，尤以戏曲知名，晚清平步青《霞外攟屑》称蒋士铨戏曲“逼真玉茗‘四梦’，为国朝院本第一”。日本学者青木正儿则称其为“乾隆曲家第一”。有十六种曲行世，含杂剧九种，传奇七种，其中有九种合称为“藏园九种曲”。

文苑而兼任侠之风

据《清容居士行年录》，蒋士铨先世本姓钱，来自浙江长兴，明末清初时，其祖父承荣因避兵乱与家人失散，流落江西铅山永平，为当地蒋姓乡绅收为子嗣。雍正三年（1725），蒋士铨生于南昌垣东街小金台前旧宅。他的父亲蒋坚是位秀才，擅长刑名之学，有古烈士遗风，曾长期佐幕于山西泽州，屡雪疑案。其母钟令嘉，南昌人氏，明慧仁恕，娴礼知书。蒋士铨四岁时，母亲断竹篾为点画，教其识字，九岁时，“授以《礼记》《周易》《毛诗》，皆成诵”（《鸣机夜课图记》）。其母课督甚严，酷暑严寒，未尝少倦。十岁时，父亲将其缚于马背，随自己历游燕、赵、秦、魏、齐、梁、吴、楚间，让他遍览崤函、雁门之壮丽，太行、王屋之胜景，随后就读于书连十楹的泽州凤台王氏楼中，尽阅王氏所藏，打下深厚的文学根底。

乾隆九年（1744）秋，蒋士铨随父母南归。乾隆十一年（1746），在铅山应童子试，时值殿撰金德瑛督学江右，得其卷奇之，云："此生他日成就不在我下。"遂从金先生学。乾隆十二年举于乡。乾隆十五至十六年，应南昌县令顾瓒园之邀，担任《南昌县志》总纂。其间在南昌东街水口巷购置一所住宅，名之为"藏园"。蒋士铨从二十三岁开始，三次赴京赶考，均未能遇。乾隆二十二年（1757），四赴京师，终于进士及第。乾隆二十五年，授翰林院编修，任武英殿纂修官。乾隆二十七年，充顺天府乡试同考官。乾隆三十一年，应浙江巡抚熊廉村之聘，主讲绍兴蕺山书院。乾隆三十七年（1772），应两淮盐运使郑大进之邀主讲扬州安定书院。前后约十年，教习士子之余，遍游江浙名胜，题咏甚多，广泛接触各阶层人士，对社会的认识亦更为深刻。乾隆四十二年，乾隆南巡，赐诗彭元瑞，称彭与蒋为"江右两名士"。乾隆五十年（1786）2月24日在南昌藏园病逝，享年61岁，次年归葬铅山。

受父亲影响，蒋士铨一生为人襟怀磊落，意气飞扬，有康济天下之志和任侠之风。不仅擅长戏曲创作，亦长于诗词，有《忠雅堂诗文集》《铜弦词》等行世。其诗与袁枚、赵翼合称"江右三大家"，诗风"空诸依傍，独抒性情"。

因其能诗擅曲，又为人侠义磊落，名士亦乐与之游。与诗人袁枚交游匪浅，曾互为对方文集作校；与翁方纲、王昶、洪亮吉、赵翼、阮元等学者书信往来频繁，与裘曰修、彭元瑞等同乡名公有旧；与戏曲家唐英、周埙、董榕、王文治、李调元等为赏曲知音，交谊多年，诗文唱和甚多。

史笔诗心作悲剧

蒋士铨戏曲作品艺术成就向来被人所称道。李调元《雨村曲话》云：“铅山编修蒋士铨曲，为近时第一，以腹有诗书，故随手拈来，无不蕴藉”；杨恩寿《词余丛话》则称《藏园九种曲》为“诗之盛唐”。笔者以为，其剧作最大艺术特色是兼具史家之笔法、诗家之词曲与正统崇高之悲剧艺术美。

蒋士铨曾以翰林院编修之职担任史官，晚年被召入京后，又曾充任国史馆纂修官，专修《开国方略》十四卷，所以时人称之为“蒋心余太史”。这种史官之学养也融贯在其戏曲创作中，不管是历史剧还是时事剧，皆具有史传笔法和“实录”精神。他几乎在所有剧作封面上标写“史院填词”，自序题款也是“史笔”“史官”“扶植人伦”等语。故同治《铅山县志》称“其写忠节事，运龙门纪传体于古乐府音节中，详明赅治，仍自伸缩变化，则尤为独开生面，前无古人”，赞其采用以史为据、以一人为主的纪传体写法来创作戏曲。他还以南史、董狐等正直史家为典范，曾鲜明道出“安肯轻提南董笔，替人儿女写相思”的创作态度。

故其剧作常以真人真事为依据，并注重考订史实。如《冬青树》传奇与文天祥有关的事迹，“均依《宋史》本传，及赵弼所撰《文信公传》”“惟《遇婢》一出，则采他书以附之者”，剧中谢枋得、王清惠、王炎午、张千载、汪大有、唐珏、谢翱、陈宜中、留梦炎等人物的故事亦大都有史可稽，或本于正史，或出于诗集及地方文献。《桂林霜》主要取材于《碑传集》所辑《马文毅公传》等史料，上场人物大都真名实姓，主要发生时间也一一详明，可以补正史之阙漏。《一片石》《第二碑》《采樵图》取材于上饶理学家娄谅之女、宁王朱宸濠妃子娄氏的事迹。《空谷香》则是一出古典戏曲较为罕见的时事剧，系由南昌县令顾瓒园口述的其妾姚梦兰生前薄命事迹敷演而成。

在史料来源可靠真实的基础上，蒋士铨便围绕一个主要人物的忠孝节烈事展开剧情，其他次要人物及事件则依照活动时间顺序穿插剧间，构成并行或相交的次线，或互为因果，或相互衬托，从而给人变化多端之感。如《冬青树》全剧三十八出，有二十二出叙及文天祥的抗元及节义事迹，次线写谢枋得“卖卜”“却聘”“饿殉”等，并兼写其他人物；《临川梦》主线写汤显祖入仕及创作“四梦”，次线写俞二姑等人事迹；《雪中人》主线写吴六奇从落魄为丐到拜将立功，次线写查培继受《明史》案牵连下狱，两线交叉处则写二人互相救助，以彰显一段侠肝义胆的奇缘。

蒋士铨是乾隆时期诗坛“江右三大家”之一，他的诗人才气及“性灵”诗风也在剧作中得到展现。梁廷枏《曲话》说：“蒋心余太史《九种曲》，吐属清婉，自是诗人本色。”其作品曲词文采绚丽，雅俗共赏。如《四弦秋》“送客”一出，为曲论家杨恩寿《词余丛话》所称赏。剧中花退红所唱之《北折桂令》云：“住平康十字南街，下马陵边，贴翠门开。十三龄五色衣裁。试舞宜春，掌上飞来。第一所烟花锦寨，第一面风月牙牌。飐鸦鬟紫燕横钗，蹴罗裙金缕兜鞋。这朵云不借风行，这枝花不倩人栽。”写得生动妍冶，情态逼真，有诗之意境。又如《空谷香》传奇第八出写鲁学连赴任时所唱之曲：“山平水远出桐江，柔橹声中过富阳。塔影认钱塘，何处是故人门巷？”情景交融，如诗如画，令人神往。

难能可贵的是，蒋士铨较早认识到戏曲移风易俗、影响国政之社会教育功能。他曾说过：“天下之治乱，国之兴衰，莫不起于匹夫匹妇之心，莫不成于其耳目之所感触，感之善则善，感之恶则恶……故欲善国政，莫如先善风俗，欲善风俗，莫如先善曲本。”其戏曲作品大都“观感劝惩，冀裨风教”，以表彰节烈、扶植人伦为主旨，直面社会现实的弊病和残酷，具有史诗般的崇高、深沉和悲壮。笔下主人公大都品德崇高或美好，是作者道德理想的寄托。比如《冬青树》中文天祥和谢枋得“志存恢复，耿耿丹衷、卒完大节”，是文章节义俱佳的千秋忠烈；《桂林霜》中的广西巡抚马雄镇以一介书生镇抚一方，忠君报国，矢志不移；《临川梦》中汤显祖“一生大节、不迩权贵”，又“白首事亲”，是“忠孝完人”；《空谷香》中姚梦兰是个集贞、节、智、烈、侠、义于一身的奇女子；《一片石》《采樵图》等剧中的娄妃不仅才德双全、秀外慧中，而且临难不苟，冒死谏夫。但这些勇于追求道德理想的美好人士，一个个不被当时的现实所容，命运凄惨，体现出“历史的必然要求与这个要求实际上不可能实现之间的悲剧性冲突”。

蒋氏戏曲还擅长营造悲愤崇高之意境。如《冬青树》传奇之“柴市”，作者浓墨重彩描写和歌颂文天祥坚贞不屈、视死如归的民族气节和爱国精神。文天祥临刑前所唱的《水仙子》则通过“嘱嘱嘱”“切切切”“休休休”等字音的重叠顿挫，来衬托主人公因江山易主而产生的极度沉痛悲愤和起伏不平的情感。《桂林霜》传奇先是层层渲染马家的劫难，营造悲剧氛围，后又饱蘸笔墨将马熊镇家人集体殉难，写得异常悲壮惨烈。《临川梦》一剧同样是借他人之酒杯，浇自己块垒，满纸悲愤感伤之格调。此外，《香祖楼》传奇满纸“恨”字，写娄妃诸剧则寄予了作者深沉的哀思。

以戏曲演绎江西历史

蒋士铨戏曲还有一个极其显著的特征，那就是具有浓厚的江西文化特色。近代曲学大师吴梅《中国戏曲概论》曾云：“心余诸作，皆述江右事。”卢前在《红雪楼逸稿序》

中亦云："太史桑梓之念甚殷。"蒋士铨现存十六种曲，大都与江西历史上的人和事有关，涉及江西方言俚语和民俗文化的剧目则更多。可以说，以戏曲样式较为广泛演绎江西历史者，实始于蒋士铨。

蒋氏诸多剧作主人公为江西人或江西官员，或主要事件发生在江西。比如《西江祝嘏》四剧（即杂剧《康衢乐》《忉利天》《长生箓》《升平瑞》）是应江西绅民之请为遥祝皇太后寿诞而作的祝寿戏，剧中大量出现江西地名及人物；《庐山会》系为江右王氏祝寿而作；《空谷香》是蒋士铨应时任南昌县令的顾瓒园之邀为其爱妾姚梦兰所作；《四弦秋》剧情来自白居易《琵琶行》的诗意；《临川梦》《冬青树》《桂林霜》《一片石》《第二碑》《采樵图》等，更是为他平生所景仰的江西先贤汤显祖、文天祥、谢枋得、傅弘烈、娄妃等树碑立传。

蒋士铨生活的年代，弋阳腔、梆子腔、宜黄腔、串堂戏等声腔在赣东北竞相登台上演，深受当地百姓欢迎。尽管蒋士铨的剧作皆为昆曲而作，但他并没有排斥这些擅长打诨调谑、乡民喜闻乐见的地方戏，而是将其声腔曲调巧妙地吸收入剧，比如《忉利天》第三出写魔王波旬降伏佛界的战斗场面，采用整整一大段弋阳腔曲牌及滚白来表现，不仅活跃了戏场，也有利于塑造人物，取得令人称奇的戏剧效果。蒋士铨还在一些剧中直接将"秧歌""上梁歌"及傩舞等江西民俗说唱或舞蹈入曲，使得舞台上载歌载舞，气氛热烈，节奏欢快，又散发着浓郁的乡土气息，正所谓“诙笑点染，以乡人言乡事，曼声拉杂”。

因此蒋士铨戏曲不惟为中国古典戏曲史上的璀璨篇章，也是江西古代历史文化的重要书写者，其价值历久而弥香。

（蒋国江）

粉江西

扫码云游

- 听见赣音绕梁
- 回望江右风华
- 纵览赣鄱万象
- 寻味江西名吃

南昌的米粉生活

米粉的香味是南昌人记忆的索引，渗透进三餐四季、一景一物。它以或素淡或浓艳的浇头渲染，以笊篱里的雪白粉条为经纬，让每天的生活都有声有色。

米粉长相娇美，洁净孱弱，娉婷地浮沉于碧波。以扶风之态缠绕于竹筷，在牙关处迟疑地断裂，让米香迸发于口腔。米粉亲切随和，炒煮凉拌，任君发挥；滚烫冰冷，迎合季节。而各种辅料、佐料，无一不能和睦相处，直融为花团锦簇的一碗，热热闹闹地捧到你面前。

每一次吃到好吃的米粉，都让人心生欢喜。家门口的拌粉店招牌早已褪色难辨，店里却是一座难求。有人拣了两只塑料方凳摆在店门口，一只自坐着，另一只权当小桌子摆上粉和汤，吃得有滋有味；更晚来的客人索性倚在墙角捧着碗米粉大口啜吸，丝毫不以为意。老板娘见熟客登门，并不停下手中的活计，只是笑盈盈地将暗语般的询问送上：“冷的热的？”不一会儿，一份蓝边碗盛着的凉拌粉、一份小瓦罐盛着的肉饼汤已经放在你的面前了。挑起几缕一尝，一点点新鲜辣椒替代了常用的辣椒酱，碧绿的葱花下还藏着一小撮胡椒粉，一切都恰到好处。小店的用心让你的口味成为彼此的默契，这份熨帖让一早的心情马上明快起来。

而街角另一家炒粉店看起来则更有声势，炉火熊熊、锅铲交响。跑堂小哥朝客人一侧头一努嘴：“先去门口买牌子！”打扮入时的小妹端坐在一张简陋的课桌后，拿把直尺抵着几本五颜六色的票据。她一面简洁利落地问：“吃哪种？”一面整齐地撕下一张张不到寸方、薄如蝉翼的彩色纸片递过来。仔细一看，不同颜色的纸片上印刷着不同的炒粉种类，不过区别仅仅是配菜而已。厨师身披磨白了的蓝大褂，挥汗如雨地翻动着活泼的米粉。一份炒粉上桌，碗边往往还挂着淋漓的酱油渍。米粉的鲜香和着铁镬的锅气扑鼻而来，叫人立即放下矜持，挥舞双箸去迎接美味的降临。南昌炒粉的基本配菜通常并不复杂，只有少许肉丝、青菜和辣椒等，再依客人的喜好加牛肉、加肥肠……演化出多种花样。但地道的炒粉都暗藏着一味“密码”，那就是和赭黄的炒粉缠绕在一起的黄豆芽。豆芽不多，一大碗炒粉中只有那么几根，却用它的爽脆和粉条的绵软形成互补，让整碗米粉的味觉层次更为丰富。囫囵下肚后，都能让人觉得余韵十足。

城中新开的汤粉店又让人眼前一亮，明明是新店，店面却装修成古朴的老南昌模样，有古老的城门和渡口，还有嫁妆街和洗马池。两壁张贴着有些模糊的历史照片，抚今追昔，让人心生感慨。正对着门口有个类似连锁快餐店的收银柜台，这边正在交钱、出票，那边制粉柜台的师傅已经吆喝着：“您的粉好了！”正端着餐盘找座位，却瞟到墙边一溜自助配料台，葱花、香菜、萝卜干、花生米等无限量自取，完全可按照自己的心意，把一碗荡漾在汤汁中的米粉打扮得多姿多彩。流程上的小改动，增添了不少嗦粉的小乐趣。没有人会抱怨需要自己动手的繁难，不断模仿、试探、寻找配料的最佳组合，本就是吃粉人乐在其中的事情。窗边并肩坐着几位少年，他们把书包搁在脚边，一边吸溜着米粉，一边信手翻着书本，时不时还小声交谈几句。这一碗米粉的时光，他们用美味给自己加油，给青春留下温暖的一瞬。

在南昌，好吃的米粉俯拾皆是，无须依着什么排名表或是攻略图刻意寻找，美好的邂逅随时可能发生。当你在谈笑风生间挑起一缕细滑的米粉送入唇齿，继而微微一怔，那种讶然又笃定的快乐，也恰如蓦然回首，灯火阑珊处了。美味更不仅仅来自各式店堂，家中的灶间、转角的路边、单位的食堂，处处都能端出一碗碗香气缭绕的米粉，慰藉一个个南昌人的饥饿与疲累。而美味之余，妈妈的唠叨、朋友的心事、暧昧的眼神，在袅袅蒸汽中一一传递。这些碗边上的故事，往往可以增添米粉的滋味。当时的我们却大多低头一笑，轻轻搅拌面前的米粉，将此刻的情感也拌进扑鼻的香气，牢牢镌刻在记忆中。

（张小圈）

鲜香沸腾的铅山烫粉

在“鹅湖山下稻粱肥”的诗句中，可以感知唐时的铅山，大地肥沃，稻谷丰美。聪慧灵秀的铅山女子用晶莹剔透的米装饰幸福的田园，灯盏粿、年糕、糍粑，还有米酒，最让人怀想的就是烫粉。

宋时，烫粉已在铅山流行。鹅湖山下的县邑永平，是当时全国知名的铜场。桐木江上点点白帆是运铜的船队，石盘渡口熙熙攘攘的人流是准备进山劳作的矿工。面对一个个能吃能干的壮汉，快捷便当、抗饥抗渴的铅山烫粉应运而生。一声吆喝，一碗热气腾腾的米粉就到了眼前。一口热汤，寒意消；一碗烫粉，浑身暖。

所以位于闽赣要道的铅山紫溪盛行吃粉就在情理之中。过紫溪驿，就进入山高路陡的武夷，找间店铺歇个脚，再叫上一碗烫粉，定当气力充盈。

到瓢泉拜祭过辛弃疾、在铅山抗击过元军、在武夷山避世的谢叠山先生写了一首《谢人惠米线》，其中有这样几句：“汤镬海沸腾，玉龙自相扳。银涛滚雪浪，出没几洲澴。”紫溪人认为，叠山先生写的不就是莹白细嫩的米粉在粉汤中沸腾跳跃么。

铅山烫粉的精要之处就在于这锅汤。因为有了这锅汤，才让“烫”字活色生香起来。汤要用猪的大筒骨炖，筒骨焯水后，加入井泉水，先用大火烧开，再改用微火慢煨，煨一个晚上让骨质与汤相溶。清晨，开始烫粉时，升一道猛火，骨汤喧腾，放入淀粉、姜酒调制的肉丝，香气顿时弥漫。这样的汤质落在光洁细长的米粉上，将撒在米粉上的葱、姜、辣椒一激荡，立时满堂鲜香。

米粉加工也颇有讲究。明、清之时，铅山河口因茶、纸集散而成了“货聚八闽川广、语杂两浙淮扬”的商业重镇，大大小小的烫粉店在镇中百花争艳。用米最讲究的是一家名叫“长安市”的米粉店，他家制粉用的是“谷头米”，“谷头米”是颗粒饱满的晚稻，那是米中的“头领”。

大米要经浸泡、磨浆、澄滤、发酵、蒸粉、拉丝、煮制、摊晾等多道工序，铅山米粉讲究个新鲜，这些工序要卡在凌晨之前完成。

在清晨的街道，你会看到一辆辆装有竹匾的三轮车走街串巷，竹匾之上是洁白安静的米粉。这个时候，在炉火之上静伏一晚的筒骨汤，等不及街面上的人声潮涨，就忍不住用自己的鲜香告诉人们，新的一天开始了。

这是一种老少皆宜、各色人等都可欢喜的早餐。葱、姜、蒜、辣，油、盐、酱、醋依各人口味自行调配。除了大众的肉丝粉，要来个小奢侈也可以选牛肉、选猪肝、选小肠，再卧枚金灿灿的荷包蛋。当然，想清鲜朴素，可来碗素粉，铺上萝卜干，让心情一清二白地清爽着，感受静美人生的况味。

对于铅山烫粉，我想那些南船北马从武夷山贩运河红茶到俄罗斯的山西商人是知道的；那些运送连四纸在江上扬帆的船夫以及在武夷山翻山越岭的崇安担，他们的舌尖肯定还留有铅山烫粉那温暖的回忆。

我的祖上在河口开一家叫“玉泰泉”的粉皮加工厂。晒粉皮要大场地，祖上借用陈姓祠堂。陈氏族人不收租，只是每年清明、冬至祭祖的时候，让我家准备烫粉招待。奶奶讲，那烫粉的锅大得可煮牛头，筒骨在锅里翻滚有如雷响。

烫粉不是豪门珍馐，但她温暖、热烈而且家常。结婚、生子，铅山人习惯请亲朋吃烫粉分享喜悦；迁居、庆寿，那热气绕梁的必定是烫粉。

喜欢铅山烫粉这市井风味、平民格调的人真是不少，在第一届“中国米粉节”江西人最喜爱的十大米粉评选中，她是第一名。

现在，她还是夜宵的宠儿，炒一盘铅山米粉，来一盘螺蛳，要上一瓶啤酒，夏夜的星空也许更加明亮。

若是冬夜，遇一碗热气腾腾的煮粉，在灿烂的笑容里，你会有种风雪夜归的感动。

叩醒清晨，温暖寒夜，铅山烫粉沸腾着鲜美向我们靠近。

（丁　智）

我要一碗结结实实的江西粉

江西是鱼米乡，出大米。江西人用米做原料的食物就多。米糕略甜，哄孩子哄老人最好；米果偏辣有劲道，嗜辣者就好这一口。最悠久最出名的是米粉。米粉本身原味，故可与世上百味相遇相合相变通。江西每地都出粉，吃法也是层出不穷。我吃过的就有南昌炒粉、铅山烫粉、景德镇冷粉、宜春扎粉、鹰潭牛肉粉。据说会昌、新余、吉安等地的米粉也妙。江西人的日常生活与米粉完全分不开。比如说南昌。老南昌人的早餐，常年都是夏天拌粉，冬天汤粉；若是买了牛羊肉，吃一半留一半，特别是底汤要留好，第二天早上做牛羊肉粉吃——那一晚就充满对第二天睁眼就有一碗浓香鲜辣的粉的期待，那一晚若是做梦，大约也都是美梦。也有懒怠动手的人，那就去外面的店子吃。街头巷尾，米粉店多如牛毛，哪一条巷里没有米粉店，那才叫怪！且这种店门面多小，都是俗称苍蝇馆子的，窝在几幢房子之间，不显山不露水，是讲实际不讲排场的最好注脚。懂得它的好的人，不停去吃的人方算得是真正的吃货。而且越小的店，有时味道越好，生意也越好。高峰时段来吃的，甚至要排队。没轮到的那些人，抻了脖子往店里面张看，他们急，却怎么也舍不得换一家。这种店，因为不需要管顾大店的种种拘谨礼仪，吃的又是最熟悉、最知根知底的粉，食客就都完全放松，他们本来是什么样子，你就能看见什么样子。所以，夏天街角一爿拌粉店，就是起床的闹铃。酱油香的粉，里面的花生米、香菜、豆芽、榨菜丝，还有动作利索、每一道工序都娴熟之极、像在才艺表演的老板老板娘，全在向你招手。起床的动力、生活的动力由一碗粉加足。而冬天，汤粉满满当当一大碗，加青菜荷包蛋可，加火腿腊肉亦可，丰俭由人，人们慢慢吃粉，汤留在最后大口喝干，喝完擦嘴出门，转身各司其职，各尽其责，日子就兴冲冲过下去。仿佛一碗热米粉垫底，无有不能手提肩扛，无有不可面对的难事。米粉，不仅是发汗，简直是发热发光。

说到吃粉，我想起一件事。前年五月我去宜春朋友家小住。朋友好客，顿顿菜肴丰盛，其间就有宜春米粉。一吃之下，发觉此粉有股发酵味，初吃有微微臭，落肚后齿间回味却香，与我吃了几十年的南昌米粉有非常微妙的区别。朋友介绍这种叫“土扎粉”，是宜春小吃的首领，不吃扎粉不是宜春人。那两天吃饱喝足，我们几人就绕着他家院落散步消食，看开花的苦楝树和对面山上牧鸭的老人，也谈诗歌和日常。临走，朋友拎一捆用禾草扎住的米粉赠我，有五排，每排做成回形针那样弯曲的形状。颜色是带点暗的白，粗粝、笨拙，看去不起眼。正是席间所尝土扎粉，纯手工制。他又叮嘱我吃法，此粉硬实，头晚一定要冷水浸泡。我回家，从此吃上瘾，五排扎粉不一月便光。我上网搜索，“万载罗城土扎粉”赫然在目，立即欣然加入“购物车”。从此想吃扎粉，简便无忧。食物粘连胃，更粘连记忆与情感，现在我每吃网购土扎粉，便会想起爱诗的朋友，想起他屋后苦楝树的美，想起那段相聚甚欢的短暂时光。

我吃宜春扎粉的事说明，江西人用江西粉招待江西人，其实是非常动人的。这话听着像绕口令，却是实情。而江西人用江西粉招待外地客人，同样动人。外地友人来，宴席桌上最推崇的，也还是一道江西粉。往往鱼肉蔬菜上过，客人吃过一轮，酒意微醺，再上米粉。此时的米粉，是前来理顺肠胃，压实肚腹，也是压轴大戏，令客人印象足够深刻。米粉多装在大瓷盘中，堆如小山。主人用稍小些的碗，用公筷，亲手盛了，双手端到客人跟前，“尝尝江西的粉”。有时还不忘添补一句：“你在外省吃不到这么地道的。”客人闻听，无不欣然举箸。这就是江西人至高的敬客之道了。江西人性格诚挚，实在，情感上甚至有些拗劲，地理、气候因素外，在我看来，一碗填饥饱腹、可菜可饭、没有虚头、扎扎实实的米粉，对他们从小到大的滋养与影响可谓大矣。

米粉就是这样，介入江西人的日常生活与内在情感都太深、太久。一直能在江西吃着最正宗的江西粉的我是有口福的。当然亦有缺憾。就如险些错过宜春扎粉，我定然还在错过江西更多地方的好粉。我希望能寻到一本江西米粉谱，照着那个谱系吃下去，岂不是人生“不亦乐乎”系列之一种。而那些离开江西多年的人，我所知道的是，他们对本土江西人的最大艳羡之一，就是随时有一碗好粉吃。他们回乡，第一件事一定是去吃粉。江西粉喂养大的他们，吃不了别的地方的粉。那混杂各种佐料的米香，是没有藏掖什么的质朴、却又不可抗拒的浓郁。他们身居在外的日子，忍不住会夜晚思想起，清晨被唤醒。没有江西米粉吃的日子，真是寂寞！米粉成了他们的“莼鲈之思”，也成了一种非虚拟的二维码，一扫即可入群，群名就叫“江西人”。故而他们外省的家中多备有故乡老父母、老姐老哥寄来的粉。粉是在代替家人说话，说再富足的家再清寒的家，粉是一定有的，粉你是一定会爱吃的——一种彼此想念到牵肠挂肚的心情，通过粉，通过粉的色、香、味，产生了温暖勾连。而游子呢，我想我是懂得他们的。他们在南北西东奔波的路上，看见江西粉，吃上一碗，就似乎把住了故乡的一缕心脉，是有味，也是有情。他们粤菜鲁菜湘菜都吃过，意面、鱼子酱与鹅肝也尝过，可是这一些都要让路给乡愁，让路给那碗江西粉。他们心里有声音说：我要那碗最原初最朴素的粉，安抚吾胃，镇定吾心，我好行走世界，闯荡江湖。

我要一碗结结实实的江西粉。

（王晓莉）

遇见新鲜年华

2016年冬天，我和几个朋友到南丰摘橘子，累了一天后被安排在东门菜市场附近住下了。菜市场熙熙攘攘，环境绝非雅致，这安排有点让人摸不着头脑。直到第二天一早，接待的朋友领着我们穿街入巷，从他们的方言交流中我才得知，为的是一碗地道的南丰水粉。

居抚州多年，入乡随俗，我也不知不觉养成了早餐吃碗粉的习惯。粗一点的、细一点的，清淡的、浓烈的，软糯的、有嚼劲的……通通尝试过。撒上盐菜和咸萝卜干，用辣椒和酱油随手一拌，简简单单，一碗拌粉有了灵魂；用上好的汤一泡，汤与粉分明，清清爽爽的泡粉世界；倘若奢侈一点，就用肉和蛋来煮，各种食材的味道通过煮的方式得以最大释放，达到综合。总之，每一种都觉新鲜。一碗粉代表的饮食文化，更是一种身份的认同。

一行人围圆桌坐定，鲇鱼粉、牛肉粉各几大碗被端了上来。我最爱鲇鱼粉，汤汁白如奶，加香葱、红辣椒配以各色辅料，鲜美中透着不易察觉的麻辣。配上南丰春卷、咸菜，服务员又提来两暖瓶南丰水酒，美食美酒下肚，冬日的严寒被驱走大半，人也真正从前一日的疲乏中缓过神来。

南丰水粉又称“线粉”，相传为北宋时期的大孝子李贵仁所创。李贵仁为了照顾年过七旬、体弱多病、牙口不好的母亲，发明了这种便食。说是便食，做法并不简单。如今，正宗的南丰水粉，要选用一级特白晚米做原料，米经浸泡、石磨、过滤压浆、揉粉成球、锅内煮熟、石臼打烂、搓成长团，也就是所谓的磨、滤、搓、煮、舂、榨、漂等多道工序，然后放入粉筒挤压出粉丝，因此也叫“出筒粉”。粉落于大锅中，再煮沸捞起，放入冷水缸内冷却，最后才能捞起待用。

工序烦琐，为吃得新鲜，当天做当天吃。现做现吃，正迎合着而今人们对健康饮食的定义。我甚至想，这粉店开在菜市场里，比的或许也是新鲜——做浇头的食材的新鲜，或许还有别的，逛菜市场的人通常起得早，说不定也会比一比看谁能吃上这一天的第一碗罢！

南丰水粉，粉条白净光滑，细如纱线，有点像东北炖酸菜用的粉丝。粉如其名，嘬一口，有入口即化之感，如水在唇齿间荡漾。粉的品质好了，做法即便大同小异也能被各色人接受。烫后配以猪骨汤、猪蹄汤或鸡汤中加精肉、猪肝或鱼，色清味鲜、润滑可口；拌食同样品种繁多，用牛肉、牛杂、猪肉等。不大的县城，各家做法不同，被认可的店也不止一家，至于哪家店最好，或许无有定论，很多时候，美食吃的是一份传统、一种情怀。一碗米粉，承载的往往是家乡、是时光、是久成文化般的行为习惯。

抚州人对粉的钟爱，我这个外地人深有体会。下乡的机会多了，不论去哪个县、哪个乡，师傅总会拿出最有当地特色的那一碗粉，来者不拒，百吃不厌。就连单位食堂工作餐，也总得张罗一盆粉作为主食才算圆满。各处的粉特色不同，南丰水粉无疑收获了更多的粉丝。

如若在微信朋友圈问一句：抚州哪里的南丰水粉最正宗？大家会给出各种各样的答案，当然最多的还是说要去南丰吃。我倒不以为然，只是认为一定是情怀在作祟。人总是怀旧的，抚州人更甚。我私下里观察，他们爱的是一种味道、一份记忆，绝非排场、档次、招牌装修等这类虚头巴脑的外在。这些年，我常常被身边的朋友和同事带着去他们心中的味道正宗之地，有的居于陋巷、有的居于山野，即便环境令人担忧，大家也丝毫不介意，都吃得津津有味。对于食物和味道并不敏感的我，其实经常无法与朋友们“共情”，体会不到其中的好，可对我而言，每一次确实都是另一种别样的体验，这种体验同样叫作“新鲜”，跟南丰水粉一样。

突然想起，我或许是早就吃过南丰水粉的。那是2008年初到抚州时，我背着背包从大巴车上下来，正值午饭时间，饥肠辘辘的我走进了长途汽车站对面一家普通的粉店，同样是晶莹剔透的细粉，在猪肉、猪肝、猪血的烹煮中，油味扑鼻。彼时我并不习惯吃粉，我也如身边朋友般向往着家乡的味道，可我知道，生活的新鲜感就在于那些未知的不适，而对生活保持新鲜感的方式或许正是主动探索与尝试，在尝试中去拥抱更多的可能、去体会更多的美好。

（王明明）

漉漉一碗粉

晨起，章江边溜达一圈，喜欢到街边摊上漉碗粉。

煮？拌？小摊娘赣州话溜软，头不抬，这边从粉丛堆里团出一小卡，这边将小笊篱浸入水锅，丢几朵小白菜秧，汽咆咆漉一小会，提起颠颠水，倒入小拌盆，咸萝卜粒一勺，腌菜末子一勺，小剁椒一勺，盐一小匙，鸡精几粒，蚝油、酱油适量，筷子哗哗哗地搅，末了啪嗒一声，倒入蓝边碗，撒上葱姜粒子，淋点小香油，手势穿花一般，这边食客们已经吞口水了。

这几乎是赣州城里早餐的常态。张家围，黄屋坪，姚府里，人民巷，孟衙前，卫府里，尚书街，米汁巷，攀高铺，灶儿巷，八境路……江边街尾，店面摊铺，城墙根，榕树下，浮桥头，走哪停哪，总有那么几处人头打堆。七八张小桌，打头一个灶炉台子，锅子里水汽喷天的，边上搁着四五碗调拌料，再边上煨一炉茶叶蛋，几箕子炸油条、春卷、勺子米果、艾米果等等，左支一个三脚架，那些灿溜溜的米粉、沙河粉就一层层码在上面的大簸箕里。

当然也有大半城喜欢汤粉的，料嗦不相上下，手势差不多，无非添一瓢水汤在公碗垫底，吃的时候这边一筷子一筷子连撩带卷，这边嘴巴里连吸带唆，末了剩小半碗残汤，嚯

啰啰下肚，直吃得满桌额头鲜鲜鼻孔噻噻的。

赣南多山，世代田土禾花里泡着的小稻民，对于饭食米浆，有一种近乎本能的贪恋。那些来自北方的麦呀面呀，好是好，落到肚旮里，到底隔山隔水，一转眼就没了，不经饱。古人说“身土不二”，就这意思吧。这个“土”，不光指大地，更多指“本乡本土”——地道。想想，当食材来源于粘肉亲的山乡故地，做法与自己同乡同源，这种归属感，忍不住会勾肠绕胃的。

老赣州大多是湿粉，讲地道。米粉圆柱形，芦箕管粗；沙河粉扁平条，指头宽。这一圆一扁，造就了赣州粉能屈能伸的口感。米得早子米，腹白多，米质松，做出的粉不溜滑，不打韧，半干不湿，进到嘴里有点糙，但只要开水汆汆，唇舌间滚几滚，地气透上来，吃着吃着，一种说不出的米骨香。葱要土长，矮矬矬，叶清细。姜得山地姜，老道，放在汤里霸气。萝卜干信丰为好，味足而弹牙，偶尔嘣出几粒，嚼着咯生响。这时米味悠长，葱气一激，辣味一激，再顺上一只炸春卷或勺子米果，外加一颗卤茶蛋，山花溪月，茶米初香，那种自然叠加的味觉绵延感，足以让烟熏火燎的小日子云开雾散。

最经典的是那撮小腌菜，不老不艳，不酸不沓，足以压住一碗咸辣香。旧时腌菜，水南邹屋有名。沙子土，萝卜个大，溜脆，津甜。萝卜拔出土，苗和萝卜一起剁，上盐渍，挤干水，压进瓮缸，缸口塞禾草，倒过来水瓦盆里一扣，几个月翻出来，喷香。城里人好这口。清早的包子、艾米果、勺子米果，用它做馅，搭口。大碗小碗的米粉，缺了这口腌菜，味道差得远。

客家人居山坑头，打点米谷不易，各地针对米粉的想象与加工，自然也层出不穷。会昌粉韧道，安远粉清鲜，兴国粉勾魂……

我老家上犹，紧挨湖南桂东，包米果出了名，粉干也做得搭口。旧时生产队做粉干，作坊设在大滨山脚郭家一个分祠堂里。队员们记分上工，妇娘子泡米，男子佬推磨，米浆泪花一样流下来，一一引入苎麻袋，吊在楼梁下沥水。吊个一天一夜，浆沥干成团，切得块打块。那边妇娘们锅里噗嘟噗嘟的，茨饼已煮到奋软，一只只挑起，按比例搭进粉团里，放入碓窠里，碓声起，男子佬们嘿哇嘿哇下大力踩打。翻过来，转过去，越打越起胚，越打越韧旮，待打到足够叻瑟，抟入大甑，架起松板柴火蒸，直蒸得大汽茫茫浆胚通透，起甑。接着掰成一个一个粉团子，塞入一架压榨机，木把棍儿一扳，压榨杆啪嗒压下，米粉唰唰唰从孔眼里挤出，妇娘坐下面，一手拿箸搭托住，一手拿剪刀剪米粉，然后挽成一扎一扎的，摆满屋坪外竹笪子。阳光花花的，笪子排打排，晃得人打眼，引得鸟雀儿阵打阵。几个日头下来，米粉干硬了，整个屋坪白暇暇一片。队员们拿箩篳挑了，一担担分头到周边圩市上卖。换来的钱用来置办打谷机、犁耙、辘轴以及农药化肥等生产物资。

那时米粉精贵，闲日里难得上桌。乡俗中，大凡讨亲嫁女，造大屋做寿地，莳田割禾摘木梓，做衣衫打橱柜，织蓑衣箩箪晒笪，哪件不得请人上门相帮？除了正餐，每日上午额外整点茶食款待是少不了的。做什么呢？全凭东道娘那双手。父母持家勤俭，为人却客情。娶嫂子前一年冬，父亲决意请人将鹤堂老屋翻新，打霜沟冻的，村坊十几个子叔一起忙乎了一个多月。母亲起早到晚围着柴灶零零转——炸麻淇呀，炸烫皮呀，炸米果呀，炸薯丸呀，一日日下来，整个屋场烹香。油炸东西解馋，却上火，吃过几餐肠子打腻，这时，轮到粉干登场了。称几扎干粉，开水锅里煮透芯，投入山泉水摊凉。精猪肉切丝，土蒜苗切丝，红酒椒切丝，土芹菜切段，热油锅快速炝炒，末了勾上芡水，溜溜地浇在米粉上，红绿鲜香，一盆肉汩汩的哨子粉上桌了。这时炆鼎里再打出一盆骨头汤，一人一碗配过去，一桌人自然默默生喜，扯牛皮呀，打鬼话呀，一个个笑得油箩箩。

除了待客，上犹人还喜欢捎上粉干探病人。兄弟子叔，叔伯大婶，舅爷老表，但凡哪个头痛脑热生病住院了，只要听到口信，定会圩上称几扎粉，斫几斤猪肉迢迢提上门去看看，问问病情，说上几句贴己话，暖暖心。米粉弯弯绕绕，安置你的话扯心扯肠。

大约都见山见水吧，在赣南，米粉如果遇见鱼，什么事都可能出来。有一年，我到会昌做采访，一早文友带到街头吃粉，口感深刻。院墙脚，方桌，深碗，粉漉漉的端上来，长长扯扯，是米感肥实的那种。更要命的是上面趴着那层鲜椒鱼，肉白，溜滑，嘴巴带带就化了，再配上煸炒肥嫩的小椒圈，一种夏雨初涨的盎然感，一辈子难忘。回头再吃兴国米粉鱼，忽然就感觉到了秋天的殷实——长天大地，浩浩的一笼粉龙床搬上来，层层叠叠的米粉上，厚厚的鱼肉裹着剁椒酱，金黄，红艳，撒着葱花粒子，咻咻地冒着热气。那一刻，满鼻子的橙红橘绿香。谁说赣南米粉没霸气呢？看看兴国粉笼床，就懂了。

食物是有伦理的，就像失联了的亲族，不管你认不认，它都活在那里，记录着一地风信物候，山川过往，人是人非。父亲说，手工时代，一碗米粉的工序相当漫长。我想，唯有时间漫长，才耐得起生活的磨砺和挑拣，那些感受大地之美的人，才能从中获得生命的力量。

（简　心）

用一碗扎粉抵达亲情

第一次随先生去赣西乡下的家，我心里十分忐忑，连着好几个夜晚睡不好，嘴角竟然起了几个泡。

阳光出奇的好，先生走在前面，领我穿过村庄。我只顾低头走路，却不由自主地闻见一阵稻米的清香，抬起头来，见家家户户的院子里，都摆开了阵势般，在竹做的晒匾上整整齐齐晒上了一排排色白如银的粉条，在阳光下，在微风中，仿若一幅画。

我看得呆住了。

那也是我第一次看见宜春的土扎粉。

到了家，婆母没太和我说话，转身进了厨房，不一会儿给我端上一碗用汤煮好的土扎粉，最上层撒了少许红椒和葱末，红绿搭配，颜色十分好看。夹起粉条来，条索柔韧、入口爽滑，我吃了几口，连说好吃，再翻动，才赫然发现碗底还藏着三个蛋。

我抬眼望向坐在对面的婆母，隔着一层腾腾的热气，她也正笑眯眯地望着我。

那一刻，我脱口而出，叫了一声："妈！"

在湖南，我妈妈喜欢给我煮湘粉，也是这样在最上层放上红椒和葱末，在看不见的地方加上蛋，氤氲着腾腾的热气。湘粉比扎粉的颜色更洁白，粉条也比扎粉细了很多，每一根都是丝一样，像妈妈对女儿的爱，柔软又细腻。

那时候我总以为，天底下最好吃的米粉，就是我妈妈煮的湘粉。湘粉的味道从小就长在我的记忆中，是我走到哪里也忘不掉的味道。

却想不到，我的婆母，只用一碗土扎粉，便让我的胃有了新的念想。

在我的印象中，婆母和妈妈是完全不同的两种女人。我妈妈年轻时在舞台上演过戏，唱歌跳舞都是她极其热爱的事情；我婆母则是纯正的乡下妇女，没有什么文化，也没有见过什么世面，总是给人一种粗笨质朴的感觉。

先生告诉我，宜春的土扎粉早在明朝时候就有了，是用早稻米制作而成的，经过浸米、磨浆、做团、舂团、扎粉、晒粉、扎把等工序，把品质一般的早米变成口感优良的土扎粉，煮着吃、炒着吃都可以，以炒扎粉更为受欢迎。

“那你妈妈怎么不给我做一碗炒扎粉？”我咂咂嘴，问先生。

先生指指我的嘴唇：“炒扎粉火气大，你这几天都上火了，还吃炒扎粉？”

哦，原来是我那看上去粗枝大叶的婆母，也注意到我有点上火，便特意给我煮了一碗汤扎粉。

我在厨房看见婆母的土扎粉，晾干后的粉条摞成一摞，用几根稻草捆扎着，仿佛在宣示着一种关于“土”的主权：

这扎粉，就是从田中的稻香里演变而来的。

我仿佛看见一片黄灿灿的稻田。一束束的稻秆支撑了许多果实的生长，直至成熟，农人们从稻田里把稻子收割回家，而稻秆也从饱满到枯萎，只有柔韧依然。它的果实经历发酵、分散和重新融合，变成了一条条的扎粉，它便化身稻绳，仍然将果实们拢在一起，仿佛还在给它们一个安稳而踏实的所在。

一谷一粟都是大自然赋予人类的恩赐。假如没有了这几根稻绳的捆扎，这扎粉，看起来还真的少了点什么韵味呢！

后来在宜春住久了，果然爱上宜春的炒扎粉。宜春的大街小巷里，到处都有扎粉店。要找好吃的扎粉店，不看店内装潢，只看店里人气。将浸泡后的干扎粉洗净沥干，待锅中的猪油烧热，倒入肉丝、嫩南瓜，加少许汤料，淋上酱油，放上红椒，再将扎粉倒入锅中拌炒，起锅时放上姜丝、胡椒，一碗香喷喷的炒扎粉便做成了。吃着扎粉，看着舔着油锅底部的红通通的火苗，听着小店里的人声喧哗，我觉得，美好生活的烟火气息都在这里了。

我的妈妈和我的婆母，在生活习惯上有着许多的不同，她们在一起时没有什么共同的语言，但在吃扎粉这件事情上，居然有着惊人的一致。她们知道离我家最近的哪家炒粉店的扎粉最好吃，两个人经常肩并着肩一同前往。偶尔我婆母到厨房煮扎粉，我妈妈便在一旁打下手，切点葱什么的。

这是一种很奇怪的融合。

隔着一层腾腾的热气，我和我的两个妈妈，每个人面前都摆着一碗刚出锅的扎粉。遮不住的稻香也从那热气中升腾而来，在鼻尖奔涌，然后到达五脏六腑。

（喻　虹）